致青春 135

別哭

（中）

曲小蛐　著

高寶書版集團

目錄
CONTENTS

第十六章　我的主人

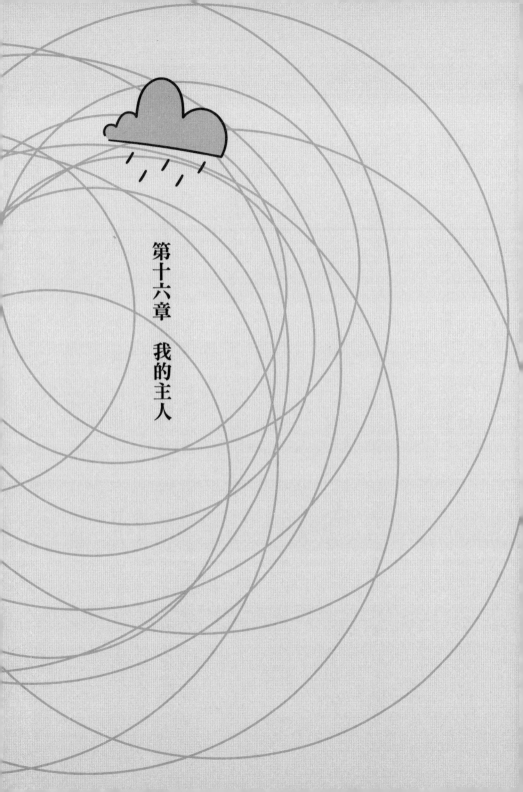

「老先生，您消消氣，氣多了對身體不好。」

駱家主樓的書房裡，林管家正勸著。

老爺子坐在沙發上，氣得臉色難看，聞言冷哼一聲：「我看他就是想氣死我才舒服！放唐家鴿子的事情才過去多久，他又來這樣一齣？傳到唐家那邊會如何且不說，只說他自己辦的事情——他是整天待在那個實驗室待昏了頭嗎？竟然帶著一個未成年的女生去外地過夜？」

老爺子越說越氣，拍得桌面震顫：「林易，你說、你說他是不是想氣死我？」

林管家和氣地笑：「老先生，您放寬心吧。小少爺雖然脾性不馴了些，但也是知分寸有原則的。我看是下面的人誤報，事實未必像他們說的這樣。」

老爺子擰起眉毛，仍是氣著，但不說話了。

他坐在沙發裡沉思良久，終於動了動：「林易，你讓人去查一查，最近駱湛這個臭小子都和什麼人來往。」

林易愣了一下，抬頭：「老先生，這不太好吧。萬一讓小少爺知道了，肯定又得和您對著來。」

老先生的鬍子都氣得翹了翹：「我就是把這個小子寵壞了，縱出他一副無法無天的脾氣！」

林管家笑著低頭：「我看小少爺這樣還是挺好的，總比小時候內向孤僻又不說話好。不過要不是經歷過那件事，小少爺的性格應該也不會……」

林管家說到尾，笑容一斂，自覺地收聲，躬躬身：「抱歉，老先生，我又多嘴了。」

老爺子這幾息像是愣在了那裡。

等林易話聲再落，他眼神一醒，嘆著氣搖了搖手：「過去的事情，不要再提了。」

林管家猶豫了一下，說：「我知道您是怕小少爺想起那段不好的記憶，只是既然這樣，您何必還要讓小少爺和唐家那個唐染有接觸？」

老爺子皺著眉：「那機器人本來就是這個臭小子的專長領域……」

林管家沒說話，安靜了一陣子，老爺子又嘆一聲氣：「說到底，還是駱湛虧欠那個女孩，雖然他自己不記得了……我讓他幫一些忙，也算是讓他還債了吧。」

林管家猶豫：「不如把事實告訴唐家那個女孩？」

「她還是個孩子，沒什麼定性，難保她不會轉頭去找駱湛。」老爺子搖頭，「再說，你忘了當年我是如何答應唐家，唐家才肯把人從育幼院接回去的？」

林易沉默，幾秒後，他苦笑：「唐家那位杭老太太還真是個心狠的人。」

「她如果不狠，也不可能在那些豺狼虎豹中保得唐家安穩了——但再狠也罷，我們這些老傢伙要不了多久便該塵歸塵土歸土，這世界終究是他們年輕人的。」

林管家和氣地笑：「老先生長壽綿延，不要說這樣不吉利的話。」

老爺子哼笑一聲。

過去很久，駱老先生做了個決定。他敲了敲扶手：「你去聯絡唐家，就說三天後我會帶著那個不肖小子上門拜訪。」

林管家意外：「您親自去？」

「我不去，那個臭小子能去得了嗎？」

林管家猶豫一下，誠實謹慎地回答：「我是擔心，就算您去了，小少爺也未必能去。」

「……哼。」老爺子冷笑，「他不想去也不行，我自然有法子收拾他。」

駱湛按照導航，把車開進了M市沿湖的別墅區。

這片本就是M市寸土寸金的地段，空氣清新，氣候宜人，又沒有市中心商業區的喧囂汙染。能在這裡有別墅的人家非富即貴，錢家也算是其中的佼佼者。

這處別墅平常空置，錢家那位公子哥偶爾會帶著朋友來辦個派對。今晚聽說是駱家小少爺要借住，錢家長輩一早便安排管家帶了好幾名傭人來別墅清掃更替。

駱湛的車停到別墅前。在門外石板路上等候多時的管家笑著迎上前，目光下意識往副駕駛座裡那嬌小纖弱的身影上黏。

駱湛皺眉，右手在喇叭上一拍。

「嘀——」

跑車喇叭略帶沉悶又深藏銳利，把管家嚇了一跳，連忙抬頭看向駕駛座。

就見駱小少爺垂著眼，不慌不忙地脫下外套，轉手蓋到副駕駛座的女孩頭上。

做完這些，他才懶洋洋地掀開眼簾，嘴角微勾：「你在看什麼呢。」

臉上似笑非笑，漆黑的眼更冰涼冷淡。

管家愣了兩秒回過神，連忙低下頭：「不好意思駱少，怪我多眼，冒犯您的女伴了。錢先生讓我為兩位安排了主家裡最靈巧嫻熟的傭人，今晚有什麼吩咐您儘管對他們提——」

「不用麻煩。」駱湛冷淡打斷，「我不喜歡有不熟的人在。你還是把人都帶回去吧。」

管家為難了一下，但看著駱湛冷淡的側顏，只能尷尬笑著應聲：「好的，我這就讓她們出來。」

等管家轉身，沿著石板路進到別墅裡，駱湛才收回冷冰冰的目光。他皺著眉，不知道想到什麼，眼底情緒鬱結。

再回過神，駱湛終於察覺到怪異之處——

他側過身，看著那個被自己的外套罩著還一動也不動的女孩，眼底所有冰冷頓時消融成笑：「妳是睡過去了？」

安靜一兩秒，外套底下傳出來女孩悶悶的聲音：「沒有。我現在可以出來了嗎？」

駱湛忍住笑意，俯身過去把外套從女孩身上摘下，露出一張白皙且悶得微紅的小臉。

她的長髮揉亂了，幾根細細的髮絲被閉著眼的女孩的呼吸吹拂，糾纏在被無意識咬得豔紅的唇邊。

駱湛眼神微深，幾秒後，他側倚回座裡，啞著聲笑了起來：「妳怎麼這麼乖？被我拿外套蓋住了，連掙扎都不掙扎一下。」

唐染誠實回答：「你一定不是無緣無故蓋下來的，所以我就沒動。」

駱湛失笑：「就這麼相信我？」

「嗯。」女孩認真點點頭，隨後好奇地問：「剛剛是什麼人，不能看見我嗎？」

提起這個，駱湛笑意一冷。

他抬起視線，目光不善地瞥了別墅一眼，過了幾秒才說：「我帶人來這裡的事情，我爺爺恐怕已經知道了。」

唐染微愣：「為什麼？」

駱湛說：「錢申豪這個人沒那麼機靈，今天的管家和傭人一定是他家長輩安排的。他家長輩知道了，就等於我家老爺子知道了。」

唐染點頭：「駱爺爺知道了會怎樣？」

駱湛想了想，冷淡地一勾嘴角：「有很大的機率會氣成老年河豚。」

唐染不知道駱爺爺知道今晚他們來的這件事會不會生氣，但她知道，如果駱爺爺聽見駱湛這句話，大概真的會被駱湛氣死。

駱湛垂眸思索幾秒，再抬眼時囑咐唐染：「等等進別墅，我還是讓妳蓋上外套，不能讓他們知道妳是誰。」

唐染不解地問：「為什麼？」

「因為他們知道了，我爺爺就會知道。」駱湛一頓，微瞇起眼，「他如果知道了，對妳不好。」

唐染更加茫然：「為什麼不好？」

駱湛好氣又好笑，忍不住抬手揉了揉女孩的長髮，「妳是十萬個為什麼嗎？」

原本他只是和唐染玩鬧，但看著女孩紅著臉被他揉得輕輕地往回縮的模樣，駱湛心底那顆埋在心底，已經發出芽的種子輕輕地抖了抖細枝。

只是揉揉腦袋都可以害羞成這樣……

逐漸危險的想法被駱湛驀地叫停。他皺眉，右手抽了自己左手一下。

啪的一聲，響聲清脆，而且毫不留力。他手背上偏冷白系的膚色，沒幾秒就慢慢顯出紅色的手指印。

唐染聽見聲音，茫然轉過頭：「怎麼了？」

駱湛有點狼狽地抬眸望向她——女孩看起來毫無防備，一張清秀初透豔麗的臉上寫滿了懵懂。

她再這樣沒有防範意識，那可不行。

駱湛思索兩秒，想到什麼，他解開自己的安全帶，俯身到女孩的副駕駛座那一側。

駱湛撐住車門和她身後的座椅靠背，很輕鬆地就把女孩堵在有限的空間內。

唐染愣了愣，雖然看不到駱湛的姿勢，但那種壓迫感和環繞周身的熟悉淡淡香氣，還是能讓她判斷出自己面對的情況。

她遲疑了一下，輕聲問：「駱駱，怎麼了？」

駱湛說：「妳不知道，為什麼被認出來對妳不好？」

唐染搖頭。

「我，帶著妳，月黑風高，住進只有我們兩個人的別墅裡。」

駱湛刻意放緩聲音，拿捏著語氣──既不能嚇到女孩，還得教她有點基本的異性警惕。

駱湛聲音壓得低啞：「妳說會發生什麼事？」

空氣安靜，距離近得呼吸相聞。

女孩身上的馨香和氣息纏繞著廝磨著，順著他的呼吸燙進身體融進血液，又隨著心跳淌入四肢百骸裡。

駱湛眼底的情緒幾乎藏不住。

然後他看見，思索良久的女孩終於側回頭，不確定地輕聲問：「會餓？」

唐染回答之後，周圍的空氣陷入長久的安靜裡。

這安靜持續到唐染開始苦惱地反省，自己是不是說錯什麼話的時候，她聽見身旁極近的距離下，突然傳來一聲悶啞的笑。

笑起來很好聽，自然還是那人的聲音。

唐染茫然地聽了一下，問：「駱駱為什麼笑，我是不是說錯了？」

駱湛不答反問：「妳那位教妳法律常識課的盲文老師，難道沒有教妳……」

聽到一半的話沒了後半句，唐染好奇追問：「教我什麼？」

「沒什麼。」駱湛無奈伸手，摸了摸女孩頭頂，「他如果教了，我大概會更想收拾他。」

唐染被吊足胃口，表情嚴肅起來：「駱駱，答案是什麼。」

「下次。」駱湛從車裡出來，繞到副駕駛座，打開車門，笑意淡淡地俯身下去，「下次告訴妳。」

「……喔。」

女孩看起來有點不滿意，但不是會耍脾氣的個性，點點頭後順著駱湛的手臂撐扶慢慢下了車。

駱湛從車裡拎出自己的外套，從女孩的頭頂上遮住，又抬手調整一下。

外套下，女孩悶悶的聲音鑽出來：「可是如果駱爺爺知道了，不會出什麼事情嗎？」

駱湛調整外套的手在半空一頓。然後他輕嗤一聲，滿不在乎地重新動作：「只要不知道妳是誰，他頂多只能找人查一下我最近的動向。」

唐染呆了兩秒：「還會查到這個嗎？」

「當然了。這是資訊時代，大資料庫和人工智能的發展讓生活在這個社會裡的任何人都無處可逃。」駱湛攏好最後一點衣襟縫隙，收手，散漫地笑起來，「所以做我們這個行業，有時候也會笑說是在替自己織網。」

唐染聲調微提，染上一點興奮情緒：「聽起來很有趣。」

駱湛問：「喜歡這個？」

唐染點頭：「以前聽店長說起來，就覺得很喜歡。」

「等妳的眼睛好了，我教妳。」駱湛笑著說。

唐染猶豫一下，輕聲咕噥：「如果眼睛能治好，我要去考K大附中。」

駱湛一愣，微瞇起眼：「妳是在嫌棄我？」

唐染沉默兩秒，慢吞吞搖頭。

看見女孩明顯心虛的表情，駱湛好氣又好笑：「妳知不知道妳剛剛拒絕了獲得過多少次國獎發表過幾篇核心期刊論文的K大學長的邀請？」

唐染聽得茫然，駱湛側轉過身，扶著蓋在外套下的女孩的肩膀往別墅裡走：「小妹妹，妳以後會後悔的。」

這句唐染聽懂了，她低頭琢磨幾秒，輕聲問：「那等我以後後悔的時候，可以反悔嗎？」

駱湛冷淡地笑：「別人求都沒有的機會已經被妳拒絕了，當然——」

「沒門」兩個字卡在喉嚨口。默然幾秒，駱湛再次嘆聲：「可以。」

外套下，唐染彎了彎眼角。

等錢家安排過來的傭人全都離開後，駱湛送折騰一天的女孩上二樓到臥房裡休息。

他借別墅前就知會過錢家那個公子哥錢申豪，幫他們準備好的新衣物顯然已經被傭人過水烘乾，此刻一件件擺在主臥的大床上。

駱湛送唐染進來，視線原本只是一掃而過。但一兩秒後他突然頓住，然後落了回去。

他看清床上那件蕾絲睡衣，駱湛臉色一黑。

唐染察覺駱湛的突然駐足，茫然地回頭：「駱駱，怎麼了？」

「……沒事。」駱湛收回目光，「妳先休息吧。等等晚餐做好了，我再上來叫妳起床。」

唐染被他領著坐到床邊，聞言眼角微彎：「駱駱做晚餐嗎？」

再次被勾起 Hello Kitty 粉色圍裙的慘痛回憶，駱湛嘆聲：「我做的不好吃，讓私廚菜館來送吧。」

唐染沉默兩秒，笑了起來：「我知道駱駱不會做飯。」

駱湛一默。

「那天中午過後，我在廚房裡摸到鍋了，是涼的。」唐染停了停，輕聲說：「但是謝謝駱駱。我知道那天你是怕我一個人在家出事，所以才一直留在那裡陪我的。」

駱湛無奈問：「知道還拆穿我？」

「因為說謊很辛苦的，說了第一個，就要說第二個第三個。」唐染笑著，「我不想駱駱那麼辛苦，這樣以後你就不需要在我面前裝作會做飯，還要為難地想辦法了。」

駱湛沉默。不知道怎麼的，他眼前浮現起那天在廚房裡高高興興地幫他繫圍裙的女孩的模樣。

女孩從小孤單，親人感情淡漠，除了那個阿婆以外，或許她也很渴望生活裡這種日常的相處吧……

駱湛回神，輕揉了揉女孩的長髮：「對不起，不該對妳說謊。作為補償，以後我會去學做菜，然後做給妳吃。」

唐染意外地愣住了。

駱湛說：「好了，妳先休息。手機放好，有什麼事情妳就打電話給我，我先去樓下了。」

「嗯。」唐染輕點頭。

替女孩掩好被子，床角多了鼓鼓的一團。駱湛直起身，掃了另外大半張床上擱著的衣物一眼。

停了兩秒，他拿出手機皺著眉走出去。

電話在下樓時被接通，對面背景音雜亂，顯然是在酒吧之類的地方。錢申豪的聲音嬉笑著響起：『湛哥，聽說你已經住進去了？怎麼樣，我幫你們準備的東西還滿意嗎？』

駱湛笑意冰涼：「我沒告訴你，我帶的是一名十六歲的女孩？」

『說了啊，十六歲，身高一百五十九公分，身材偏瘦，其餘資料不詳嘛。』錢申豪仍是嬉笑，『我讓人選的衣服尺碼也是照著這個資料啊。』

「那件睡衣怎麼回事？」

『咦？他們拍來的照片我看過了，裡面最讓人滿意的就是那件睡衣了啊，情趣得很。怎麼，湛哥不喜歡那個顏色？』

駱湛忍了忍，但還是忍不下去。

他皺起眉，聲線降至冰點：「我之前有哪句話說，我帶來的女孩跟我是這種關係了？她還沒成年，你瘋了？」

對面一默，過了好幾秒，背景音逐漸安靜下來，錢申豪趕緊找了一個安靜地方，再開口時尷尬得不得了。

『你跟那位一起過去的女生不是那、那個關係啊？對不起、對不起，怪我，是我自己精蟲上腦沒問清楚……那確實不合適。這樣，我這就讓家裡傭人盡快訂一件新的衣服，洗好烘乾再送過去。』

駱湛站在一樓正廳裡，回眸看了二樓圍欄正對的主臥房門一眼，他收回視線：「別耽擱太晚，小孩子睡得早。」

聽出駱湛壓住火氣，錢申豪鬆了一口氣，笑著說：『一定，湛哥放心。』

一個半小時後，別墅的門鈴響起。

不知道是從私廚菜館訂做的飯菜還是錢申豪那邊把睡衣送到了，坐在正廳沙發裡的駱湛起身，快步走到玄關。

門一開，以錢申豪為首，幾張年輕的臉撞進駱湛眼底。

有男有女，有的眼熟有的陌生，他們全都認識駱湛，不少人一見他來開門，眼睛亮了。

駱湛眼神一涼，瞥向為首的錢申豪：「帶這麼多人，這是上門討債？」

「不是、不是，哪能啊。」錢申豪笑得尷尬，「我今晚在招待所本來就有一場小局。中間的時候，我說要送點東西給湛哥賠個禮道個歉，他們死活不信，非得跟著我一起來看看，然後就……」

駱湛懶洋洋冷冰冰地笑：「我是熊貓還是金絲猴，組個團過來參觀？」

錢申豪連忙說道：「別別別，我哪裡敢啊！」

眾人紛紛附和，駱湛略有不耐，斂眉垂了眼，說：「那東西拿過來吧，人可以走了。」

錢申豪更尷尬了：「東西是從家裡送過來的，不在我手邊。」

駱湛一頓，好氣又好笑地抬眸：「那你來幹什麼的？」

錢申豪摸了摸後腦勺，尷尬地笑：「我就是過來給湛哥，還有你那位小妹妹賠個禮——我是真的沒弄清楚情況，那位小小姐沒生氣吧？」

說著話，錢申豪探頭探腦地往駱湛身後的玄關裡面看。

駱湛倚著門，也沒攔，只是懶散地睨著他：「不用找了，人在樓上休息。」

「喔喔。」錢申豪頓時失望地落回目光，「我之前以為湛哥你交女朋友了，哪想到，會鬧出這麼一個烏龍呢。」

不等駱湛答話，和錢申豪一起來的年輕人裡有個女人咯咯地笑：「女朋友？駱少在圈子裡可是有名的眼光高，多少人想近都近不了身呢。」

駱湛懶得理，正準備找個理由把這些鬧心的轟走。

就在此時，別墅裡傳來慢吞吞的腳步聲，還有女孩初醒尚帶倦意的軟聲在駱湛身後響起。

「……駱駱？」

在那聲音傳來的最初，別墅門外的年輕人裡沒有一個反應過來對方喊的是什麼的——或者就算隱約根據發音猜到了喊的最有可能是什麼，也沒一個人敢真的放任自己往那上面去想。

直到他們親眼見著，眼前那位倚在門旁的駱家小少爺前一秒還如傳聞中，或過去見過的那樣憊懶冷淡，卻在聽到那聲音的下一刻驀地皺眉，沒半點猶豫地轉身進了別墅。

動作和情緒非常直接——

年輕人裡為首的錢申豪愣了好一陣子。他是這些人裡和駱湛接觸最多的，但即便是他，也是第一次在這位一貫懶洋洋又憊懶不馴的小少爺身上見到這樣匆忙焦急的情緒。

包括驚愣的錢申豪在內，門外站著的幾個年輕人的目光本能地跟著駱湛的身影，移向別墅的玄關後段。

天色已晚，別墅裡幾乎沒有開燈，只有不知道哪個房間敞著的門縫裡漏出來一道碎光，落在玄關尾處，隱約襯出那裡的一道身影。

模糊看著那身影嬌小纖弱，最清晰的還是那截被光在昏暗裡暴露痕跡的腳踝，膚色是極少見光的而近乎羸弱的白，在昏暗裡唯一的光下燙出像雪或者玉那樣的質感。

那似乎是個年紀不大的女孩子。

站在別墅門外的年輕人們還想仔細再去分辨藏在昏暗裡的女孩的長相，但駱湛的身影已經在那之前，擋在女孩的身前。

對話聲從別墅的玄關深處傳來：「怎麼自己下來了，不是說好睡醒了打電話給我？」仍是駱湛的聲音，但是和方才截然不同的耐心語氣。

「我自己也能下來。」昏暗裡女孩遲疑，「而且那樣、那樣太麻煩你了。」

「妳對這裡又不熟悉，萬一摔了或者磕到碰到怎麼辦？」駱湛聲音微繃起來。

黑暗裡沉默兩秒，女孩低下頭，聲音被壓得悶悶的：「對不起駱駱，我下次不會了。」

駱湛聽到女孩低著頭跟他說對不起就已經不忍心了，自然更不可能再責怪。他剛想讓唐染回別墅一樓的客廳裡，視線一低，卻見女孩只穿著短襪走下樓。

駱湛皺起眉，想了兩秒便猜到：「沒找到拖鞋嗎？」

唐染的腳尖侷促地蹭了蹭地磚，過了兩秒，才不好意思地點點頭：「我上去的時候只記住路線，忘記記別的了。」

「地上涼不涼？」

「有點。」

「那還急著下來？」

女孩抿著嘴巴站了一下，才誠實又小聲地說：「上面太安靜了，我剛剛醒過來不知道時間，又沒聽到聲音，有點害怕，就……」

餘下的話沒有說完，也不必說完。

駱湛早就發現，他那鮮少能與人共情的冷淡，總在唐染身上被校正得徹底，以至於只聽她一兩句帶著點不安情緒的話，就已經足夠他想像，在樓上陌生又安靜的黑暗裡初醒那一刻，女孩是怎樣無助害怕的心情。

駱湛輕嘆一聲，抬手揉了揉女孩的頭頂：「所以才說，要妳打電話給我的。」

女孩自知理虧，被揉得縮了縮腦袋也沒說話。

駱湛修長的指節停在女孩柔軟的髮間，頓了兩秒，突然低聲說：「別害怕。」

唐染不解地抬了抬頭，然後下一秒她就懂了——

面前藏在黑暗裡的混著琥珀石的雪松木香氣息一點點俯低下來，似乎是怕驚著她，那人接近的動作並不急促，放緩了速度，慢慢地壓下來。

唐染不知道駱湛要做什麼，不安地停在黑暗裡，無意識地咬住下唇。

那是不安，但又不是和一個人時的無助相同的那種不安。

唐染沒來得及仔細分辨這種情緒上的差別背後所代表的意義。只察覺在那種清香達到最近的位置時，自己的腿彎被那人修長有力的手臂勾住，然後重心驀起，抬上空中——

駱湛將女孩橫抱起來，沒回頭地走進別墅的正廳裡。一直到沙發前，駱湛停下來，把懷裡抱著的安安靜靜一動也不動的女孩放到沙發上。

把人擱下以後，駱湛沒急著起身，而是就著俯身的姿勢停在那裡。有些好笑又無奈地低著聲問：「怎麼說了不要怕，還是嚇傻了？」

唐染終於回過神，昏暗裡她的臉上沒來由地發起燙來。沉默兩秒，女孩才小聲咕噥了一句：「我才沒有。我就是，沒反應過來。」

「嗯，妳沒有。」駱湛似笑非笑地應了一句，直起身，雙手插入褲子口袋往沙發後面走。

唐染敏銳地察覺駱湛要離開，黑暗裡，她的心輕輕地抖了抖，本能地伸出手一把抓住那人的襯衫衣角。

駱湛的身影一停。微垂下眼，看了看抓著自己衣角的女孩那隻和人一樣秀氣的細白的手，然後才問：「怎麼了？」

唐染輕聲問：「你要去哪裡？」

駱湛反應過來，啞然地笑：「不會扔下妳，我去拿一雙新的拖鞋給妳。」

「……喔。」

唐染感覺自己臉上更燙了，她慢慢地想不著痕跡地把手收回來，最好能裝作什麼都沒發生。

駱湛眼底浮起笑意。

但他面對唐染總是格外良善，連趁機調笑幾句的衝動都忍住了——這邊光線稍好些，燈下女孩那張秀麗的臉蛋幾乎紅透。

駱湛走向玄關。而此時，別墅門外以錢申豪為首的年輕人們一個個傻在那裡。

實在是因為方才發生在眼前的一幕，不管是畫面還是對話，對他們的認知都有太大的毀滅性的衝擊。

所以直到駱湛停在玄關的鞋櫃前，眉眼間情緒恢復他們最習慣的那種倦懶冷淡，他們才終於慢慢回過神。

錢申豪算不上是特別機靈的人，但常識和求生本能還是有的。所以等他見到駱湛直接把人抱進別墅裡，招呼都沒跟他們打，他就反應過來，這名女孩是他們不能看的。

錢申豪立刻眼神示意，把身旁還在好奇的狐朋狗友往別墅院外打發：「你們先上車……上車等我，等等我就、就和你們一起回去。」

年輕人們不情不願，但也知道什麼熱鬧看得起，什麼熱鬧看不起。

——駱家小少爺藏在金屋子裡的女孩，就是看不起的熱鬧裡，他們最最看不起的那種。

等到一起來的幾名年輕人走遠了，錢申豪艱難地張了張口：「湛哥，剛剛那位是？」

駱湛站在別墅玄關的走道裡，全程對這邊毫無反應。他此時半俯著身，正在挑選鞋櫃裡沒拆封的新拖鞋中，哪一個型號最適合女孩穿。

聽見錢申豪的問題，駱湛眼都沒抬，懶聲答：「之前不是讓你準備女孩子的衣服？那就是給她的。」

「這、這我知道。」錢申豪下意識看一眼已經瞧不到女孩身影的別墅裡，他轉回來，擠出艱澀的笑，「就是，本來我以為是湛哥你的女、女朋友呢。」

駱湛終於找到一雙型號合適的拖鞋，伸手拎出來。直身時恰好聽見錢申豪這句話。駱湛低垂了眼，冷淡地嗤笑一聲，壓著點涼意懶洋洋地瞥向錢申豪。

「是以為我帶了女朋友，還是以為我帶了床伴？」

錢申豪僵了僵。幾秒後，他仔細觀察過駱湛不像是要動怒的模樣，反而不知道因為什麼，隱約還有點心情不錯的徵兆——

畢竟如果換個情緒，等駱湛問出這個問題，錢申豪懷疑自己小命都快沒了。

錢申豪的膽子稍微大了一點。

他小心翼翼地斟酌著開口：「竟然不是女朋友啊……我看這位小小姐對湛哥你的態度還挺親暱的樣子。」

「親暱嗎？」

駱湛再次想起方才在玄關，隨著自己的接近，女孩站在原地不動卻慢慢急促起來的呼吸……就好像那時候他要做些什麼，她也不會躲。

那是多大的誘惑，差點忍不住啊。

駱湛低垂著眼，心情極好地勾了勾嘴角。

錢申豪看出自己方才這一句是捧說到適合的地方了。

他長鬆一口氣，膽子更大了一些，終於忍不住好奇地問出自己最想問的問題：「湛哥，既然這位小小姐不是你的女朋友，那她是你的什麼人啊？」

駱湛眼皮一掀：「來打聽消息的？」

錢申豪愣了兩秒，用力地左右搖著腦袋：「我哪裡敢啊？借我兩車膽子我也不敢啊。我就是純好奇、純好奇。」

駱湛問：「真的想知道？」

錢申豪用力點頭：「太好奇了。」

「那你過來。」

「好！」錢申豪立刻竄上前，附耳聽。

「你問她是我什麼人？」

「對、對。」

駱湛啞聲，笑得懶散騷氣：「主人啊。」

第十七章　治療

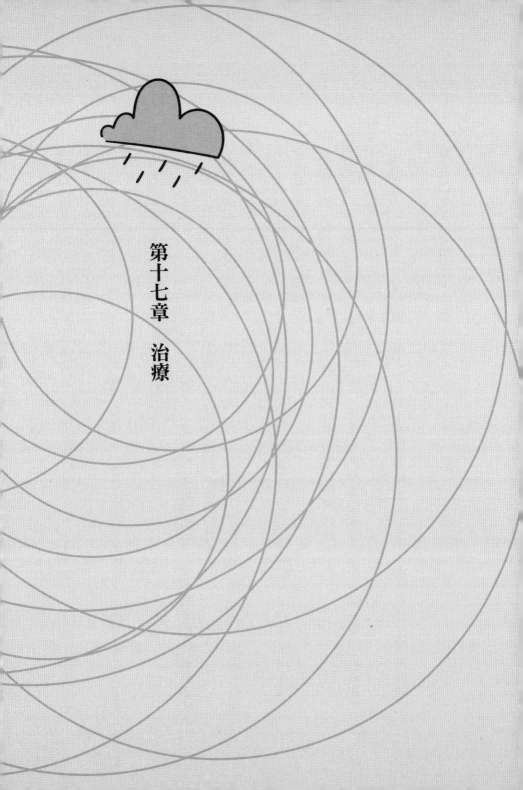

唐染並沒有聽到別墅玄關的這番對話，自然也就對那天晚上錢申豪的心靈在對話裡受到如何震撼的「洗滌」不得而知。

駱湛那邊打發走陷入懷疑人生的錢申豪之後，私廚菜館和錢家管家送來的新睡衣前後到了。

兩人吃過晚餐，駱湛送唐染回房間休息。

第二天上午，按照和家俊溪開設的私人眼科醫院那邊的約定，駱湛開車載唐染去了醫院，拿到齊全的檢查報告，然後循著護理師的指引找到家俊溪的辦公室。

家俊溪現在自己開了醫院，已經很少看診了。不是特殊的私人交情根本找不到他，更別說請得動他出來看病。

駱湛在前一天晚上專程打電話給他，再次確定一遍今天的門診時間，所以上午兩人準時準點地到達家俊溪的辦公室外。

他的辦公室在這個私人醫院頂樓，電梯間外還設了專門的前檯。

前檯的負責人問過兩人的預約情況後，撥了電話給家俊溪辦公室詢問，等收到肯定答覆，才放下電話看向駱湛和唐染。

「兩位請沿這邊直行向右轉，走廊的左手邊最盡頭的那個房間，就是我們家院長的辦公室了。」

駱湛點頭：「知道了，謝謝。」

「喔，對了。」前檯看著眼前這位長了一張明星臉的年輕人，喊住對方，見那雙黑漆漆的眸子望向自己，她不好意思了一下才囑咐道，「家院長脾氣比較……嚴肅，你們進去前記得敲門。」

「嗯，謝謝。」

駱湛道過謝，扶著唐染往裡面走。

轉進那個前檯負責人說的右邊長廊後，唐染按步數估算出距離，確定前檯那邊應該已經聽不到他們的交談了。

然後她才微仰起頭，輕笑著說：「果然店長說得對。」

駱湛掀掀眼皮：「他說過什麼？」

「嗯？」

唐染說：「他說，駱駱在外面很受歡迎，尤其是在不認識你的人裡。」

唐染輕笑起來：「因為他們不熟悉你的脾氣性格和家世背景，所以對你也會沒有什麼顧忌地示好。」

「他還說什麼了。」

「還說……」唐染眼角彎下，語氣上故意學著譚雲昶的模樣，把恬然柔軟的聲音努力板起來，「我們那位祖宗，可是靠家世靠臉蛋靠身材靠頭腦都能吃飯的男人。」

駱湛一停，唐染察覺，茫然抬頭：「怎麼了，駱駱？」

駱湛輕瞇起眼，低頭看她：「妳剛剛叫我什麼？」

「駱駱啊。」

「前一句。」

「啊……那是店長對你的稱呼，他好像一直這樣稱呼你。」

駱湛說：「他們可以那樣叫，但妳不行。」

唐染更茫然了：「為什麼？」

駱湛沉默幾秒，皺著眉低聲：「哥哥妹妹差的年齡已經夠遠了，祖宗算是什麼跨輩分的叫法？」

「那好吧。」儘管唐染依舊不能理解這人的腦迴路，但她還是從善如流地點點頭，「既然駱駱不喜歡，我以後就不這樣稱呼了。」

大了四歲的「老男人」聽到後，這才稍感寬慰。

快到家俊溪辦公室門前，駱湛想起什麼，警惕地囑咐：「以後記得少聽譚雲昶的話。」

唐染一愣：「店長經常在我的面前誇讚你呢。」

「像剛剛那種誇？」駱湛輕嗤，「他是趁我聽不到，在妳的面前說我壞話吧。」

「那怎麼能算壞話。」唐染認真地糾正，「那說明駱駱很好看的。」

「多好看？」

「……啊？」唐染猶疑著說：「最好看的……吧。」

駱湛好氣又好笑：「最好看的？不是妳的小竹馬才是妳『見過的無論男孩還是女孩裡最好看的』嗎？」

唐染被問傻了，過了兩三秒她才回神，臉紅起來：「店長怎麼連這個都跟你說了啊。」

這下子輪到吃醋過度，差點忘了這個不是現在的身分能夠知道的駱湛心虛了。

他轉開臉，低咳一聲：「那位醫生的辦公室到了，我們進去吧。」

「好。」

駱湛敲門，停頓幾秒後，門內應聲：「進。」

駱湛推開門，領著唐染走進去。

辦公室是個全部南向的落地窗，上午明媚的陽光透過被收起簾子的窗戶玻璃，毫不吝嗇地灑在房間裡，暖意洋洋。

辦公桌在背陰的西北角。坐在桌後，三四十歲年紀的男人抬頭看了過來。

「駱湛？」

「家院長，上午好。」駱湛隱約察覺了什麼，微皺起眉。

但他很快撫平情緒，開口：「我之前聯絡過您幾次，我朋友眼睛的情況也大致和您提過了，今天就是為這件事過來的。」

「我知道。」家俊溪指了指辦公桌對面的靠北牆的沙發，「你們先坐那裡吧。我這裡還有一份論文要看。」

「好。」

駱湛隨意應了，看起來絲毫沒有因為這「怠慢」而生出不滿。

他領著身旁安靜的女孩，慢慢走到沙發旁，然後扶著她坐下。

大約等了十分鐘，辦公桌那邊終於響起轉椅的輪子壓在地上滾動的聲音。駱湛聽見，手裡動作一停。

幾秒後，穿著白袍的男人走到沙發旁，在兩人對面坐了下來。

「這就是小妹妹的檢查報告嗎？」家俊溪拿起桌上被駱湛用提前準備的牛皮紙資料袋裝好的資料，他沒急著打開，放在手裡掂了掂。

「對。」駱湛開口，「昨天所有在貴院進行過檢查的項目和對應的報告都在裡面了，此外還有她的基本資料。」

男人拉開封口，將裡面的報告倒出一段，粗略掃了兩眼：「嗯，準備得還挺——」

話聲戛然而止。

駱湛等了兩秒，望向對方，只見這位從他們進來時就沒怎麼正眼看過來的眼科專家，此刻卻帶著某種驚異的眼神望著自己身旁的唐染。

「家院長。」駱湛皺眉，察覺有異，「怎麼了？」

家俊溪沒有回應駱湛的話，而是飛快低頭，重新倒出報告掃向患者姓名欄。

「唐染。」他低聲重複了一遍，「姓唐……她和唐世新是什麼關係？」

駱湛眼神微涼，他嘴角輕勾，笑意懶散起來：「唐世新是誰？家院長無緣無故提陌生人做什麼？」

「你可是駱家的小少爺，會不知道唐世新是誰？」家俊溪看向他。

駱湛似乎毫不意外：「你認識我。但應該不是Matthew告訴你的。」

「我當然認識你。」家俊溪欲言又止，「算了，這個問題等等再說——你先告訴我，她和唐世新什麼關係？」

駱湛沒說話，不動聲色地望著家俊溪，想從對方的情緒裡判斷出這個問題的傾向。

家俊溪也察覺了，他冷笑一聲，把資料袋放回桌面：「你想清楚，就算現在看診階段不需要監護人陪同，到後期手術治療也必須有她的監護人簽名——你瞞不過我的。」

駱湛不語，事實上他也是因為想到這一層才沒有否認。但似乎也不該承認，畢竟這人提起唐世新的反應算不上和善。

正在駱湛沉默思索的時候，他身旁的女孩突然輕聲開口了：「我是他的女兒。」

「女兒？」家俊溪輕哼一聲，「果然是唐家的孩子。」

唐染問：「你認識他嗎？」

「知道，算不上認識。」

唐染微愣：「那你怎麼認出……」

家俊溪說：「妳和唐家這一輩兄妹倆長得像同個模子裡刻出來的，明顯繼承了半套遺傳基因。」

唐染沉默，辦公室裡安靜下來。

幾秒後，女孩帶點不安情緒的聲音再次輕響起：「家醫生，你是不是不喜歡唐家，所以不想幫我看診了？」

家俊溪原本是準備至少在最一開始一定要做出一副趕客模樣的，但他看見女孩那安靜又乖巧、還努力藏住不安的模樣，他的話到了嘴邊怎麼也出不了口了。

尷尬地僵持幾秒，家俊溪無奈地說：「倒不是我和唐家有什麼淵源。介紹你們來的那個，那小子年輕時就和唐家……咳，有那麼點齟齬。他肯定不知道妳是唐家的孩子吧？不然就算肯介紹你們過來，至少也會知會我一聲的。」

唐染想說什麼，卻被駱湛主動截走話聲，他坦然冷靜：「我和 Matthew 是朋友，之前聽說他和唐家有點恩怨，不知道是善是惡，但是不想因此耽誤我朋友的病情，所以我自己隱瞞了。」

家俊溪眼神複雜地睨了他幾眼，片刻後哼笑一聲：「駱小少爺倒是挺護著朋友啊。」

駱湛皺眉。其實從方才剛進辦公室，和對方短暫地目光相交的一瞬，駱湛就隱約察覺到家俊溪對自己有點敵意。

到方才話裡交鋒再到此時這語氣裡的轉變，他終於確定了這一點。

駱湛問：「家院長好像對我很熟悉？」

家俊溪說：「算不上熟悉，一面之緣，只是印象深刻。」

駱湛又說：「看來是我記性太差。」

家俊溪笑起來，語氣涼颼颼的：「恐怕駱小少爺不是記性差，只是眼光高，性子傲，誰都不放在眼裡，也誰都不理罷了。」

駱湛擰起眉。不是不愛聽家俊溪這話，而是他承認家俊溪說的是事實——至少在遇見唐染前，這是事實。

他頭腦頂尖，記憶力超群。但對於無關緊要的東西，從來懶得放進腦子裡浪費空間，其中就包括那些不必要記得的人的名字、長相、身分。

這「不必要」裡，就涵蓋了除去駱家和int團隊的所有人。

——所以即便此刻被家俊溪這樣奚落，他依然沒什麼印象更沒線索，畢竟他從前對他們「一視同仁」。

看出駱湛沒什麼印象，家俊溪氣得發笑：「不是跟我有怨，不必難為駱小少爺未來院士的頂尖頭腦浪費時間去思考了。」

駱湛像是捕捉到什麼，緊皺的眉一鬆。

「未來院士？看來我和您結怨在學校科系的專業領域上。我的科系專業是人工智能，您有可能和我發生交集的年齡裡，應該是一直從事專業眼科醫學相關的方面。這兩個專業的重合點……」

駱湛在記憶裡飛快巡檢一遍，定位到某個地方。

幾秒後他抬眸，若有所思：「四年前六月十七日，我參加過一場以『人工智能是否能在未來部分或全部地取代純學術性醫療人員價值』為題的學術辯論，我記得當時有不少醫學領域人士與會。如果不幸和您結下梁子，大概只會是那時候了？」

駱湛說完，已經從家俊溪的眼神裡得到了答案。

家俊溪從駱湛身上收回複雜的目光，冷笑一聲。

「不愧是K大資優班最被寄予厚望的天才啊，就算過去四年，仍舊隨時隨地能拿出當初在學術辯論會上意氣風發、力壓對方立場所有學長學姐啞口無言的氣場來。」

駱湛微微攥拳。僵持幾秒後，他垂眸，懶散地笑：「……少不更事，鋒芒太露，如果得罪了家院長的哪位高徒，那請您原諒。」

家俊溪再次被猜到核心，已經懶得驚訝或者追問了。他皺著眉看了前這個微低下頭的年輕人一眼。

他腦海裡關於那場學術辯論，記得的還是截然不同的兩幅畫面——

一幅裡，自己視為最得意門生的年輕弟子在那場學術辯論裡急於駁斥表現卻反遭邏輯碾壓，會後同行或感慨或奚落，那個弟子從此頹廢懈怠，一蹶不振，不久後轉從旁業。

另一幅裡，對比於臺上少年的意氣風發舌戰群生，臺下站在一眾比他身高高許多年齡也大許多的學長學姐間，那名少年眼神懶散冷淡，一副不過爾爾、全是些無趣蚍蜉的模樣。

這兩幅畫面的對比，給家俊溪的印象要比那場只因為一個少年的存在而完全碾壓近乎慘烈的學術辯論還要深刻，或者說深刻得多。

家俊溪相信，所有與會的人這輩子都忘不掉少年的名字。

就像不久前，聽見電話裡駱湛的自我介紹時，差點摔掉手機的自己一樣。

不過即便是那時候，家俊溪也沒有想過，幾年前的那個桀驁不馴的少年會為了什麼人，做出此時這副示弱低頭的態度。

家俊溪突然覺得有點惱怒，又有點欣慰，還有點一拳打在了棉花上的無力。

在這交織混合的複雜情緒裡，他掀了掀眼皮，看向坐在駱湛身旁那個安靜的女孩。

「唐染是吧？」

突然被叫了名字，唐染愣了兩秒才回神：「嗯。」

家俊溪問：「這個帶妳來的人跟妳是什麼關係？」

唐染不知道該怎麼回答。

「哥哥」這個答案顯然不能用了。

唐染還在遲疑的時候，就聽見目不能視的黑暗裡，那個醫生突然不太客氣地冷笑了一聲。

「他是妳的男朋友嗎？」

家俊溪的問題讓辦公室再次陷入安靜。

唐染不明白問題為什麼突然變成這個。她知道答案是理所當然的否定，但在此時微妙的氣氛下，好像她的回答顯得非常重要。

所以唐染沒有第一時間回答。

看透了女孩的顧忌，家俊溪不在意地「提醒」：「慢點想，想清楚了再回答。畢竟妳的答案很有可能影響我最後做出的，到底要不要接診的決定。」

聽到這句，唐染這才聽明白。

家俊溪已經認定駱湛和她是男女朋友關係。他之所以會多此一問，就是要故意為難他們。如果唐染承認，他會以駱湛為由拒絕接診；如果唐染否認，那就是在家俊溪面前落了駱湛的面子，讓駱湛難堪。

不管是哪一方，在他們是男女朋友的前提下，都會讓兩人之間產生隔閡。

想通以後，唐染的表情一點點嚴肅起來：「叔叔，那場學術辯論會上，駱湛罵你了嗎？」

家俊溪愣了一下，他沒想到這個看起來挺乖巧的女孩竟然先反問了自己，而且還是很莫名的問題。

不過女孩看起來問得很真誠，擺出一副虛心求教的嚴肅模樣，讓家俊溪不回答也不好。

家俊溪皺皺眉，說：「那是場高校學生的學術辯論，導師專家不下場。」

唐染又問：「那他罵你的學生了？」

家俊溪皺眉：「那是學術辯論，又不是潑婦罵街。」

唐染受教地點頭，跟著仰臉問：「那駱湛錯在什麼地方呢。」

家俊溪一愣。

而此刻，女孩語氣裡那些懵懂求教的情緒淡了。她在黑暗裡伸手，摸索到身旁的駱湛，然後握住他的手指。

那人的手型應該是極好看的，摸起來手指修長，骨節分明。恰如其分的溫涼透欲指尖慢慢傳入感官裡。

——這是最近一段時間的黑暗中，她最熟悉依靠的溫度。

所以希望自己也能給他依靠。

唐染這樣想著，努力壓下那些不安和膽怯，認真地說：「學術辯論裡為各自觀點辯論有錯嗎？明明叔叔你也知道沒有的。既然駱湛沒有錯，那他就不應該道歉——就算為了讓一個小氣的叔叔幫我治病，那也不應該。」

家俊溪被說得愣了一陣子，終於反應過來，氣極反笑：「妳現在是在說我小氣？」

唐染沉默，她從來沒對長輩說過這樣的話。但沉默之後，女孩鼓足勇氣，反問：「叔叔不小氣嗎？」

家俊溪無語了。

他還真的沒辦法跟一個孩子認認真真地說「我不」。

對著一個十六歲的漂漂亮亮的女孩啞了火，家俊溪只能把矛頭重新轉向駱湛。

這一轉頭，家俊溪卻發現駱湛一直沉默的緣由。

他的注意力完全沒在這邊，甚至可能完全不在這個屋子裡了——那人正表情微妙地低著頭，看著他放在膝上的手。

準確地說，是他被女孩緊緊地握住中指和無名指的手。

家俊溪突然對自己之前的判斷產生了懷疑。

他可不覺得正常的男女朋友裡，哪個男朋友會因為被女朋友握了一下手指就產生這樣的反應。

家俊溪狐疑地再次問唐染：「他真的不是妳男朋友？」

唐染認真地說：「他是我最好的朋友。」

家俊溪琢磨了一遍，聽懂了：「……呵。」

原來在ＡＩ領域的年輕人裡那樣意氣風發桀驁不馴，到頭來還是個追不到女朋友的小廢物。

唐染不會讀心，自然不知道這個醫生此時在想什麼。她只當這聲冷笑是拒絕接診的意思，所以唐染主動起身。

「駱駱，我們走吧。」

沒跟上進度的家俊溪本能地攔：「等等，我還沒說話呢，妳急著走幹什麼？」

「叔叔。」唐染轉過身，微皺起眉，認真嚴肅地說：「就算你是大人，也不能這樣。」

「我怎麼了？」

「你騙駱湛白跑一趟，拿話奚落他，還騙他道歉。他已經道歉了，你仍要拒絕接診。這也沒關係，但叔叔你還想繼續拿眼睛的事情，讓他求你對不對？你這樣……」

女孩絞盡腦汁，終於想出語氣最強烈的詞，嚴肅譴責：「叔叔，你這樣太過分了。」

家俊溪無言以對。

在唐染這番話裡，駱湛終於忍俊不禁。他從表情一言難盡的家俊溪那裡收回視線，抬頭看向站在自己身前的女孩：「不急，先坐下。」

女孩委屈地轉回來：「不行，你別求他。」

「……妳在想像他會讓我怎麼求他？」駱湛好笑地問：「下跪還是淋雨，或者程門立雪？」

唐染遲疑著不說話，顯然每種都想過了。

駱湛忍不住笑：「這才過去幾分鐘啊小妹妹，妳已經想到這裡了？」

唐染臉一紅。過了幾秒，她小聲地問：「他……叔叔他不會這樣嗎？」

駱湛低咳一聲，看向對面：「家院長德高望重，業界聞名，怎麼會是那樣的人？」

女孩期盼地轉過身，等著家俊溪回答。

家俊溪一噎。幾秒後他反應過來，板起臉說：「我算是看明白了，你是想藉著這個小妹妹的話把我往架子上趕？駱湛，我可不上那種當，我這人別的名號沒有——業界裡都知道我脾氣古怪，你專程來找我，不應該沒聽說過吧？」

駱湛不以為意，懶散地笑：「那更簡單，只要家院長畫條線。是下跪，淋雨，或者『家』門立雪，我一定按著劇本，好好求您。」

一聽這話，女孩的臉頓時又繃回去了：「駱駱，我們還是走吧。」

女孩的模樣反應實在是可愛，讓駱湛忍不住想逗她，他故作嚴肅地問：「真的不讓我求他？」

唐染搖頭，駱湛又說：「別的醫生沒有他厲害。」

唐染回答：「那我也不要你為我道歉。」

駱湛問：「為什麼？」

唐染低下頭，想了好久，輕聲開口：「因為你沒有錯。駱駱聰明，有能力，才華出眾，店長說過ｉｎｔ團隊裡的大家都很佩服你……駱駱這麼優秀，駱駱就該是驕傲的。可以驕傲的人不能驕傲，就是這個環境是錯的。」

駱湛聽得津津有味。聽完以後，眼底掠過點異樣的情緒，很快變成一點深笑：「我們染染懂得真多。」

第一次被這樣親暱的稱呼，讓表情嚴肅的女孩愣了一下。

於是這個對話的空隙裡，家俊溪終於得到可以插話的機會了。

他表情不善地黑下臉：「你們兩個一唱一和上癮了是吧。病還看不看、眼睛還治不治了？」

唐染驚訝地回頭：「你願意幫我治眼睛嗎？」

駱湛倒不意外，似笑非笑望過去。

「我什麼時候說過不接診這樣的話了？」家俊溪哼了一聲，「而且按照妳想的，不然我真的讓駱湛跪到醫院門口嗎？那我這間醫院還開不開？」

這個人果真像傳聞裡一樣脾氣古怪，態度轉折快得讓唐染回不過神。

「還有。」家俊溪冷笑，「妳也太低估他的能力。讓他知道我在哪裡，駱家想折騰一個醫生不就是翻個巴掌的事情。」

駱湛冷靜地接下去：「家院長言重了。」

家俊溪嗤聲，不以為然。

到此時唐染才恍然，家俊溪只是要駱湛服軟。駱湛也知道這一點，他們之間互相有默契地接受。

至於方才駱湛說的那些話，分明只是拿來逗她的。

女孩癟了癟嘴，最後還是沒說什麼。她乖乖地坐下來，配合著家俊溪回答眼睛病況的問題，開始初步診療。

以「可進行角膜移植手術」為最終結論。正中午時，診療結束，駱湛帶著唐染離開了家俊溪的辦公室。

家俊溪難得親自送他們一段路，不過顯然不是為駱湛──從辦公室出來的路上，家俊溪都在囑咐唐染，在等待眼角膜捐贈的期間，她需要為隨時可能到來的手術做哪些準備工作。

最後，家俊溪停在前檯：「回去以後，一定要按我說的做，記住了嗎？」

「記住了。」唐染點頭，「謝謝叔叔。」

家俊溪玩笑說道：「現在不是小氣的叔叔了？」

唐染不好意思地紅了臉。

家俊溪又看向駱湛，臉上的笑意淡了淡，皺眉：「我是衝著這個小妹妹這麼小年紀眼睛就不好，看她這樣挺可憐的，才答應接診。」

駱湛點頭：「我知道。」

家俊溪輕哼一聲：「你既然不是她男朋友，那她的家人怎麼沒來，反而讓你來了？」

這個問題戳到了唐家最核心也敏感的祕密。

唐染和駱湛同時沉默。

家俊溪沒察覺到，也沒當回事，繼續接著自己的話往下說：「她還沒成年，到正式手術肯定是要監護人簽名的，你來不行——下次讓她爸爸來吧。」

駱湛仍是沉默。

家俊溪這才察覺異樣：「怎麼，唐世新就算管著唐家產業，日理萬機，也不至於忙到連陪女兒做一場手術的時間都抽不出來的地步吧？」

唐染不想駱湛為難，主動開口：「他是……有點忙，一定要他來簽名嗎？」

「當然了，不然哪個醫院能負起隨便動手術的責任？」家俊溪突然想起什麼，皺眉，「不說我還忘了這件事。奇怪了，妳的眼睛在這樣的狀況下拖了這麼久，以唐家這樣的背景，怎麼可能不幫妳安排治療手術呢？」

空氣更加沉寂。

駱湛臉上原本的笑意早已淡去，此時那雙黑漆漆的眸子裡只剩下冰封似的涼意。

家俊溪越來越不解。

直到半晌過去，低著頭的女孩輕聲開口：「唐家不想讓別人知道我的存在，也不知道我和駱駱認識……所以駱駱之前才隱瞞了。希望叔叔你不要誤解他，也不要說出去。」

這短暫的幾秒裡，家俊溪恍然發現自己觸到了什麼不該知道的祕密。

他的表情頓時尷尬，望向女孩的眼神也更同情。再開口時，連語氣都小心斟酌了一遍才敢出聲：「原來這樣，那難怪……不洩漏病人隱私是醫生基本的職業道德，妳放心吧。」

唐染點頭：「謝謝叔叔。」

「不過。」家俊溪皺眉，「妳剛剛說，唐家不知道妳和駱湛認識？」

「嗯。」

家俊溪看向駱湛：「駱家也不知道你們認識，所以你才透過藍景謙那邊找到了我，而不是直接動用駱家的勢力？」

如果換了另一個人問出這樣的問題，駱湛大概早就懶得理對方了。

但此刻眼前站著的畢竟是以後要為唐染拿手術刀的人，所以駱湛皺了皺眉，還是開口了：「除了 Matthew 和我的兩個朋友，沒人知道。」

家俊溪皺眉問：「不是男女朋友，也不是世交家庭之間的囑託。先不說到手術那一步，只說眼睛前期治療這件事，駱湛你真的做得了決定？你至少要有一個合理的名號，不然我可不敢下診斷書。」

唐染說：「他可以作主的。」

家俊溪問：「以什麼身分？」

唐染猶豫地問：「朋友行嗎？」

家俊溪一聲冷笑：「不行，下一個。必須是家屬。」

唐染苦思冥想，突然想到什麼。

女孩抬頭，小心翼翼地問：「那，準姐夫？」

下一秒，家俊溪第一次露出震驚的表情，轉頭向駱湛求證：「她說的是真的？」

「所以你們是，準姐夫和準小姨子的關係？」

駱小少爺終於從這巨大的打擊裡回過神，微微咬牙：「當然不是。」

家俊溪看熱鬧不嫌事大：「你的小姨子都承認了。」

「下個月我會帶她過來複診的。」

扔下話，駱湛黑著臉把站在原地一臉無辜的女孩拎走。

看著那一高一低的身高背影消失在電梯間裡，家俊溪笑著收回目光。側過身，敲了敲前檯：「我昨天讓他們傳過來的檢查報告備份都到了嗎？」

前檯的負責祕書從桌旁抽出一沓資料：「家院長，這個就是。」

「嗯，我拿回去再研究一下。」家俊溪單手接過來，隨手翻了兩頁，看見女孩的血液常規化驗單。

右上角備註著『血型：AB型』的字樣。

家俊溪拿著資料轉身，自言自語地往辦公室的方向走：「血型竟然還是AB型的，百分之七的機率，挺少——」

前檯負責祕書站在桌後，等著目送家俊溪離開，卻見走出幾步去的家俊溪突然停住了，話聲一並戛然而止。

祕書不解地問：「家院長？」

然而家俊溪整個人僵在那裡了，好幾秒都沒有反應。

祕書擔心出事，剛準備從桌後繞出來，就見家俊溪突然轉過身，幾步竄回桌前——

那張慣常掛著或冷淡或嘲弄笑容的臉上此時表情嚴峻，還藏著一點震驚：「妳查一查，上網查，唐家現在當家那個唐世新，是不是O型血？」

負責祕書不敢耽擱，立刻拉過辦公椅，坐下就打開瀏覽器，在鍵盤飛快敲擊。

等頁面一轉，看清最上面的字樣，負責祕書抬頭：「按照網路搜尋顯示，唐世新先生是O型血沒錯。」

家俊溪的表情頓時更扭曲了。

負責祕書從來沒見他這個反應，小心翼翼地問：「家院長，是出什麼事情了嗎？」

家俊溪僵了半晌才回神，氣虛地問：「我記得妳是醫學院碩士畢業生，後來才轉入行政職？」

祕書回答：「對。」

家俊溪說：「那我考考妳，遺傳法則妳還記得嗎？」

祕書回答：「當然。」

家俊溪又問：「那妳說，O型血的父母，有可能生得出AB型血的孩子嗎？」

祕書想都沒想：「不可能。ABO血型基因裡的A和B都是顯性基因，O才是隱性基因。父母裡就算只有一方是O型血，也是兩個隱性O基因，在正常分出一個的前提下，無論配偶是什麼血型，都只可能產生AO、BO、OO的組合——除非孩子發生染色體基因突變，不然AB型是絕對不可能的。」

「是啊，不可能……」家俊溪悠悠地嘆了一聲氣，「那個孩子除了眼睛後天失明，其餘特徵和正常人無異，可以排除基因突變的情況。所以她一定不可能是唐世新的孩子。」

家俊溪說完，搖了搖頭，更迷惑了：「但她又確實和唐家兄妹長得非常相——」

家俊溪突然想到什麼，又轉回來：「唐世新不是有個妹妹嗎？叫唐世語，妳再查一查她的血型！」

「喔，好。」祕書不解，但依言照做。查完以後她抬頭說：「唐世語小姐是B型血。」

家俊溪震在原地：「那如果孩子是AB型血，父母一方是B型，另一方應該是……」

祕書習慣性接話：「A型或者AB型。」

「唐世語的孩子，十六歲，也就是十六七年前懷上的，另一半基因來自A或者AB的父親……」家俊溪頭痛地站在原地，不說話了。

沉默裡，家俊溪的表情變魔術似的糾結交替著。祕書等了將近兩分鐘，終於等到院長恢復正常。

家俊溪嘆了一聲氣：「妳剛剛的搜尋記錄和網頁歷史記錄記得全部刪除，今天這件事不要跟任何人提起，知道嗎？」

看出家俊溪的鄭重，祕書連忙點頭：「我知道了，家院長。」

家俊溪猶豫一下，靠過來，低聲囑咐：「唐染下個月來做複診，安排檢查的時候妳記得留下一點能驗DNA的東西。」

祕書驚訝地看向家俊溪。沉默幾秒，她點點頭：「好的，院長，我記得了。」

紅色超跑平穩地開在回K市的路上。副駕駛座裡，被寬大座椅襯得身影嬌小一隻的女孩安安靜靜地抱著安全帶，表情有點不安。

從醫院出來以後，駱湛就沒有和她說過話了。

牽她走路，扶她上車，為她披上香氣淡淡的外套，幫她繫安全帶……一切流程都如往常，但那人就是不開口。

唐染幾次鼓氣又洩氣後，終於趁著某次勇氣達到巔峰還沒掉落，她轉向駕駛座的方向，輕聲問：「駱駱，你是不是生氣了？」

耳邊回應的只有起伏的風聲，駕駛座的那人仍沒說話。

女孩的勇氣只有一次，也只夠說這一句話。尤其是這種親近關係下的情況，都是她沒接觸過的，她不知道要怎麼辦才好。

唐染低頭，把自己縮進座椅裡。只是不等她再做什麼，唐染突然發現跑車開始減速，車頭方向一轉。

十幾秒後，紅色超跑打著雙黃燈，停進高速公路的避車彎裡。風聲驟停，幾秒後，唐染耳邊的車內響起一聲冷淡微惱的笑：「我氣了半個小時，妳就只肯哄我一句？」

唐染愣了愣，抬頭：「你生氣是因為我說你是……」

「不准再提那個詞。」駱湛咬牙切齒地打斷女孩的話，「我為妳做這些事，可不是為了讓妳把我當未來姐夫的。」

唐染小聲辯解：「我沒有把你當……只是家院長問你能以什麼家屬身分作主治療的事情，我能想到作為理由的只有那個。」

駱湛沉默幾秒，掀掀眼皮：「只是作為藉口？」

「嗯。」女孩用力點下頭。

駱湛這才覺得心頭那片能擰出雨加雪加冰雹的陰霾慢慢散開了。

他回過頭，副駕駛座上的女孩特別乖巧，說話的時候努力掰著安全帶，臉朝他的方向。大概是怕他再生氣，不會藏情緒的小臉上寫滿了不安和擔憂。眉心微微皺著，蹙出來的像一朵花形。

於是駱湛心底最後一點惱意也跑得一乾二淨。

但他沒急著鬆口，而是趁女孩娘對自己抱有愧疚，藉機追問道：「那在妳心裡，我和妳的小竹馬，到底誰才是最好看的？」

這個話題轉得突然，唐染沒跟上他的想法，茫然地呆在原地。

駱湛輕瞇起眼：「在家俊溪辦公室外面的時候，妳忘了妳說過什麼了？」

——「那說明駱駱就是很好看的。」

——「多好看？」

——「啊？最好看的……吧。」

——「最好看的？不是妳的小竹馬才是妳『見過的無論男孩還是女孩裡最好看的』嗎？」

想起那段對話，唐染低頭，猶豫著問：「可以一樣等級的最好看嗎？」

駱湛表情逐漸危險：「不可以。」

唐染猶豫了一下，小聲說：「那就，駱駱最好看。」

駱小少爺立刻心情燦爛得像是聽說他哥主動繼承了家產，張俊臉幾乎繃不住要笑出來。

但小少爺還是憑全部忍力繃住了，故意聲音嚴肅地問：「是實話？不是哄我開心？」

「是實話。」唐染點頭，「因為駱駱對我來說是最好的，所以長相最好看，聲音最好聽，香氣最好聞，性格也最好相處。」

駱湛聽得嘴角要翹到天上去了。

「這可是妳說的，如果以後我找到妳的小竹馬妳卻反悔了，那後果會很嚴重。」

唐染一愣：「多嚴重？」

駱湛笑容僵住：「妳還真的有做好後悔的準備？」

唐染立刻搖頭：「沒，我沒有。」

駱湛冷冰冰地說：「晚了。妳剛剛已經暴露想法，現在我又氣回去了。」

唐染苦著臉抬頭：「那我要怎麼做，駱駱才能不生氣了？」

駱湛沉默幾秒，視線晃過去。

午後陽光正好，大把大把地灑進車裡，照得人暖意懶，連理智都藏到本能下偷偷打起呵欠。

駱湛不說話，女孩就安安靜靜地握緊雙手等著他。一張漂亮的小臉微微仰著，被風拂起的烏黑髮絲勾在下頷，襯得唇色豔紅。

鬼使神差地，等駱湛回神時，發現自己已經無意識地朝著女孩的方向俯身過去。

在這樣越來越近的距離之下，他的視線一點點掃過女孩的眉心、眼角、鼻尖，最後落到唇上。

不知道是誰的呼吸聲，在耳邊慢慢放大。

與此同時，駱湛聽見自己的心跳。一拍快過一拍，一聲重過一聲，像是按捺不住要掙脫束縛的困獸，亟待從胸膛裡跳出來。

不知道是不是聽到了，女孩仰了仰頭，不解地問：「駱駱？」

她的唇瓣微微開闔。駱湛感覺太陽穴猛地跳了一下。須臾後他開口，聲音低啞：「知道我剛剛加現在有多生氣嗎？」

女孩慢吞吞點頭：「知道。」

「那知道怎麼哄好我嗎？」

女孩猶豫了一下，不好意思地小聲說：「不知道。」

「很簡單。」駱湛聽見自己心底不當人的禽獸一面冒了出來，壓都壓不住。只有聲音裡帶著誘拐蠱惑似的低啞給予了示警，「只要妳乖乖別動，我就不生氣了。」

唐染問：「真的？」

「嗯。」

女孩的眼角彎下來，臉頰上露出一顆軟軟的小酒窩：「好，那我不動。駱駱不要生氣了。」

停了一秒，她又好奇地問：「但是駱駱要做什麼？」

「做什麼？」

駱湛腦海裡掠過不久前的夢裡，熟悉而危險的畫面——

在那個夢的最初，他已經知道自己身在夢中，所以無需掩藏和顧忌。即便這樣還是讓他遺憾過無數遍的，就只有那些聽不到聲音的畫面。

所以不管想起幾次，他始終沒辦法知道，那個女孩被他抱在桌上吻得眼角溼潤透紅時，唇間逸出的到底是怎樣軟聲勾人的嗚噎。

他最想聽的那個聲音，他太想知道聽進心裡是什麼感覺了。

這樣強烈得無法阻隔的想法之下，駱湛聽見自己嗓音啞得厲害：「妳不動，就知道我要做什麼了。」

幾秒的猶豫裡，唐染對駱湛的完全信任還是戰勝了她心底那種偷偷冒出來的不安的預感。

女孩慢慢點頭：「嗯，我不動。」

於是黑暗裡，呼吸越來越近，直到某刻，驀地停住。

「……瘋了。」

那個低沉沙啞的聲音帶著一點輕微嘲弄的笑，響在唐染頭頂不遠的黑暗裡。

唐染茫然抬頭：「駱駱？」

駱湛啞著聲，語氣裡壓著躁意：「下次我提這種要求，不要擺出這種一副可以隨便我欺負的模樣——直接叫我滾就好了。」

說話時駱湛低下眼，看著距離自己已經連十公分都不到的女孩。

唐染呆了兩秒：「這樣會不會不好？」

駱湛說：「不這樣會更不好。」

唐染想不明白，只好點頭：「喔。」

「但是駱駱。」

「嗯？」

「你的聲音為什麼啞了？」

駱湛彆扭地轉開視線，胡扯道：「風大，喉嚨受涼了。」

「啊？」唐染判斷著聲音的方向，抬手，「那，我幫你搗搗吧。」

方才某人起了獸心，導致兩人此時的距離實在太近。所以駱湛還沒來得及拒絕或者躲開，女孩的手已經搗上來了。

她的手準確地扣在喉結上，駱湛頓時僵住。

唐染迷惑地停了一秒，然後想到什麼，恍然：「你也有喉結，男生都有喉結嗎？果然和機器人說的一樣。」

她本能地順著好奇心摸了摸：「而且和他的也很像……」

話未說完，女孩的手腕被他一把抓住。

頭頂的聲音帶著咬牙切齒的危險：「這可是妳先動手的。」

唐染困惑了。

駱湛心底，剛翻身作主的天使駱被爬回來的長犄角的惡魔駱一腳踹進了黑黢黢的深淵裡。小惡魔高高揮舞著三叉戟，心安理得地說著「反正不是我先動的手」就重新占據了駱湛大腦和身體的指揮權——

駱湛把女孩的手腕慢慢壓回真皮座椅上，抵住。

然後他低頭，朝著女孩茫然仰起的臉蛋上柔軟的唇吻了下去。

最後一段距離越來越近，呼吸糾纏交織。

十公分，五公分，三公分，兩公……

「喀噠。」

四點式安全帶到達極限距離，一把拉住了意圖不軌的駱湛的身形，被迫停在女孩身前兩公分的位置。

第十八章　造訪

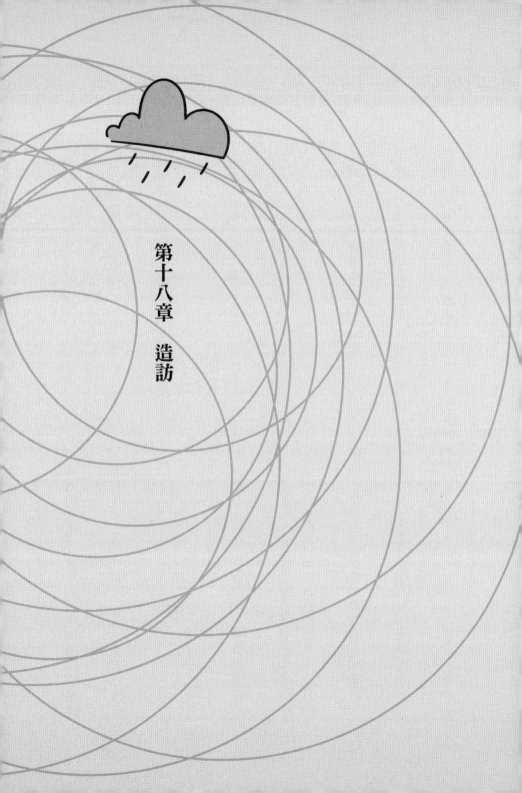

駱湛低頭，看見身前的四點式安全帶正牢牢地扣著他的衣服。綳緊的弧度和勒出的褶皺彷彿帶著某種勝利之後的耀武揚威。

駱湛面無表情。他第一次像這樣痛恨超跑為了高速上限而設計的這種更高安全度、更短可移動距離的安全裝置。

就在駱湛和安全帶僵持不下時，被他握在掌心又扣在座椅上的女孩的手動了動。

駱湛回神，重抬視線。

近在咫尺的女孩闔著眼，細長微翹的睫毛軟趴趴地搭在她的下眼瞼上。

不知道是不是因為等了太久而覺得不安的緣故，她的睫毛此時輕微的顫，聲音裡也露出某種不安：「駱駱？」

儘管不安，但被扣在座椅上的手依舊聽話地一動也不動，表情裡透著種叫人心疼的乖順——是怕她最好的朋友生氣而疏遠、所以就算再怎麼不安也要藏起來「哄」他不再生氣的乖順。

在這樣不知道她怎麼習慣下來的「聽話」前，駱湛心底那隻揮舞著三叉戟的小惡魔陷入了沉默。

幾秒後，唐染感覺手腕上的握力一鬆，然後那人抬手摸了摸她的頭頂：「逗妳玩的……別怕。」

唐染從怔忪裡回神，心虛地搖搖頭：「我沒怕。」

車重新上路，唐染倚在寬厚的座椅裡，朝車外的方向側了側身。她抿著唇在風裡安靜地坐了一陣子，偷偷抬起手，在自己頭頂剛剛被那人摸過的地方碰了碰。

她其實能感覺得到，駱湛剛剛並不是像他說的那樣，只是逗她玩的。

但他剛剛，到底是想做什麼呢？

黑暗裡，女孩陷入苦惱的茫然中。

駱湛剛下K市的交流道匝道出口，放在車前的手機就響了起來。

駱湛瞥了一眼，看清來電顯示後，皺起眉。默然兩秒，駱湛手底下把著的方向盤向旁邊一打，車停到了路邊。

靠在座椅上的唐染直了直身，回頭看過去。

駱湛說：「我爺爺的電話，妳……」

唐染立刻瞭解地點點頭：「我不說話，你接吧。」

駱湛原本正思索著家俊溪說的手術治療階段需要監護人在的事情——於情於理，駱老爺子都比他更適合出面找唐世新談幫唐染做眼睛手術的事。

所以他開口時原本想說的是「妳要不要打個招呼」，但看到女孩明顯有點退避的情緒，他又把話噓了回去。

駱湛問：「妳怕我爺爺？」

唐染猶豫了一下，慢慢點頭：「有一點。」

駱湛問：「為什麼？」

唐染說：「我也說不上來……可能因為他和我奶奶的年紀差不多，而且都很威嚴？」

駱湛聞言失笑：「他威嚴？他那是裝威嚴還差不多。就是個脾氣差又喜歡生氣發火翹鬍子的老頭子而已。」

在說完話以前，駱湛「正巧」卡著時間，把手機通話在即將無人接聽而自動掛斷的前一秒接通。

而他最後那句話，不偏不倚地傳進電話對面的駱老爺子耳朵裡。

駱老爺子反應了兩秒後，琢磨過來小孫子在說的到底是誰——然後差點氣得岔了氣：

『你這個臭小子，怎麼在背後說你爺爺的壞話！』

駱湛向後一倚，靠在真皮座椅裡笑得懶散冷淡：「我什麼時候背後說了，這不是當面嗎？怕您聽不見，我還特地開了擴音。」

這句話就是提醒唐染了。

唐染立刻乖巧地閉緊嘴巴，表情也嚴肅起來——竭力讓自己一口氣的聲音都不會傳過去。

可惜隊友不配合——

駱湛說完，餘光瞥見身旁女孩那副屏息凝神、嚴陣以待的模樣，不由得好笑地伸手過去捏了捏女孩的鼻尖：「別憋氣，再把自己憋暈過去。」

唐染被捏得往後縮了縮，還不敢出聲抗議。

對面駱老爺子頓時熄火，狐疑地問：『你在跟誰說話？』

駱湛收回手，正因為唐染的反應而心情大好，扣起十指枕在腦後，似笑非笑：「我跟什麼人在一起，你不會沒聽到錢家的人告密吧。」

『都一個晚上過去到第二天中午了，你還和那個女孩在一起？』老爺子差點氣昏過去，『你是不是瘋了，誘拐一個未成年女生？要是被有心人傳出去，你還想不想在圈裡立足了？』

駱湛漫不經心：「隨便別人說什麼，我無所謂。」

『你——』

駱老爺子感覺血壓飆高了，旁邊管家溫聲勸了幾句。

過去十幾秒後，才聽老爺子粗聲粗氣地說：『那行，你現在，現在就把那小丫頭帶到我面前，讓我看看到底是何方神聖，能把你迷得腦子都不清醒了！』

駱湛低笑一聲，沒否認老爺子的話，他側過視線，看向副駕駛座的女孩：「要去見他嗎？」

唐染一呆，立刻搖頭。

駱湛懶笑著轉回來：「爺爺你脾氣太差，小妹妹怕你，不想見。」

駱湛接著又說：「她既然不想見，那您也別去查。」

老爺子冷笑：『我要是一定要查呢，你能攔得住我？』

駱湛聲音裡的笑意淡下來：「我這人青春期叛逆期到現在還沒過去，您知道的。萬一你去查，再把人家嚇著了，那我叛逆期一犯，再加上又被她迷得腦子不清醒，可能轉頭就乾脆拐她到跑路了也說不定？」

老爺子噎了半晌，終於找回聲音：『你為了一個小丫頭威脅我？』駱湛隨意地答：「是啊。」

老爺子氣得吹鬍子瞪眼：『行，駱湛，有本事你以後再也別回駱家。』

駱湛一聽，懶聲笑：「不用回駱家？那太好了。」

『你就不怕我斷你的經濟來源！』

駱湛輕嗤一聲：「林管家這段時間又陪著你看些亂七八糟的偶像劇了吧？有那個時間，不如聽家裡總會計彙報彙報收支帳單，看看我和我哥多少年沒用您老的家底了。」

駱湛又補充：「實在要說，那這兩年被拎回家裡吃飯的飯錢，我隨時可以轉到駱家的帳戶裡。承業盡孝的事情以後交給我哥了，您千萬不用掛念我。電話也刪了吧，我們瓶中信聯絡。」

老爺子噎得說不上話。幾秒後，電話對面一聲輕響，掛斷了。

駱家主樓的書房裡死寂良久。

林管家站在書桌旁邊，努力憋著笑，還得偷偷觀察老爺子黑沉的臉：「老先生，小少爺現在這性子您瞭解的，就別逆著他來了吧？」

「還別逆著，難道繼續寵他？」老爺子反應過來，黑著臉，「你看看這些年，把他寵成什麼樣子——尾巴都快翹到天上去了！」

林管家笑了笑：「才高難免氣傲，何況小少爺又豈止才高？」

「這倒……」駱老爺子頭點到一半反應過來，氣得回頭瞪林易，「就是你帶頭寵得！」

林易苦笑：「要是您來說這話，那我不能叫冤，只能認了。」

老爺子冷哼一聲。又過幾秒，想起什麼，轉轉頭問：「這臭小子說的瓶中信聯絡，那是什麼東西？」

林易嘴角下意識地翹起來，被老人掃了一眼又連忙按下去，他低低頭，語氣嚴肅：「瓶中信是一種網路交友方式。」

「交友方式？」

「是。」林管家把瓶中信規則簡單介紹了一下。

老爺子越聽越琢磨越不對勁。

等林易說完，他皺著眉問：「那這小子說這話什麼意思？」

「這個……」林管家抬眼看了看老爺子，又低回頭，「您真的要聽？」

「廢話。不聽我還問什麼？」

林管家輕咳一聲，忍著笑：「差不多就是以後兩不往來、有緣再見的意思。」

幾十秒後，老爺子面無表情地轉回去：「下週五的晚上，我就按原定的計畫『帶』駱湛去唐家拜訪。」

林易猶豫地說：「這樣會不會不太合適？」

「有什麼不合適？」老爺子冷哼，「我看他就是欠收拾，正合適。」

「……是。」

從M市回來以後，駱湛叫了譚雲昶和林千華一起把唐染送回唐家。

之後的一個禮拜，生活如平常一樣。

駱湛少了駱家那邊以前三不五時打來的「騷擾電話」，起初還奇怪老爺子這次怎麼這麼平靜，警惕幾天後沒什麼動靜，他也樂得自在。

除了泡在實驗室和回自己住處休息，每天晚上仿生機器人「駱駱」仍舊定時定點盡職盡責地去唐家偏宅報到。

週五，一個再普通不過的傍晚。

按照這個時間，駱湛要從家裡離開，去實驗室準備一下作為仿生機器人「駱駱」的預備工作了。

只是他從自己住的地方搭乘電梯到停車場，剛要跨出電梯間長廊的門，前路就被四道黑西裝的身影攔住。

駱湛腳步一停，回眸看向身後。

並不意外地，又是四道身影從消防通道的門裡走出來，擋住他的退路。

駱湛輕瞇起眼，視線掃過前後八人的儀態站姿。

心裡對他們的專業能力做了個簡單判斷以後，駱湛眼神微沉地皺了眉：「那個壞脾氣的老頭子讓你們來的？」

幾個人對視一眼，其中一個溫和地笑：「抱歉，小少爺。老先生的吩咐，我們必須聽，今天您要是不配合，那我們就只能得罪了。」

駱湛眼神懶散下來，嘴角輕扯了一下：「怎麼配合？」

「我們接到的任務命令是送您去一個地方。」

駱湛問：「必須現在？」

那人說：「必須今晚。」

駱湛皺眉：「但我如果今晚八點後有事呢？」

那人沒說話，笑容更加溫和。

他沒動，他帶來的另外七個人卻不約而同地各跨一步，把駱湛身旁每一個能逃的方向堵住。

駱湛沉著眼，垂手去摸手機：「那我打個電話。」

那人眼神示意，旁邊有人上前阻攔：「抱歉，小少爺。電話也不能打。」

駱湛動作停住。

他低著頭，舌尖頂了頂上顎，哼出一聲懶散的笑。那張清雋臉龐抬起，唇角勾著冰涼冷淡的弧度：「那恭喜你，談崩了。」

「——砰！」

壓著話聲尾音，駱湛插在褲子口袋裡的手毫無徵兆握拳揮出，一拳擂在他左側的人胃部。

被擊中要害，那人哼都沒來得及哼一聲，就蜷著身體彎了下去。

為首那個笑容一收，並不意外。他朝其餘人一擺頭：「上。」

六道身影齊刷刷地撲了上去。

沒幾秒，拳風交替著撕扯開空氣。

五分鐘後，站在幾公尺遠處的領隊人皺著眉，臉上已經不見半點溫和笑容，反而有些凝重。正在此時，他懷裡的手機震動起來。

他拿出後，看了一眼便接通：「林管家。」

『怎麼樣了？』

「還在僵持。」這人難得露出一點為難的情緒，「您之前只說小少爺接受過格鬥訓練，但沒說過他的能力這麼棘手。而且我們的人顧忌著不敢下死手，難免綁手束綁的。」

林易笑著說道：『哎呀，當時出了一點小事情，老爺子嚇壞了，找了一個理由就把孩子往格鬥冠軍的方向訓練，誰能想到以後需要把人綁回來呢。』

領隊人聽到後臉上透出無奈。

『拿不下來嗎？』

領隊表情嚴肅：「只是時間問題——他畢竟是一個人，近身纏鬥消耗的體力比較多，我看他堅持不了太久了。」

『我看時間不算充裕，你們綁了人直接帶他去唐家附近會合吧。』

領隊人問：「唐家？」

『對，唐家大院附近，會合地點我傳給你。』

「好的，林管家。」

電話掛斷，領隊人收起手機，皺著眉解袖釦——

八個人抓一個養尊處優的小少爺卻浪費了這麼長時間，傳出去這個臉他可丟不起，只能速戰速……

「等等。」

戰團中間，氣喘吁吁的小少爺突然叫停。

幾人一愣，儘管越打越是表情不善，但他們還是停住手，為難地轉頭看向領隊人。

領隊人表情嚴肅：「小少爺，都這種時候您就別想拖延時間了。」

駱湛問：「你剛剛在電話裡說……要帶我去哪裡？」

幾人一愣，看向領隊。

領隊瞪了他們一眼：「七個人圍一個，還能讓人有心思旁顧，你們是沒有吃飯？」

七人委屈地收回目光。

領隊皺著眉轉望向駱湛：「小少爺，我們按林管家的要求，帶您去唐家一趟。」

「……唐家？」

駱湛揩去唇角血跡。五分鐘的纏鬥讓他精疲力竭，他俯下身，撐著膝蓋緩口氣，慢慢平復下急促的呼吸和心跳。

等終於緩過氣來，駱湛抬頭看向那個領隊，氣得發笑。

「原來是去唐家……你他媽不早說。」

領隊一行人開來三輛黑色轎車。

駱湛被「挾持」上第二輛的後排，他坐在中間。然後一左一右各上來一名黑西裝男子，坐在他身旁，他們掛彩的臉上鐵青陰沉，儼然有要把駱湛當重刑犯押送的態勢。

駱湛倒是完全不在意的模樣。方才那場纏鬥確實耗盡了他的體力，上車以後他便仰進座椅裡，眼皮都懶得抬了。

領隊顯然對這位「惡」名在外的小少爺並不放心，他站在中間這輛車的車門旁，和其餘幾人交待好應急措施，看著他們上了前後護送的車輛後，自己才拉開車門坐進副駕駛座裡。

「簾子拉上。」領隊對後座的兩個黑西裝說。

兩人同時抬手，拉上了各自身旁的車窗簾子，澈底擋住外面。

聽見動靜，靠在座椅裡的駱湛懶洋洋地笑了一聲，仍闔著眼：「如果你們實在不放心，不如乾脆把我銬起來？」

領隊透過車內後視鏡望向駱湛：「我們也是受人之託忠人之事，希望小少爺不要怪罪。您的身手實在了得，不做好萬全準備，萬一在路上出了什麼差錯，那責任我們擔待不起。」

「別誤會。」駱湛聽見這句，終於睜了眼，「我是不想讓你們再耽擱時間，真誠地向你們提出建議。」

駱湛說著，很配合的抬了抬雙手：「要銬嗎？銬完趕緊出發，我晚上還有事。」

領隊可能是被駱小少爺的「真誠」打動了，也可能是擔心方才打架傷了這位小少爺的腦袋，這才導致駱湛此時言行舉止和傳聞裡以及他們瞭解過的駱家小少爺大相徑庭——

所以當領隊轉回來，親眼確定小少爺的配合態度後，他鄭重地問：「小少爺晚上是有什麼十分重要的事情嗎？如果是，那我可以代您打個電給林管家話，讓他重新安排。」

駱湛意興闌珊地垂回手，輕嗤一聲：「他安排不了。」

領隊疑惑了。

駱湛說：「我每天晚上都有一份工作要做，而且只有我能做。其餘誰也代替不了。」

領隊遲疑半晌：「冒昧地問，您是求學打工？」

一聽這話，旁邊兩個原本因為挨了揍很不滿的黑西裝驚訝地看向駱湛，露出敬佩的表情。

駱湛仰在座椅裡，闔著眼嘆氣：「求學打工？你就當我是吧——而且你再不開車，我『上班』就要遲到了。」

「我明白了，小少爺。我一定盡快把您送到，希望今晚行動不會耽誤您後面的事情。」

前後兩輛車準備就緒，領隊發出指令，三輛車排成線開了出去。

半個小時後，停在路邊的車門被拉開，林管家笑容滿面地站在車外，朝著車內微微躬身：「今天得罪了，小少爺。」

車內年輕人睜開眼，沒什麼表情，那張一貫清雋俊美的五官今晚多了點瑕疵——左邊的唇角位置在之前的格鬥裡蹭破了，紅色的血跡被冷白膚色襯得格外刺眼。

駱湛轉頭，冷淡懶散地瞥來一眼。

他和面帶微笑的林管家對視幾秒，嘴角微勾：「原來是林管家安排的人，難怪這麼精英。」

林管家笑著垂目，不置可否。

駱湛也沒和林易計較。他的視線跳過林易肩頭，望向外面。

看了兩秒，駱湛輕瞇起眼：「這是唐家大院的南邊公路？」

林易著實意外：「小少爺怎麼知道？」

——他會知道，當然是因為他每天來回往返。

駱湛冷淡地扯了一下嘴角，轉回臉去，闔上眼：「別叫我換車，沒力氣。」

林易原本就是來請駱湛換車的，見駱湛不肯，他猶豫一下，起身不知道去找老爺子彙報什麼。

沒多久，林易回來了：「老先生說了，您既然喜歡，坐這輛上門也行。駱家不差這點排面。」

駱湛懶得回答，林易又看過來一眼：「不過，小少爺嘴角的傷要不要處理一下？」

「不用。」不等林易說什麼，駱湛哼出一聲倦啞懶散的笑，「這不是傷，是勳章。」

林易聽不懂這句話的意思。

駱湛抬眸，隔空望向北邊，唐家大院的方向。盯了兩秒，他冷冰冰地扯了扯嘴角：「是勸唐家那位想嫁的大小姐，給我迷途知返的勳章。」

林易一頓，尷尬地笑：「那這個勳章確實夠顯眼，只是恐怕會損了小少爺的形象。」

「形象？那有什麼用？」駱湛輕嗤，然後聲音低下去，他闔上眼，「她又看不見。」

最後一句話壓得低且模糊，林易沒能聽清。但看出駱湛確實疲憊，他沒有再多問：「那小少爺您先休息，到了唐家我叫您出來。」

「嗯。」

唐染在唐家住了一段時日，唐家的傭人們都知道偏宅多了這麼一位目不能視的小小姐。就算起初不瞭解，等觀察一段時間始終不見主宅那邊有什麼動靜以後，那些機靈的傭人也猜得到這是怎樣一位不受寵的人了。

於是在生活起居上，就算他們不敢隨便苛待，但在其他事務上難免會有你推我阻的情況發生，誰都不想來偏宅伺候一個不知道什麼時候就會被偷偷嫁出去，當作沒存在過的女孩。

但事情總要有人做，很多地方多數都是新人受欺負，不管是家裡的主人還是打工的傭人——於是這段時間唐染就發現，來送三餐的傭人從最初的每天一換，變成了現在固定的一個年輕女人。

年輕是唐染聽她自己說的。唐染和她說過幾次話，她中文並不標準，有時候唐染和她交流，還會出現聽不太懂的字詞。

依照她自己所說，她是幾年前還沒成年的時候就從另一個城市的鄉下地方出來工作，最近才到唐家。今年才剛二十歲。

第一次進這樣高門大宅的主人家工作，這名叫做段清燕的年輕小姐顯然很不適應。尤其是她的口音腔調，讓她一開口就會被一同在唐家做工的其他傭人笑話，所以慢慢她就不怎麼說話了。

直到她來偏宅送了一段時間的三餐，段清燕逐漸和唐染相熟起來。

女孩雖然看不見，但交流卻沒什麼障礙，而且一點也不歧視她的口音。

段清燕喜歡把憋了一天說不完的話偷偷和唐染聊，唐染也會跟她講講自己的仿生機器人「駱駱」的事情。

週五這天晚上也不例外，六點十五分左右，段清燕把晚餐用餐盒裝著提了過來，剛進門就連聲跟唐染道歉：「小染對不起啊，今天晚上廚房都快忙死了，那邊亂七八糟的，我找了好幾個人，終於找到幫妳準備的晚餐，我一拿到，就直接拎起來就往這裡趕。」

坐在方桌旁的女孩眼角微彎：「沒關係，不差這一點時間的。下次妳不要急著趕路，摔著就不好了。」

段清燕換了鞋進來，到方桌前幫唐染夾菜。

她一邊放碗盤一邊說：「而且今天不只是廚房，晚上到處都忙，可累死我了。」

唐染好奇地問：「是家裡有什麼事嗎？」

段清燕回答：「我也不曉得，聽好像是有個傻子小少爺要來。」

唐染一愣，問：「傻子小少爺？」

段清燕連忙努力掰正自己的口音：「啥子，不是傻子。一個名號可長可長的小少爺，她們提起他要誇好久呢，所以我就簡稱啥子小少爺了。」

唐染反應過來，莞爾地笑起來：「那這個小少爺，我好像知道是誰了。」

「哎呀，妳也認識他嘛。」

「嗯。」唐染點頭，「他是我的朋友。」

「妳的朋友？」段清燕偏開頭，嘀咕一句什麼。

唐染沒聽清楚，茫然地問：「妳剛剛說什麼了嗎？」

段清燕說：「我聽說，那個啥子小少爺，好像是為脾氣有點差的大小姐來的，原來是妳的朋友嘛？」

唐染一頓，段清燕不懂得察言觀色，又問：「他既然是妳的朋友，那他今天晚上是不是會過來找妳啊？」

女孩臉上的笑意澈底黯下來。

段清燕終於後知後覺地反應過來，尷尬地撓了撓頭：「我是不是說錯什麼話呢。」

「沒有。」唐染輕聲說：「妳說得對，他既然鄭重其事地來，應該就是為唐珞淺來的。」

「那他……」

「他不會來看我的，他們不會讓他來。」唐染低頭低了很久很久，「雖然他不想，我也不想，但他以後可能還是會……變成我要喊哥哥或者喊姐夫的人吧。」

段清燕聽出女孩話聲裡的一點顫音，慌了手腳：「妳妳妳別哭啊！」

唐染微愣。然後仰頭，輕笑起來：「我聽起來像是要哭了嗎？」

不是想像中淚花小臉的模樣，段清燕長鬆了一口氣：「可不是，嚇死我了。」

「妳別擔心，我不哭。」唐染輕聲說：「……我早就做好準備了。」

「準備？」

「嗯。做好就算是我的朋友，也總有一天會失去的準備。」

段清燕愣了一下，問：「為什麼會做好，這樣的準備？」

「因為……」唐染的聲音輕下去，「習慣了呀。」

段清燕一愣，女孩卻笑彎了眼：「這個世界上有很多很多東西和人，我總想要，可總是沒有一個是屬於我的。就算短暫地以為自己得到了，很快就會醒來，發現那只是自己的夢。所以後來我就習慣了，我不會再去哭鬧……因為我不是她，所以我哭得再大聲都沒有用。」

段清燕愣在女孩的笑裡。不知道為什麼，明明女孩極少笑得這樣燦爛明媚，但她就是替唐染難過。難過得都想跟著哭一場。

段清燕的沉默讓唐染猶豫地停住話聲。唐染在黑暗裡安靜了一陣子，像是明白了什麼，反過來安慰段清燕：「妳不需要替我難過的。」

段清燕回神，抽了抽鼻子：「這還不需要嘛？」

唐染笑：「嗯，因為前不久，我有了一個完完全全屬於我的東西了。」

段清燕哽著帶鼻音的聲：「那個機器人，是吧。」

「嗯。」

女孩很用力地點頭。

這一次她笑得柔軟，清淺，像是在完全黑暗的世界裡看見了最漂亮的風景：「駱駱說過，我是它的主人，它會永遠屬於我。」

唐染想了想，又說：「我的所有東西好像都是姓唐的，會有一天很突然又很理所當然就被收回去了。只有『駱駱』不是。它是別人送給的禮物，它說它會永遠屬於我——那就誰都不能把它搶走。」

段清燕皺著臉：「但它還是是個機器人……那個啥子小少爺才是個人，他既然是你的朋友，憑什麼要被別人搶走？」

唐染閉著眼，笑意淡下去：「我們今天不提那個小少爺了，好嗎？」

段清燕欲言又止，最後懊喪地點點頭：「好吧。」

段清燕陪著女孩吃完晚餐，她知道不久後就是女孩的機器人被送來的時間，所以她也沒多留，收拾好餐盒便離開了。

回去的路上，段清燕看見原本在後院工作的幾名傭人往主宅走，一邊走一還嬉笑議論著：「真的有那麼帥？」

「真的！絕對會是妳們長這麼大見過的最好看的男人！」

「可我聽說他今年也才二十歲吧……」

「二十歲已經超帥了，五官輪廓特別完美，而且少年感超足，就是有點冷淡，神態總是懶洋洋的，但眼神特別殺人——尤其不敢想以後再成熟點，在床上欲起來會多讓人腿軟啊。」

「哈哈哈妳這個可怕的女人……」

「妳們小聲點，那位以後是珞淺的未婚夫，被她聽見妳們這麼惦記那位小少爺，還不得扒了你們的皮？」

議論聲遠了。

段清燕猶豫幾秒，咬咬牙，硬著頭皮跟上去。

今晚的女孩太讓人心疼，段清燕只想把她的朋友還給她。

第十九章　桃花瓣

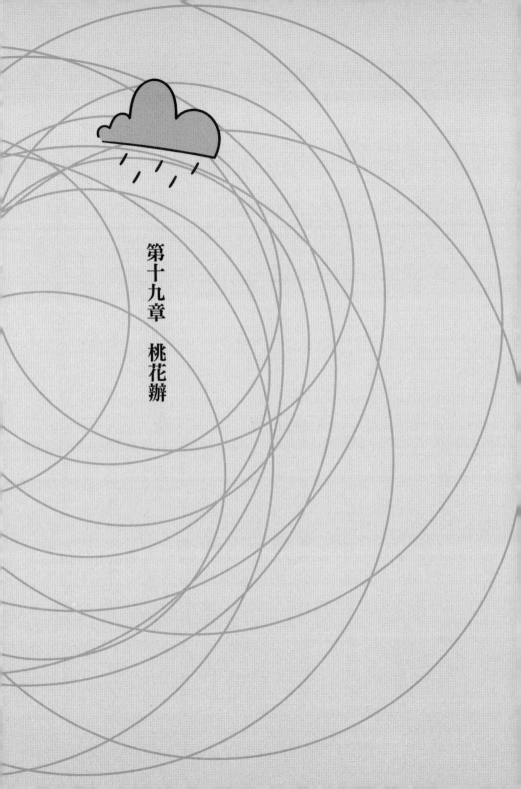

唐家的正門前，有一輛車比駱家的車隊到得還要早一些。車旁兩個年輕人下來以後也沒進去，只跟保全和善地笑了笑，然後就站在車旁聊天等著了。

保全本來想上前詢問，但考慮到今天被主人家提前知會過要來的重要客人，不知道這是不是「先遣隊」，他們猶豫了一下，不敢妄動。

沒多久，唐家主家裡得了通知，說是駱家的車隊已經近了。

駱老爺子親自上門拜訪，不管在哪裡，到哪個東道主的家門裡也是要最長一輩出來迎接的。於是唐家的杭老太太就帶著兒子唐世新、兒媳林曼玫以及孫女唐珞淺，提前來到正門外。

為了迎接駱老爺子的到來，唐家提前一天就開始修整前院花草設施。出來以後，杭老太太目光一掃前院，正滿意地準備點頭，然後就看到了車旁那兩名年輕人。

老太太一頓，皺了皺眉，她轉向身旁：「世新，那兩個是家裡的人？」

唐世新聞言，順著老太太示意的方向望了過去。看清楚兩位年輕人的長相，唐世新愣了一下。

唐家此時值守正門的保全以及唐家其他人認不出車旁那兩個年輕人，但唐世新卻認得——不是別人，正是ｉｎｔ實驗室的譚雲昶和林千華。

唐世新疑惑兩人為什麼會在這裡，但此時也只能先回答自己母親：「不是，那是駱湛的兩名同學。」

「駱湛的同學？」杭老太太皺眉看過去，「你怎麼認識的？」

唐世新回答：「他們之前來過家裡，專程送駱老爺子從國外訂製的仿生機器人給小染。」

杭老太太眼神微冷，隨即說：「那他們今天怎麼也過來了？」

唐世新搖頭說：「不知道。」

杭老太太沉默幾秒，朝旁邊招了招手，家裡今天輪值的管家小跑過來：「老太太？」

「叫那兩名年輕人來一下。」

「是。」

管家立刻轉身走出去，沒多久，他帶著譚雲昶和林千華進來了。

林千華有些拘束，譚雲昶卻自來熟，一張笑臉燦爛得花開似的，進來就先跟唐世新打招呼：「哎呀，真巧啊。唐叔叔，沒想到今天出來還見著您了。」

唐世新站在自家門口，不知道該答應的好還是不答應的好，回過神無奈地搖頭笑笑。

譚雲昶的視線焦點很快就轉到那個個子不高，但眼神威嚴的小老太太身上了，他仍是那副嬉皮笑臉：「這位就是唐家奶奶了吧？」

俗話說，伸手不打笑臉人。

老太太即便不喜歡後輩這樣輕浮的性格，但也不好責怪，只皺著眉冷淡地問：「你認識我？」

「當然了。」譚雲昶一昂首，一副熟絡模樣，「我之前經常聽小染提起您呢。您不知道吧，我和小染是朋友，聽說這些年您對她恩情深重，照顧得特別特別好，簡直把她當親孫女一樣疼愛，我一直想找機會當面感謝您呢！」

杭老太太臉色一變，譚雲昶的表情眼神語氣十分真誠，一副要對杭老太太豎起大拇指的模樣。

然而在唐家，即便是從草叢裡隨便捉一隻螞蟻，都知道老太太有多冷落這位小小姐。所以這番奉承自然就成了字字刺人的針，奚落得老太太的臉色一點點沉了下去。

旁邊的傭人聽見都捏了一把冷汗，不敢抬頭，老太太身旁跟著的唐世新和唐珞淺也愣愣地看著譚雲昶。

畢竟在唐家，還沒人敢這麼跟老太太說話。

唐家正門的門庭在這燥熱的夏裡陷入死寂。

風穿堂而過，林千華緊張得手心起汗，他一邊在心裡祈禱一邊偷眼敬佩地看向身旁笑容絲毫不變、真誠得一如既往的譚雲昶。

他第一次覺得這個永遠油滑的學長在自己心目中的形象這麼高大。

——同樣是接了駱湛的囑託趕過來，他就沒勇氣這麼跟唐家開槓。

這死寂維持數秒，見那個笑容滿面的年輕人彷彿對氣氛毫無所察，杭老太太眼底的冷意更甚：「年輕人，對長輩說話，就該秉持晚輩應有的姿態。」

「啊？我態度不好嗎？」譚雲昶一副迷茫表情看向林千華，「我還以為我剛剛誇得挺真誠的，看來還是不太夠啊。」

學長這樣大膽了，林千華自然覺得自己不能畏懼，他咬了咬牙，撐起笑容：「譚學長，我覺得你說的很有道理，我也一直這樣認為。」

門庭下更加安靜，呼吸聲被眾人屏住了。

這其中唐世新尤其不理解，譚雲昶今天還是和他最初印象裡的那個油滑性子一樣，但上次完全不見他對唐家這樣明顯的敵意——不知道今天怎麼一副上門挑釁的架勢。

不過就算想不通，他也得阻止。

畢竟杭老太太是他的母親，就算平常理念想法常有不和又不得不屈從，但唐世新在這種時候自然不能看著母親被兩個晚輩一唱一和地嘲諷。

唐世新皺著眉走上前，壓低聲音，語氣算不上多嚴厲，更多是帶著點勸導的意思：「你們兩個今天總不是來鬧事的吧？」

「怎麼可能啊，唐叔叔。」譚雲昶笑，「我們好好的實驗室不待，專程跑這麼遠，過來這裡鬧事，我們是閒著沒事幹嗎？」

唐世新問：「那你們來幹什麼了？」

譚雲昶說：「來送點東西給我們隊長啊。」

「你們隊長？」

「喔，我們隊長就是駱湛。」

「……是駱湛讓你們來的？」唐世新終於回過味來了。

他這問題問出來，身後杭老太太和唐珞淺的表情都變了。

回過神，杭老太太冷哼一聲：「駱家這個小兒子實在有些缺少管教，交的朋友也不識禮數，我看駱老先生太寵著他了。」

譚雲昶聽見了，立刻從被唐世新身影擋住的地方探出頭：「老太太，您這就太冤枉人了。我和您不認識，您隨便找人過來叫我們過去，我不理您就可以了。但我還是來了，進了門之後，跟您打招呼，又把您誇了一遍，您卻說我不識禮數？我太冤枉了。」

唐珞淺在旁邊聽得氣不過，嘀咕一聲：「無賴！」

譚雲昶樂了，一指唐珞淺：「您看見了嗎？這才叫不識禮數——謝謝唐小姐現身說法。」

「你、你說誰呢！」唐珞淺氣得臉都白了。

「好了珞淺。」唐世新頭痛地阻止，轉過身對譚雲昶說：「你們兩個是晚輩，我不和你們計較。趁我家老太太還沒發火，你們趕緊走吧，別鬧得兩邊都難看。」

譚雲昶說：「唐叔叔不好意思啊，我們真得把東西送給隊長。」

唐世新忍不住擰起眉：「什麼東西非得送來唐家才能給，不能等他回去？」

譚雲昶回答：「他今晚急用啊，離開的時候又沒有帶上。」

終於等到這一句，譚雲昶吸足了一口氣，才竭力把聲音氣量提到最高，故作恍然驚訝地問：「哎喲！您幾位不會不知道吧？」

唐世新覺察前面有問題，但此時也只能硬著頭皮問：「知道什麼？」

譚雲昶臉上那點油滑嬉皮的笑意終於褪去，眼神嘲弄譏諷地看向唐家的杭老太太和唐珞淺。

「我們隊長沒辦法自己拿。因為他今天來唐家不是自願，而是被駱家老爺子叫了一隊人，直接五花大綁帶過來的。」

唐世新震住：「綁來的？」

「是啊。」譚雲昶一頓，笑了，「我們隊長讓我提前來，就是想讓我傳個話——上次沒上門的意思還不夠直接是吧？本來想給幾位長輩留點面子，結果你們自己不要啊。」

包括杭老太太在內，唐家幾人臉色鐵青。

譚雲昶之前的那番反話，即便再刺耳，畢竟是唐家私事，外人聽了也沒辦法說什麼——但如果今天這件事傳出去，恐怕圈子裡要鬧出一個天大的笑話。

笑話名就叫，唐家那位大小姐不知道是有多麼擔心自己嫁不出去，竟然要把不肯訂婚約的男方綁上門才行。

唐老太太氣極，手裡的枴杖攥得緊繃而微微顫抖。

譚雲昶說完那番話以後立刻退到林千華身旁，小聲說：「我靠，這老太太不會氣得揮枴杖打我吧？」

林千華苦笑：「我更怕老太太叫一群人圍毆我們。」

譚雲昶說：「我剛剛說的話有這麼拉仇恨？」

林千華回：「特別嘲諷，仇恨值拉得滿滿的。」

譚雲昶又說：「不應該啊，駱湛平常就這麼說話，怎麼沒見到他被揍？」

林千華沉默了下，坦言道：「可能是臉的差別吧。」

譚雲昶忍不住罵了一聲：「媽的，駱湛誤我。等等要是被搥，學長這個身板扛不住，學弟你可得多替學長扛幾下啊。」

林千華苦笑不已，所幸還沒等到老太太動怒讓人把他們轟出去的那一步，駱家的車隊就開來了。

最先開來門前停下的車是載著林管家的，一兩分鐘後，老爺子的車隨之而來。

他這邊車門剛打開，就見林管家站在車旁，一臉無奈地笑。

老爺子心裡咯噔一下：「怎麼了？」

林易上前，附耳說了幾句話。聽到一半，駱老爺子氣得橫眉：「不是早就說了，不要給他拿到手機的機會？」

「我問過了。」林管家無奈，「領隊說，那時候小少爺非常配合地坐上來唐家的車，在路上要求打一個電話。再加上簾子都拉著，什麼路段也沒讓他看見，領隊以為沒關係，就同意他打了電話。」

老爺子氣得直哼聲：「沒關係？對這個臭小子就必須警惕到最後一刻！你沒跟他下過圍棋？不知道他很會釜底抽薪暗度陳倉這種把戲？」

林易嘆笑：「是我囑咐不嚴。不過小少爺心思深、腦子活、身手又好，再怎麼嚴防死堵，恐怕總能被他鑽著空子。」

老爺子雖然不高興計畫出了紕漏，但一聽見小孫子被他這麼誇獎，還是很開心的。他忍了忍差點翹起鬍子的得意，嚴肅地咳了一聲：「下次注意。」

林易回道：「一定。」

等駱老爺子下了車，和唐家沉著臉的老太太寒暄幾句，駱湛的車也到了。不用唐家或者駱家的人去迎，譚雲昶和林千華第一時間衝了上去。譚雲昶更是一把把彎腰從車裡鑽出來的駱湛抱住了。

「隊長，我差點以為見不到你了！」

這險些聲淚俱下的架勢，把林千華震得一愣。

駱湛輕「嘶」一聲，隨後氣得笑罵：「滾蛋，碰到我的傷口了。」

「我可太……啊？」譚雲昶連忙停住自己「感傷」的話語。他退後兩步，緊張地上下把人打量一遍：「我靠，嘴角都破了。誰下手這麼狠，知道我們祖宗這張臉值多少錢嗎？他不怕被K大全校女生追殺啊？你瞧瞧這青的，血還沒乾呢，真是太讓人心痛了。」

「學長。」林千華在旁邊不忍心地提醒，「你的笑，收一收。」

譚雲昶僵住咧開的嘴角，尷尬抬頭：「我笑出來了嗎？」

駱湛說：「你說呢。」

收到駱湛懶散瞥來似笑非笑的目光，譚雲昶慢慢往林千華那邊縮了縮：「對不起，祖宗，第一次見到你這麼狼狽，我不想笑的，只是沒忍住。」

「行了，這趟辛苦了。」駱湛從不遠處唐家那邊收回視線，破了相也沒影響俊美清雋的臉上掛起一點懶散的笑，「看來效果不錯，回去我請你們吃飯。」

譚雲昶回答：「隊長見外了！我們兄弟什麼關係，只要你一句話，赴湯蹈火，在所不──」

「飯不吃了？」

「不不不，吃吃吃。」譚雲昶及時改口，然後他壓低聲音，「祖宗，變聲器給你，你要拿好，今晚我們沒辦法配合你，偏宅那邊你自己演吧。我們不打擾了，這就撤。」

「嗯。」

一分鐘後，駱老爺子和杭老太太兩位長輩走在最前，唐世新夫妻陪同左右。

唐珞淺早就被譚雲昶的話氣回了家。最後只剩嘴角掛傷的駱小少爺懶洋洋地把雙手插在褲子口袋，一起進了唐家大院的正門。

──大概是知道某人那裡得不到什麼好話，所以駱老爺子非常有先見之明的沒讓駱湛走到眼前。

駱湛故意在唐家的前院轉了好幾圈，什麼犄角旮旯都鑽，以混淆唐家對他去向的把握。

途中唐家傭人的偶遇他收穫不少，但到底哪條是通往偏宅的路，小少爺找了半天也不確定。

眼見時間離八點越來越近，駱湛找了個隱蔽處在身上裝好變聲器，先關閉開關，然後選了和偏宅方向一致的一條路。

他決定闖闖試試，然而很不幸，第一次選擇錯誤。

駱小少爺誤闖唐家後廚，收穫了一群年輕或者不那麼年輕的傭人們差點撲上來要簽名的熱切目光後，他落荒而逃。

剛出後廚區域，駱湛突然從身後被人拉住。

小少爺本就不怎麼陽光的情緒頓時更加陰鬱，他皺眉回頭，冷淡看著那個陌生的年輕女人：「放開。」

「你……」女人說著一口不知道哪裡的口音，結結巴巴地問，「你認識唐染嗎？」

駱湛一愣。

駱湛跟著女人走最偏僻的小路去偏宅，一路上腦海裡衝撞來去的，都是那幾句話。

明明只是轉述，他卻彷彿親眼看見女孩在自己面前輕聲說著，一邊說一邊還要努力又稚拙地藏住難過和失落，彎著眼角笑。

她總是那樣笑。

——「沒關係……因為我早就做好失去的準備了。」

——「這個世界上有很多很多東西和人，我總想要，可總沒有一個是屬於我的。」

——「我不是她，所以我哭得再大聲都沒有用。」

——「但是前不久，我有了一個完完全全屬於我的東西了。」

——「我的其他所有東西好像都是姓唐的，會有一天很突然又很理所當然就被收回去了的。只有駱駱不是。」

——「它說它會永遠屬於我，那就誰都不能把它搶走。」

「……到了。」

年輕女人的聲音叫回了駱湛的意識。

他恍然回神，抬眸。

不遠處的那座宅子坐在濃墨似的夜色中，與他來處的繁華盛景全不相通。它煢煢孑立，孤獨而安靜。

像是趴在那裡等他的女孩。

「幾點了。」

年輕女人聽見身旁那個微啞的聲音，慌忙低頭去看：「八點十三分。」

駱湛低頭，揉了揉蹭破的唇角，啞聲無奈地笑：「還是遲到了啊。」

段清燕不解。

駱湛沒解釋：「謝謝妳帶路。」

他走出去時抬手，似乎在頸下一塊環帶一樣的東西上按下去什麼按鈕。段清燕只來得及看見一點紅光亮起，變成白光，閃爍了一下。

段清燕茫然地站著。

她承認她們說的都對，他是她見過的所有男生和男人裡最好看的一個。

而且他的身上有種冷淡疏懶的氣質，對什麼都漫不經心也不在意，卻更讓人移不開眼。讓人好奇，有什麼東西或者人能讓他駐足。

段清燕正失神時，她看見偏宅的房門打開，身影熟悉的女孩握著導盲杖，低著頭從偏宅裡慢慢出來。

她沒下臺階，而是閉著眼睛站在黑暗裡，又慢慢坐下去。

她一個人坐在石階上，表情低落而難過，卻總是朝著她看不見的黑暗裡的某個方向，像是在等什麼人。

段清燕愣了一下，然後反應過來——

八點了，但那個只屬於女孩的機器人還沒有到。

這個晚上她該有多難過？

段清燕面露焦急，正想走過去，就見跟自己一起來的那個小少爺停在那三階石階前。

臺階上的唐染聽見了聲音，愣了兩秒，驚喜地抬起頭，原本黯淡的小臉洋溢起笑：「駱駱，是你在了嗎？」

駱湛沒有開口，他望著燈光下仰起臉來的滿是希冀地朝著他的女孩。

——「只有駱駱是完全屬於我一個人的。」

如果她希望，那他就只是她想要的那個機器人「駱駱」。

幾秒後，站在不遠處的段清燕看見，臺階下那個總是懶散的冷淡的驕傲的小少爺，在臺階上坐著的女孩面前一點點單膝跪下去。

駱湛忍著身上被跪地的動作撕扯到的傷和痛。

他勾起女孩的手，俯身去吻。

「是我。」

機械質地的低沉聲音驚醒了沉默的夜色。

「我會永遠在妳身邊，主人。」

唐染愣坐在臺階上，她的指尖位置，最敏感的皮膚把陌生的溫潤潮熱的觸感傳了回來。不知道是不是被這觸感刺的，唐染心底泛起一陣莫名的輕慄。

她下意識地把手縮了回去。

駱湛掌心一空，還好理智回來得快，才成功按捺住想要伸手把女孩逃掉的手追握回來的本能。

駱湛無奈垂眼，他知道自己剛剛太衝動了，無論是沒有等身後那個傭人離開就暴露身分，還是做出這樣的舉動。

但他忍不住，即便再來多少遍也一樣。

聽過那樣的話，又親眼看見女孩孤零零一個人坐在夜色裡的臺階上失落無助地盼著她的「機器人」，駱湛知道自己一秒都沒辦法多等。

因為那樣的難過多一秒他都不想她再承受。

至於眼前這個局面……

駱湛難得心虛，抬眼望向臺階上還愣著沒回過神的女孩。作為「仿生機器人」，他只能等著看唐染什麼反應再做應對了。

而唐染足足呆了幾秒才回過神。女孩沒別的反應，慢半拍地「啊」了一聲：「這是新功能嗎？」

駱湛沉默兩秒，低沉的機械聲音無奈開口：「是。」

「有點癢，而且怪怪的。」唐染彎下眼輕笑，「好像被電了一下似的，駱駱你不會是漏電壞了吧？」

安靜很久，機械聲音回答：「安全檢查無誤，主人可以放心。」

「我開玩笑的。」唐染笑著說。

坐了一下，唐染撐著導盲杖從臺階上站起身：「不過今晚怎麼了？店長他們好像來晚了，而且沒有來得及打招呼，把你送來就走了？」

安靜裡沒有應答，唐染不意外。遇到一些不知道是不是無法解析的問題時，這個機器人就是會很誠實地沉默的。

不像AI語音助手……

想起這個，唐染不禁笑起來：「你真的很不像另一個駱駱。如果他聽到聽不懂的問題，不會沉默，還會回答得亂七八糟的。」

駱湛聽到後，心想著——真是一個好比較。

唐染不知道想到什麼，表情燦爛了一點：「不如我今晚介紹你和那個駱駱認識吧？」

駱湛隱隱有種不好的預感，他很想拒絕，但仿生機器人手冊裡對主人顯然只有「服從」，沒有「反對」。

駱湛無聲地嘆：「好的，主人。」

唐染的眼睛笑得彎起來：「那我們回去吧？駱駱？」

「由於主人提出的安全疑問，我需要回到機械箱運行一遍自檢程式，預計耗時三分鐘。請主人先回房間。」

唐染聽得茫然，但還是點點頭：「好，那我回去等你。」

目送女孩的背影撐著導盲杖回到偏宅內，駱湛這才轉身，走向遠處的夜色裡。

段清燕僵立在那裡，一動也不動。

她現在有點自我懷疑，不知道該相信自己的眼睛還是耳朵，或者乾脆連記憶都出現了問題。

不然那個被她帶過來的，據說是那個比唐家還要厲害的駱家裡最受寵也最不馴的小少爺，怎麼會變成了唐染說的獨屬於她一個人的「仿生機器人」？

而且確實是機械一樣的聲音……

段清燕還迷茫著，駱湛已經走到她面前，停住：「妳應該……」

機器人的聲音在夜色裡響起，聲音停頓了一下，駱湛微皺起眉。他抬手在頸下黑色環帶的按鈕上輕按了下。

按鈕旁的白光微微閃動，轉為紅光，然後暗了下去。

駱湛重新抬眼，神態早已恢復如常：「妳應該看見也聽見剛剛發生的事情了？」

親眼見證「仿生機器人」變回活生生的懶散冷淡的駱家小少爺，段清燕失語好久，才有點結巴地艱難開口：「我我我不不會告訴別人你你你就是唐染的——」

「這是ｉｎｔ團隊的聯絡方式。」

駱湛沒時間和她耽擱。截住段清燕的話聲，遞過去一張白色暗紋名片。

再抬眸時，駱湛平靜開口：「這件事在唐家只有妳一個人知道。這樣的情況下，我願意用任何價格封妳的口，妳可以自己估算。」

段清燕愣過後，下意識擺手：「我不用……」

駱湛微皺起眉，黑漆漆的眸子望著她：「如非必要，我不會和任何人有人情上的牽扯。而且，拒絕明碼標價，在我看來就是為以後更深遠的利益和可能做預備。」

段清燕漲紅了臉：「我沒、沒有的。」

猶豫之後，她還是有些尷尬地從駱湛那裡接過名片。

「妳可以多考慮一段時間。」

駱湛眼皮懶洋洋垂下來。手插回褲子口袋，轉身往回走。

只是走出兩步後，駱湛身影一停，似乎想起什麼，他回眸。

那人站在夜色裡，清雋側顏上嘴角微勾，眼神懨懶如舊。只是聲音裡多了絲比夜色還涼的冷淡：「提醒一句。價格妳來定，但如果消息是從妳這裡走漏，那妳需要付出的代價可能比這個價格要大得多。」

說完，駱湛頭也不回地進了偏宅。

直到偏宅的門關上，段清燕才堪堪回神。

她低頭看見自己手裡的名片，又想起方才偏宅石階下，那深刻得好像已經烙印進腦海裡的一幕。

段清燕晃了晃腦袋。如果不是這張名片的存在，她一定會感覺自己今晚只是做了一場無比真實又無比荒誕的夢。

所以駱湛或許根本多慮了。

因為就算她真的不管不顧地說給別人聽，如果不是親眼所見，恐怕也沒人會相信她的話。

——那個桀驁不馴又憊懶冷淡的駱家小少爺，連唐家的大小姐唐珞淺都不想娶，卻會裝出一副溫良順從的模樣，給唐家最不受寵的小小姐當假的機器人？

唐家其他傭人們只會笑她作夢罷了。

從唐染在門外提出，要介紹他和語音助手「駱駱」認識的時候，駱湛已經心生某種不祥預感。

果然，進了偏宅沒多久，駱湛這種預感就應驗了。

方桌旁邊，駱湛皺著眉，黑著一張俊臉苦大仇深地盯著眼前的手機。

「駱駱。」有人出聲喚。

『……在了。』

手機裡，一個再熟悉不過的聲音傳了出來。

聽著另一個「自己」在手機裡說話，駱湛心情複雜著，見一隻小手摀到麥克風的位置。

然後坐在他旁邊的女孩輕著聲轉過來：「我教你，你跟他說，嗯……就說『駱駱你真傻』吧。」

駱湛聽到後，只想說他不太想。

但駱湛轉過頭，看見女孩一臉希冀地仰著臉等他。

駱湛落回目光。作為一名合格的仿生機器人，他還要保證吐字平緩清晰，只是語氣稍有些忍辱負重：「駱駱，你真傻。」

空氣沉默一秒。

唐染之前說完就鬆開手，此時手機無比準確地辨識到機械聲音。

『社會你我他，文明靠大家。』那個懶散冷淡還大爺的聲音響起來，帶上某種嘲弄的笑，『以為我會這樣說嗎？你才傻。』

駱湛面無表情地瞇起眼。

當初是誰設計的語言模式？等他今晚回去以後就把人揪出來——活的搥死，已經搥「死」了的當場刨墳。

順便再把譚雲昶這個罪魁禍首一起帶上。

唐染完全不知道自己的無心之舉已經替譚雲昶等人拉穩了一波超級大的仇恨。

等了一下沒聽見動靜，她用口令關掉語音助手，然後好奇地抬頭朝向駱湛：「這條模式裡沒有觸發到輸入的關鍵字嗎？」

駱湛沉默片刻後，說：「涉及敏感字元，已取消。」

「這樣啊。」唐染遺憾地說：「兩個AI好像聊不起來。」

機械聲音回答：「主人不喜歡和我聊天嗎？」

「不是不是。」唐染連忙說：「只是以為你們兩個聊起來會很有趣。想聽一下會是怎麼樣的。」

駱湛準備開口，偏宅的門鈴卻在此時突然響起。

兩人同時一愣，唐染愣過幾秒，重新打開語音助手：「駱駱，現在幾點了？」

AI語音助手回答：『晚上八點三十三分。』

唐染得了答案，茫然抬頭：「誰會在這個時候來偏宅？」

不等她想完，門鈴再次催促地響起一遍。

唐染摸索到導盲杖，撐著起身：「駱駱，我先去開門，你在這裡等我。」

「好。」

——溫和的機械聲音回道。

『嗤，誰要等你。』

——這是冷冰冰懶洋洋還大爺的AI語音助手聲音。

駱湛疑惑了。

唐染聽到聲音，反應過來：「啊，忘記關掉這個駱駱了。」

女孩一邊用語音指令關掉AI語音助手，一邊輕笑起來：「大駱駱的脾氣比小駱駱的脾氣好太多了。」

駱湛面無表情，唐染又笑：「不過你們都很可愛。」

聽到這句，小少爺那張黑了一半的禍害臉才慢慢轉回晴天。

唐染去玄關開門，駱湛坐在桌前，懶洋洋地鬆鬆開微皺的眉，撐著顴骨看著女孩慢吞吞的背影，眼底情緒一點點柔軟下來。

沒多久，玄關方向的聲音傳進來。

如駱湛所料是唐家的傭人，也如他所料，來人只是站在門外說話，並沒有進來。

「駱家的老先生來家裡了。老太太讓妳換上正式一些的衣服，去主宅向老先生問好。我在門外等，請唐染小姐盡快。」

「……好。」

那人語氣疏離，毫無尊重或者客氣。駱湛在桌旁聽著，慢慢坐直身，眼神裡的情緒涼了下去。

不過很快，玄關那邊已經關上門，女孩走了回來。

一直到了距離駱湛極近的位置，唐染才慢慢停住，她有點歉意地說：「駱駱對不起，今晚我不能陪你了。」

駱湛眼神微動，說道：「沒關係。」

唐染回：「那我先去換衣服了。」

「好的，主人。」

唐染轉過身準備往臥室的方向走去，只是第一步邁出去，她頓住了。過了兩秒，女孩鼻尖翕動，露出一點疑惑的表情：「駱駱你今天身上好像不是金屬的味道了……」

駱湛身影微滯，那瓶特殊訂製的接近金屬味道的香水在實驗室裡，因為攜帶不便，當著唐家駱家的人又不好操作，所以譚雲昶只在噴灑後撲上來塞變聲設備的那個熊抱裡，往他身上蹭了一部分。

——現在大概是淡掉了。

駱湛正頭痛著自己該怎麼解釋，就見女孩突然想到什麼似的，聲音低下來：「我知道了。今天晚上，駱湛要和駱爺爺一起來家裡拜訪。因為順路，所以是他幫你裝箱、送你過來的吧。」

這種辨識性的問題以ＡＩ的智能程度不具備回答能力，駱湛只能沉默。

唐染本來也是自言自語，不是說給「仿生機器人」聽。

安靜幾秒後，她彎下眼角，自己安慰自己地笑：「難怪店長他們沒來打招呼，我還以為出什麼事了呢……沒事就好。」

女孩輕聲說著，轉過身，走向自己的臥室。

駱湛坐在桌後，擱在桌上的右手無意識地握緊起來。

以機器人身分無法說明的事情，只能以駱湛的身分解釋。

但怎麼在唐染離開後趕過去，還要出現在她之前，這卻是駱湛最大的難點。

駱湛正坐在桌旁思考時，女孩進去了幾分鐘的臥室方向，突然傳來一聲猶豫地輕聲喊道：「駱駱，你在嗎？」

駱湛驀地回神，快速起身走進過道，在半敞開的臥室房門前，他遲疑地停下來。

視野前方，女孩站在半敞開的門內，白皙秀麗的臉蛋漲得微紅，身上那件眼熟的深色禮服有些鬆垮地掛在肩上，雪白漂亮的鎖骨線條清晰可見。

回過神，駱湛視線自覺壓下，問：「主人？」

女孩的聲音難得有點著急，更多的則是惶然無措：「裙子的拉鍊好像卡住了，現在拉不上去也脫不下來……你能聽懂這個嗎？」

駱湛沉默，如果「機器人」聽不懂，現在能夠幫忙的就只有……

想起門外那個一聽就是男人的聲音後，駱湛毫不猶豫：「當然，我是居家服務型機器人。所有居家服務均在我的功能模式內。」

「太好了……」女孩長鬆了一口氣。

「我需要一定時長判斷拉鍊位置和方向，這段期間主人請勿移動，以免發生偏差。」

「好。」

唐染轉過身，擔驚受怕之後的放鬆讓她話都多了一點，她帶著些許哀怨音調，小聲咕嚷：「難怪阿婆那時候說這件衣服和那些簡式的不一樣，我不應該自己穿上去的。」

駱湛艱難地垂眼上前。

在心底朝那隻揮著三叉戟的小惡魔強調無數遍「非禮勿視」後，駱湛無聲吸一口氣。

他抬手，指腹僵硬地劃過薄薄的衣料，做出確定位置的假象。然後駱湛捏住拉鍊，輕微活動調整卡住的部位。

半晌後確定調整滑順，駱湛才抬起視線，看向拉鍊上方，準備拉合。

但下一秒，駱湛的手驀地僵住了——

在他的視線裡，女孩白皙的後腰上，印著一塊淡紅色的、花瓣形狀的胎記。

第二十章　止痛偏方

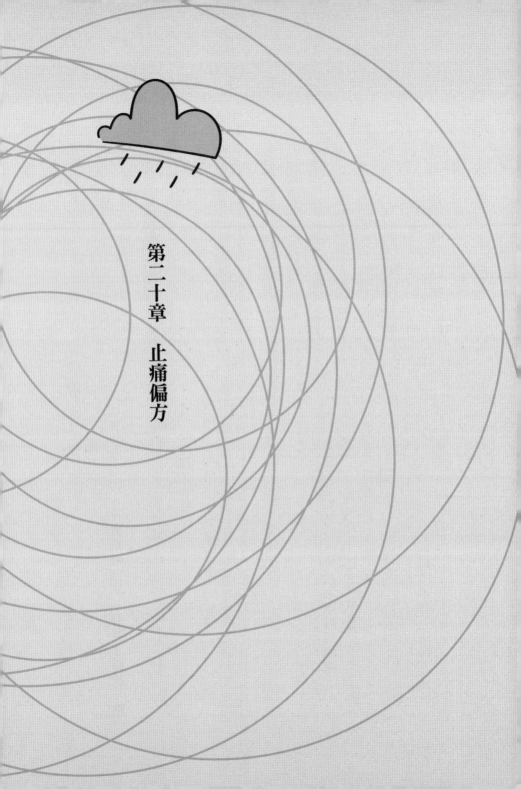

唐染等了很久很久，身後卻一點動靜都沒再響起。

她察覺有異，不解地側了側臉，輕聲喚：「駱駱？」

駱湛被那小小一枚胎記炸成蕈狀雲的理智和思考能力，在唐染喊到第三聲時才終於一點點回歸身體。

他閉了閉眼，把腦海裡一瞬間湧上來的無數紛雜思緒全部壓了下去。這一刻駱湛只能當自己是那個機器人，不會思考不會判斷，跟著「晶片程式」運行。

不然他不知道自己會說出什麼不可挽回的話、又會做出什麼讓他後悔的事情。

調整好的拉鍊被他用艱澀僵硬的動作拉上去。

「好了，主人。」

機械聲音退後兩步，自動離開房間。

唐染有點意外完成指令的「機器人」會自己離開。

她不解地側過身，豎起耳朵，但果真只聽得到那腳步聲順著臥室外的過道越走越遠了。

唐染茫然地轉回來，一邊摸索調整著腰間的花結，一邊小聲自言自語地咕噥著：「原來『駱駱』的居家服務功能模式裡，完成指令還會自動歸位嗎？」

而此時，駱湛停在偏宅客廳的方桌旁。

他垂在身側的手緊握成拳。淡青色的血管繃緊到微微綻起，在白皙的手背上清晰可見。

脫離唐染的察覺範圍，被駱湛壓抑著的那些思緒終於爆發出來。無數的念頭一齊湧進腦海裡，讓他頭痛欲裂。

而那裡面最深刻的，就是和那雙讓他被外人私下嘲笑嗜好偏執的美人眼一樣，只在他夢裡出現過的胎記。

應該只是夢。

因為駱湛不曾在記憶的任何一個角落裡找到關於與女孩子相遇的記憶。十二三歲的時候他一度很相信前世，這樣就可以解釋他為什麼總會在夢裡看到那個女孩子——

模糊的長相、虛化的不知道在哪裡的場景，夢境並不完全相同，唯獨一樣的是那雙滿盛著生動鮮豔的情緒的眼睛。

很多時候那雙眼睛都是笑著的，平常輕翹起的外眼角會微微彎下來，烏黑的眼瞳裡映著他模糊的影子。

但那影子偶爾也會難過。他總能看見的光在裡面黯淡下來，像是藏進陰影角落的孩子，讓夢裡的駱湛焦急又煩躁，卻沒辦法觸碰安撫。

而唯一一次的不同，駱湛的印象無比深刻——他在夢裡看見那雙他最喜歡的眼睛裡蓄滿了淚，眼角通紅，卻還要強忍著不准眼淚從眼眶裡滾出來。

也是在那場夢裡，駱湛第一次看見那枚淡紅色的胎記。

那天起駱湛開始知道，原來人在夢裡是能感覺到揪心的。

不知道是不是那種撕扯的痛苦太過真實，那場夢變成他只能旁觀的無聲迷霧畫面裡唯一的意外——他聽見自己的聲音。

——「她們胡說，一點都不醜。」

——「真的很好看……像、像花瓣。」

然後那雙眼睛破涕為笑。

再也忍不住的淚珠從眼底滾出來，烏黑的眸子裡水色襯起笑色，明媚燦爛。那個女孩似乎也說了什麼。

可惜夢裡的駱湛沒有聽見。

從那以後，那雙眼睛和那枚胎記開始時常來到他的夢裡，成了駱湛的執念。

但他找了很多年，還是一無所獲。

到頭來駱湛自己都要放棄的時候，卻在唐染的身上看見那個胎記。

他閉著眼睛都能把它畫下來的，每一點弧度都無比熟悉——和唐染身上那枚一模一樣。

換言之，唐染就是他找了近十年的，那個只出現在他夢裡的女孩。

駱湛胸膛裡的心跳重了幾下。

但很快他皺起眉，疑惑和憂思壓過了讓人回不過神的震驚和慶幸——

夢裡女孩的眼睛明明是正常的，為什麼唐染的卻……

「駱駱？」

身後的聲音讓駱湛從思緒裡驚醒。

駱湛轉過身，繫好禮服裙花結的女孩站在走道前，神色茫然猶疑。

「我在。」駱湛壓住機械聲音裡的情緒起伏，他逼著把自己變回那個沒有思考的仿生機器人，「主人。」

唐染猶豫了一下，隨後無奈地說：「我喊了你好幾聲，還以為你已經被接走了呢……你今天晚上反應有點遲鈍，看來我明天得讓店長幫你清一下暫存。」

機械聲音沉默著。

在唐染看不見的房間裡，站在方桌旁的駱湛一動也不動，眼睛不眨地望著她，目光黝黑深沉。

而此時門外，偏宅的門鈴再次催促地響起，站在門外的人不耐煩地開口：「唐染小姐，麻煩妳盡快一些，不要讓老太太她們等急了。」

房間裡唐染表情一頓。輕嘆了一聲，判斷著方才聲音的位置走到駱湛身旁，小聲說：「今晚我不能陪你了，我們明天見。」

駱湛克制住想要攔下問清楚那個胎記或者什麼事情的衝動。

他壓著情緒，垂眼：「好的，主人。」

女孩握著導盲杖，跟在傭人身後離開了偏宅。

駱湛在偏宅裡等了一分鐘。

預計兩人已經走遠，他從偏宅出來，快步踏入夜色裡。

駱湛是順著段清燕領的偏僻但更近些的路，以最短時間回到唐家主宅。

他向唐家的傭人詢問駱老爺子此時所在的地方，問清楚路後，駱湛沒有停頓，直奔主宅三樓的茶室去了。

等到茶室外，即便是以駱湛的體力，從偏宅到主宅這段不近的路上一路急趕，他有些氣息不穩。

茶室門外出來的傭人看見從樓梯口衝上來的修長身影，想都沒想，下意識抬手去攔：「你怎麼在家裡亂……駱小少爺？」

駱湛腳步一停，問：「我爺爺在茶室嗎？」

「在的、在的。」傭人連忙點頭，「要不然我幫您——」

駱湛不等他開口，已經錯身過去，走到茶室門前，停住。

駱湛慢慢穩住呼吸，抬手敲門。

連敲三聲算作禮貌性的提醒後，等不及門內應答，駱湛推開門大步進去了。

茶室入門便是大片黑白水墨畫的長幅屏風，駱湛毫不猶豫地轉向屏風一旁的空處。

屏風後的茶海旁，杭老太太原本準備開口喊「進」，聽見門開聲音未經她允許就響起，她立刻皺起眉，隔空看向門的方向。

她對面的駱老爺子倒是展現出司空見慣的處變不驚。

老爺子頭都沒抬，吹了吹茶，平靜地說：「多半是我家那個沒什麼禮數的臭小子來了。」

果然，壓著老爺子話聲的尾音，駱湛的身影出現在唐家幾人的視野裡。

從屏風後繞上來，駱湛的視線淡淡一掃駱家那旁——杭老太太居中，坐在駱老爺子對面，她左手向左依次坐著唐世新、唐珞淺，右手邊則是兒媳林曼玫親自侍茶。

駱湛腳步停下。駱老爺子等了等，沒等到小孫子開口，他微皺眉，不贊同地回過頭：「怎麼連問好都不會了？」

駱湛嘴角一勾，冷淡嘲弄：「問過了。」

駱老爺子說：「我怎麼沒見你問過？」

駱湛反看向唐家：「來唐家之前，我不是已經讓譚雲昶替我問候過了？」

茶室一靜，唐家以杭老太太為首，不約而同地想起譚雲昶那句話。

——「我們隊長讓我提前來，就是想讓我傳個話——上次沒上門的意思還不夠直接是吧？本來想給幾位長輩留點面子，結果你們自己不要啊。」

這段記憶回憶起進入腦海，唐家四人頓時各異。

總結來說，都不好看就是了。

駱老爺子就算不知道駱湛到底讓譚雲昶傳了什麼話，但對小孫子是什麼不馴脾性他最清楚。

這時候老爺子只能尷尬地低咳一聲，然後拿警告的眼神看向駱湛，低聲說：「你自己一個人在外面……散步，也沒叫你上來，你特地來惹我生氣的？」

「不敢。」駱湛冷冰冰地笑，「惹得爺爺再綁我一次，下次直接綁到訂婚典禮上？」

駱老爺子一噎。

駱湛不想在這件事上浪費時間。在老爺子發火之前，他淡去笑，眼神認真而深沉：「我有一件事情，必須要問。」

駱老爺子冷哼一聲，壓回火氣：「什麼事？」

駱湛目光掃過唐家那一側，轉回來：「在這裡不方便，請爺爺跟我出來。」

駱老爺子皺眉：「你越來越沒禮數了，回家再——」

「不行。」駱湛拒絕得斬釘截鐵，「我必須現在知道。」

駱老爺子愣了一下，意外地轉向小孫子。

爺孫兩人對視幾秒，老爺子從駱湛臉上看不出半點胡鬧的意思，除了沒有半點商談餘地的鄭重，只有一種讓老爺子覺得駱湛此時的情緒狀態十分危險的微妙感。

隨著這種認知，駱老爺子緊皺的眉慢慢鬆開。須臾後他轉回視線，朝杭老太太開口：「我家小子今晚失禮之處太多，我去訓他幾句。」

杭老太太的臉色再難看，此時也只能忍著，皮笑肉不笑地說：「年輕小輩，不懂事正常。老先生來了唐家就當在駱家一樣，駱湛不必拘束，請便就是。」

駱湛見說動老爺子起身，便直接轉身往茶室外走了。

一路上了唐家的露臺，等老爺子皺著眉邁著步進來以後，駱湛直接將露臺長窗關上，免得聲音漏出。

老爺子不滿皺眉：「神神祕祕的，你到底想問什麼？」

駱湛站在長窗前，沒轉身，也沒說話。

老爺子累積半晚的怒氣值，眼看就要爆發，卻在此時，突然聽見頎長背影混在夜色裡的青年聲音冷淡地開口。

「我是不是早就認識唐染？」

差點要開閘的怒意被突如其來的一句話堵住，駱老爺子連聲音帶表情一起僵在原地。

露臺上死寂幾秒。

耳旁夜風鑽過駱湛身前沒有關緊的露臺長窗的縫隙，吹響起時而尖銳時而簌簌的呼嘯聲音。

駱湛垂著眼。從鼻線到顴骨再到下頜，冷淡的側顏繃起凌厲的線條。同樣是沒什麼表情的一張禍害臉，但和平日的散漫疏懶全不相同。

連那雙一貫懶散的眸子此刻黝黑深沉，讓人看不出他在想什麼。

駱湛慢慢合攏長窗。微屈的指節旁，那一絲呼嘯的風聲被撕扯拉長至最尖銳刺耳的分度，然後在最後一點縫隙被砰然關上的一瞬，澈底消泯於無。

然後駱湛放下手，轉過身。

駱老爺子到此時才勉強回過神。

他僵著臉，問：「你、你在說什麼胡話……你和唐染為什麼會早就認識？」

儘管話裡含糊，駱老爺子卻一秒都沒有移開目光。他緊緊地盯著駱湛的眼睛，想從裡面得到一點答案。

駱湛一點點皺起眉，聲音發冷：「我也覺得我在胡說八道。剛剛來的一路上我都在想，在我的記憶裡如果真的出現過唐染，為什麼我會對她一點印象都沒有。」

聽見這句話，駱老爺子眼神驀地一鬆。他像是因為什麼稍微放了一點心。

停了幾秒後，駱老爺子在風裡低低地咳了一聲：「你在唐家看見那個小丫頭了？是她說了什麼還是——」

「我的話還沒說完。」駱湛突然打斷他，「爺爺，你急什麼。」

駱老爺子一僵，回過頭，他對上小孫子冷冰冰的眼，心虛地反駁：「誰說我急了？」

駱湛說：「那就等我說完。」

「你也記得沒見過她，那還有什麼好說的？」

「我的記憶裡確實沒有她……」駱湛停了兩秒，輕瞇起眼，「但只是在我記得的記憶裡。」

駱老爺子的身影微滯。

駱湛不避不退地走過去，目光沒放過爺爺表情眼神上的每一絲變化：「十二歲以後，我身上發生的每一件事，我都能按照時間和地點的線索讓自己回溯。十一歲以前，雖然枯燥無味，但同樣如此——唯一的空白就在中間那一年。」

駱湛走到老人面前，話尾時慢慢停住：「在路上我突然想到，如果我的人生裡發生過什麼我自己都不知道的事情的話，一定就是在那一年——因為那將近一年的記憶，都是爺爺你告訴我的。」

駱老爺子皺眉：「這有什麼？你那年騎馬摔下來，磕到腦袋又昏迷了好幾個月，所以才有一部分記憶喪失——」

「我那幾個月真的是昏迷狀態？」駱湛突然反問。

駱老爺子話聲一頓：「不然呢？」

駱湛沉默，他望著駱老爺子，眼底情緒逐漸陰沉下去。

駱老爺子被他盯得心虛，只能皺眉不悅地問：「你這是什麼眼神？不相信我說的話？」

駱湛說：「我原本只是懷疑，畢竟後來回憶起來，我那時候的恢復速度和身體狀態實在不像是臥床昏迷幾個月後的情況。」

駱老爺子撇開目光：「身體恢復因人而異，這有什麼。」

駱湛嘴角勾起來，眼神涼淡。

駱老爺子被這似笑非笑看得心底莫名發虛，擰著眉：「你笑什麼？」

「我只是確定了。」駱湛說：「那段時間你一定對我有所隱瞞——如果沒有，以爺爺你的脾氣和今晚發生過的事情，你現在怎麼可能會這麼耐心地給我解釋？」

駱老爺子臉色一變。

倒是他心虛之下忘了，傍晚他還提醒過管家林易——他這個小孫子脾氣桀驁不馴，可真到了「下棋」的時候，卻一點都不少放那些釜底抽薪暗度陳倉的把戲。

一個不察，連他這個做爺爺的都被算計進去了。

駱老爺子表情陰晦，眼神變換不停。

駱湛說：「願賭服輸，這一局是爺爺輸了，作為代價，你是不是該把當年隱瞞我的事情告訴我了？」

駱老爺子聽見這話回過神，冷哼一聲：「誰和你賭過？反正我沒說過要和你賭什麼。有本事你自己去想，既然想不起來就別找我。」

說著，駱老爺子表情難看地繞過駱湛就要離開。

駱湛回身：「那年到底發生了什麼，會讓你這麼諱莫如深？」

駱老爺子身影一停，過了幾秒，他低低嘆了一聲：「不要去想了，駱湛。你相信我，想起那些事情對你不會有任何益處。」

駱湛皺眉：「我不需要益處，我只要真相。」

駱老爺子的聲音沉下來：「那真相會傷害你呢？」

「就算它會，我也要知道。」

「如果它會傷害你，你覺得我會讓你知道嗎？」駱老爺子還是忍不住發了火，他轉過身瞪著駱湛，「你是我的孫子，也是我最看好的駱家未來的繼承人——你才是最重要的，除了你之外的人和事都在你之下，你懂不懂？」

駱湛的眼神一點點沉下去。

半晌，他掀起垂著的眼簾，眸子裡涼意如水：「那些人和事裡，也包括唐染？」

老爺子冷聲：「我說所有，連我和駱家其他人都包括在內，更不必說外人。」

「就算這個『外人』是我的救命恩人——」駱湛緊握起拳，聲音沉啞下去，「就算她的眼睛是因為我才失明的？」

駱老爺子身影一震，僵了數秒，他才錯愕地回過神：「你、你怎麼知道她的失明是為了救你？」

「猜的。」駱湛冷冰冰地回答，「而且現在驗證了。」

駱老爺子震驚到說不出話來。

駱湛直起身，往露臺的長窗出口處走，聲音冷淡：「你不告訴我沒關係，這件事我會自己去查。以前不知道是因為我沒有方向也並不好奇——現在不一樣了。我一定會知道真相。」

「你站住。」駱老爺子擰著眉把駱湛叫停，他看過去，「你想要知道真相，是為了唐染？」

駱湛沒說話，駱老爺子盡可能溫下語氣，試圖勸解：「我和你說過，這世上很多事情不是非黑即白的。就像有些真相，它揭露出來會傷害每一個人——你怎麼知道唐染不會在這個真相裡受傷？」

駱湛聽完只當胡扯，他嘴角一牽，懶散冰冷地瞥向身旁老人：「你當我是傻子嗎？她還能有什麼比現在更差的境地？」

駱老爺子差點被小孫子的表情眼神氣得岔氣，考慮到理虧和此時利弊，他咬牙忍了忍：「那你知道唐染在回唐家以前，是在什麼地方長大的？」

駱湛眼神微滯。

他情緒裡那種壓不住的凌厲在這一刻本能地縮起尖銳的刺，像是怕誤傷到記憶裡女孩的虛影。

駱湛沉默幾秒，不甘地說：「育幼院。」

駱老爺子冷笑：「那你知道她是怎麼去的嗎？」

「還能是怎麼……」

駱湛的聲音戛然而止。

突然想到的某種可能性讓他的瞳孔驀地縮緊。幾秒後回神，駱湛呼吸微促，不可置信地看向駱老爺子。

駱老爺子眼神複雜：「是你想的那樣。唐家從最開始就知道她的存在——更甚至從一開始，她就是被唐家的人親手安排成一個連名字都沒有的孤兒，送進育幼院的。」

駱湛的神思被震得微晃了下。

腦海最深的深處某段記憶碎片被撬動，聲音和畫面從無比遙遠的地方傳來。

冷冰冰的房間，金屬的圍欄，狹小的沒有多少光透入的窗戶。還有兩個隔著同一面牆，背靠背坐著的孩子。

他們好像已經認識很久。趁大人不在的時候，會有兩隻手從圍欄裡小心地伸出來，慢慢摸索著握在一起。

那是冰冷裡唯一的溫度。

——「妳叫什麼？」

——「我？我沒有名字。」

——「沒有名字？那他們怎麼找妳的。」

——「老師叫我三百九十號，因為我是育幼院建院以後的第三百九十個孩子……我也想要有名字，她們只和有名字的孩子玩。」

——「……」

——「那你呢，你叫什麼名字。」

——「我也沒有。」

——「咦？」

——「既然妳沒有，那我就陪妳一起。他們不和妳玩，我和妳玩。」

——「嗯！」

——「……以後，如果有以後，等我們出去了，我幫妳取個名字吧。」

——「好。那我就只用你給我的名字，永遠也不改！」

——「一言為定，妳不能忘。」

——「嗯，我不忘！」

她確實沒有忘，是他忘了。

原來他就是她拿唯一的生日願望換再見一次的那個男孩。

駱湛眸裡的焦點重新定了下來。

回過神後，痛苦、愧疚、自責、懊悔……無數的情緒在他心底交織，像是無形的蟲子啃咬著他的心口，痛得他難以忍受。

他被她用眼睛作為代價救出來，卻把她忘了。

他做回了他的駱家小少爺，活得恣意自在。他把她一個人忘在那個黑漆漆的世界裡，讓她孤獨無助地生活了那麼多年。

駱湛緊咬牙，用力太甚，少年側頰的顴骨都在微微地顫。

他眼角通紅，目眥盡裂，又像是下一秒就會落下淚來。

駱老爺子終究不忍心：「我知道你自責，我會盡可能補償她，駱湛。但這個孩子……她的身分畢竟特殊，當年能把她從育幼院接出來送回到唐家，我已經盡所能了。」

「你不是無法理解那麼多世家裡，我為什麼選了唐家？這就是我讓步的原因——唐家對這件事緘口不提，而作為交換，我也會裝作不知道唐染的身世，不再干預唐家和唐染的任何事情。」

駱湛眼角通紅地抬頭，聲音透著些情緒壓抑到極致的沙啞：「你不應該讓她回唐家！」

駱老爺子一頓：「那你想讓我怎麼做？為了一個素未相識的小女孩，強勢插手唐家的私事，甚至讓駱家和唐家兩邊完全敵對？」

駱湛說：「你至少可以選擇接她離開。」

「唐家會同意把這樣的定時炸彈交到我這個知情人手裡？」駱老爺子氣得鬍子顫抖，「更何況，唐家當初為什麼這麼不情願接受唐染，這段時間你應該也看出來了。接一個身分不明的孩子認祖歸宗，這對一個世家來說是怎樣無法抹除的汙點？這種事情如何解釋也無用，我更不可能為了一個女孩，讓駱家受人指點，祖祠蒙羞！」

隨著駱老爺子的話音，駱湛的眼神一點點冷下去。

安靜半晌，他開口：「你說的都沒錯。」

駱老爺子一愣，意外而震驚地寬慰：「你能懂我的意思就——」

駱湛說：「但我還是不能原諒。」

「這件事我會用我的方式補償她，不需要你。」
駱湛轉身，往露臺外走。
駱老爺子氣急：「你想幹什麼！」
駱湛說：「按照這個時間，她應該到了。有人叫她來跟你問好。」
駱老爺子一愣，問：「你怎麼知道？」
駱湛腳步一停。
襯著眼底那點冰涼的溫度，他側身望回來。清雋臉龐上，那雙漆黑的眸子裡晃過報復性十足的涼薄笑意。
駱湛說：「因為你送了她一件不錯的禮物。」
駱老爺子愣了愣：「你是說那個機器人？」
「不。」駱湛嘴角一勾，冷淡嘲弄。他指向自己，「是我。」
駱老爺子震在原地：「你這話什麼意思？什麼叫那個禮物是你？」
「字面意思。」
「你、你給我說清楚！」
駱湛輕扯了下嘴角。側過身，雙手插在褲子口袋，眼神涼淡地望向自己的爺爺：「你送給她的那件仿生機器人，被ｉｎｔ實驗室裡的人弄壞了。那時候沒有更適合的辦法，只能我來頂替。」

駱老爺子僵了好幾秒才消化完這個消息：「所以這段時間你在外面……」

「對，她就是之前你從錢家那裡聽說過的，那名還沒成年的女孩。」

駱老爺子呼吸都緊促起來：「你可以有更好的辦法補償她，不一定要做這些事情。機器人的訂單我可以重新下，讓他們第一時間趕製新品就是了！再說、再說以你的脾氣，怎麼做得好機器人的事情？」

駱湛聽完沉默。

幾秒後，他偏開臉，輕嗤一聲：「我也很意外我能做好。做這個決定之前我還猶豫過，覺得不甘心，現在卻只有慶幸了。」

老爺子氣極：「這有什麼好慶幸的？你是駱家以後的繼承人，去給一個小丫頭做那種鞍前馬後地伺候人的苦差算怎麼回事。傳出去像話嗎？」

「忘恩負義才更不像話吧，爺爺。」駱湛冷淡地笑，「我欠了她一雙眼睛和這麼多年的時間，就算給她做機器人又算得了什麼？」

從駱湛少有的認真眼神裡看出某種堅毅的情緒，駱老爺子神思恍惚了下。

等他回過神，臉色變得難看起來：「你是鐵了心要為了補償她，把自己一輩子搭進去嗎？」

「一輩子？」駱湛微愣。回神後他微垂下眼，嘴角輕勾起來，「聽起來還真叫人嚮往。」

駱老爺子錯愕地看過去。

駱湛重新抬眼，神色恢復了慣常的懶散，但眼底情緒卻不能更認真了：「即使我今天沒有發現這件事，我一樣會這樣決定，或早或晚罷了。」

駱老爺子鬍子抖了抖：「你決定什麼了？」

駱湛說：「唐珞淺我不會娶，絕無可能。」

駱老爺子心底不祥的預感愈發加深。沉默幾秒他鬆下神情，試圖緩和氣氛：「這件事可以以後再說。你們年紀還小，衝動不得，不急著——」

駱湛卻沒給他機會：「所以爺爺你就去跟唐家說好了。」

老爺子眼神一顫：「說什麼？」

駱湛冷靜地說：「結婚可以，立刻都行，但我要換成那個小的。」

駱老爺子當場愣住。

露臺長窗內對著的走廊上，樓梯口站著之前隨駱湛和駱老爺子一起過來的管家林易和兩個唐家的傭人。

不聽雇主家的私密事情是他們做居家服務的職業道德和本能，所以和林易一樣，兩名傭人都站得離著露臺長窗遠遠的。

然而就在走廊上正安靜的時候，一聲咆哮撞開了窗——

「她還是個孩子、結什麼婚立什麼刻？我我我要替駱家的列祖列宗打死你這個有辱門楣的不肖子孫！……我的枴杖呢、我的枴杖呢？」

唐家的兩個傭人停住交流，震驚地呆在原地。

他們實在沒辦法想像，這個雷霆般的動靜是那位剛剛坐在茶室裡，看起來還儒雅隨和的老爺子發出來的咆哮。

兩人面面相覷幾秒，不約而同地轉向對面。

駱家的管家臉上帶著紋絲不動的微笑，冷靜地站在原地，一隻手還提著替老爺子拿著的枴杖。

直到他察覺兩人目光，林易轉回來，冷靜地笑：「小場面，不要慌。」

其中一個傭人震驚地問：「這、這還是小場面？」

「當然。」

「您還見過更大的？」

林易微笑地說：「身為一名經過嚴格培訓的職業管家，經歷過無數位棘手苛刻的雇主，什麼樣的場面我沒見過？粉紅色 Hello Kitty 的圍裙我都看過了，這點不算什麼。」

兩人頓時肅然起敬。

去偏宅領唐染來主宅問好的那位唐家管家此時已經快要急死了。

他每走出兩步就要回三次頭，每次一看見那個撐著導盲杖的女孩只比前一次多挪了一點距離，他就忍不住煩躁地催促：「唐染小姐，麻煩妳快一點。駱老爺子和駱家小少爺可是家裡的貴客，怠慢了他們妳不怕被老太太責備？」

「我……」

唐染張口想辯解什麼，只是又嚥了回去。

她知道對方這番話根本不是想聽她的解釋，她給出越合理的解釋只能越讓對方惱羞成怒。所以即便委屈，還不如沉默。

在完全陌生的唐家主宅，那些修葺的平整寬敞的路面她看不見，她每邁出一步，能看到的只有前方的黑暗。黑暗裡每一個陌生的沒有踩過的地方，對看不見的人來說都像是會吞人的深淵。

但唐染只能依言，盡可能地克制著恐懼稍稍加快些腳步。

這位管家卻並沒有因為她那一點點加快而放鬆，他更不耐煩地嘀咕起來：「真是倒了八輩子的楣，為什麼要我來帶妳，萬一上去以後妳被老太太怪罪，我還得跟著受罵……」

唐染的耳朵最敏慧，這番話一字不落地被她聽到。女孩握著枴杖的手指慢慢收緊，指尖被壓得褪了血色，透著冰涼的蒼白。

「哎喲，小姐，妳怎麼還停下了呢？」管家站在樓梯最底下的兩級臺階上，轉身回來，

「跟我鬧脾氣啊？有本事您去和老太太鬧脾氣行嗎？怎麼也得快一點——」

「急什麼。」

一個冷淡陰沉的、像是凍上了一層冰塊的聲音突然在樓梯的高處響起。

管家被這聲音涼得打起哆嗦，連忙縮著脖子回頭，就見站在十幾級臺階之上，身影修長的青年站在扶手旁。

那張俊美臉龐上，一雙漆黑的眼正冷冰冰地睨著他。配合著居高臨下生人勿近的氣質，還有這人一貫在外的名號，管家頓時覺得腿有點軟。

他僵硬而尷尬地撐起笑：「駱小少爺？你……不是，您怎麼在這裡？」

駱湛將冰冷的目光從他身上移開，落到後面那個茫然站著的女孩身上時，他的眼神不由自主地柔和下來。

他情不自禁地向下邁下一級臺階。

只是在理智回歸的瞬間，他又想起自己此時是在唐家的主宅，而不是可以無所顧忌地對女孩好，還不必擔心給她招惹麻煩的地方。

駱湛只能克制地停下。

那點近在咫尺卻不能立即得到的煩躁交織在他心頭，讓他再開口時的聲音又冷了兩分：「我還沒下樓就聽你吵鬧催促，像一隻聒噪的鸚鵡，結果還是催一個失明的女孩？」

管家連忙擦著汗躬躬身：「我也是怕耽、耽擱了您幾位貴客。老太太讓我帶她來問好，萬一延誤了，那……」

「見我一面就那麼重要？」

聽管家狡辯，駱湛冷淡地哼笑一聲，不緊不慢地插著褲子口袋走下來。

「是最後一面，給我奔喪，再晚點就見不到了？」

「……哎喲！您可折殺我了——那怎麼能啊，駱少！」

管家差點被這話嚇軟了腿，慌得手足無措。

「這這這借我幾個膽子我也不敢說您的晦氣話啊！是我不對，我不該催、不該催，下次一定記得了，您千萬別跟我計較！」

這種待人因人而異的小人，駱湛見得多了。即便此時心裡已經記了他一筆，駱湛也不會就著唐染的事情給對方「教訓」，免得小人報復他不成，還會轉而遷怒唐染。

駱湛只能壓下眼底躁動的冷意，冷冰冰地瞥了一眼。

「我來帶她上去，你滾吧。」

「是、是。」

管家哪還敢質疑，忙慌地轉身跑掉了。

等人影消失在視線裡，駱湛快步下了最後幾級臺階，走到女孩面前。

他擰著眉，低聲說：「下次再遇見這種事情妳就當他是在學狗叫，不要理他，更不用聽他的。萬一妳摔著了，難道他還能替妳痛嗎？」

駱湛的話說完，女孩卻只是閉眼沉默著。

駱湛意外地皺眉：「唐染？」

安靜幾秒，女孩終於輕聲開口：「你和唐珞淺訂婚的事情，已經談完了嗎？」

駱湛一愣，到此時，他才後知後覺地想起來——

和他的認知裡兩人剛剛分別了十幾分鐘不同，在女孩的觀念裡，他今天是和駱家老爺子一起上門談「婚約」的。

而且還是個把「仿生機器人」送到她的偏宅門外，連面都沒露一副要絕交架勢的……渣男。

駱湛感覺眼前場景是一場送命局，好難。

駱小少爺陷入沉思，而這個沉默的時間裡，女孩一顆心都快涼透了。

她發現自己根本沒辦法像對段清燕說話的時候那樣豁達——

就算早就做好了總有一天自己唯一的朋友還是會被永遠從身邊帶走，然後越來越疏遠直到再也不見的準備，但是真到這一天到來眼前的時候，她還是難過又小氣，像是死死抱著糖果瓶的小孩子。

「只是一塊糖果，沒什麼的。」從小所有人都這樣哄她。

「可這是我唯一的一塊糖果了。」心底那個小小的女孩子緊緊地抱著玻璃瓶，紅著眼眶小聲說。

但是不會有人聽見，就算他們聽見了，也會裝作沒有聽見。

唐染的眼眶一點點泛起紅。

她感覺自己的情緒要失控了，她不想被駱湛看見。那樣會很丟臉，還會像一種威脅。

於是女孩很努力地低下頭，讓耳旁長而微捲的頭髮垂下來，半遮住臉。她沒有再等駱湛的回答，她繞過身前的人，摸索著樓梯扶手，撐著導盲杖想要上樓。

於是駱湛苦思冥想的中間，就發現自己的女孩委屈得像是一隻要把腦袋埋進土裡的小鴕鳥，正順著樓梯一級一級慢吞吞地往上挪。

駱湛回神，幾步追上去。

他本能地伸出手想要握住女孩的手腕：「我幫妳。」

卻在剛觸及的下一秒，駱湛的手被女孩「啪」一下甩開。

「不用，我自己……」

兩人就站在樓梯扶手旁，離得很近，唐染急著甩掉更沒判斷出黑暗裡的距離，駱湛的手便直接磕到木質扶手的棱角上。

「砰」的一聲悶響，駱湛痛得本能皺了一下眉。

他低頭看了看，手背上蹭下一道明顯的白印——已經可以預見，明天之後會留下看起來怎樣猙獰恐怖的瘀青了。

唐染呆了幾秒，反應過來以後慌了起來，手裡的導盲杖都扔下了。

她第一次這麼慌亂，伸出去的手在空氣裡摸索了幾次才摸到駱湛的手臂：「你怎麼了？

剛剛碰到哪裡了？對不起我、我不是故意的駱駱……」

女孩的聲音帶上焦急的微哽。

而直到此時女孩抬起頭，駱湛才發現她的眼眶早就通紅了。

駱湛在心底無聲地一嘆，他身上所有桀驁的不馴的躁動的少爺脾氣，好像一遇見她就立刻繳械投降了，半點抗爭都沒有。

駱湛順著女孩擔心地握在自己手臂上又小心翼翼怕碰痛了他的手，慢慢反握上去。

「不管我爺爺怎麼說，我都不會和唐珞淺訂婚。所以，妳不需要急著和我撇清關係，更不要因為這件事紅眼睛。」

在那個沒有半點生氣、只有更溫和地安撫她的聲音裡，唐染愣在原地。然後感覺到那人扣著她的手，有些僵硬地俯身下。

駱湛從樓梯上拿起被女孩慌得鬆開手的導盲杖，又忍著身上格鬥留下的傷直起身。

他把導盲杖交到她另一隻手裡。

然後駱湛微俯身，半是玩笑半是認真地說：「下次生氣不要甩手了，甩我沒關係，妳自己磕到怎麼辦？氣如果發不完，妳就拿導盲杖敲我吧。我不動。」

唐染的眼眶更紅了點，半晌她才低著頭，小聲問：「你痛不痛？」

小少爺懶懶地笑了一聲：「妳問哪裡？看妳眼睛紅得像一隻小兔子似的，確實是有點心疼。」

唐染說：「手。」

「不……」

昧著良心的「不痛」兩字在嘴邊打了一個剎車，又停住了。

駱湛沉默兩秒：「痛。」

女孩慌忙抬頭：「那我們去找唐家的家庭醫生——」

駱湛說：「不用那麼麻煩。」

唐染回答：「啊？」

駱湛又說：「我最近剛聽說一個止痛的偏方。」

唐染困惑了。

對著女孩茫然又有點著急的小臉，駱湛壓下去幾次，最後還是沒能按捺住，被心底那隻揮舞三叉戟的惡魔驅使著，低聲說：「偏方裡說，如果是被人弄痛的，只要讓『罪魁禍首』滿懷誠意地親一親傷口，痛的地方立刻就會好了。」

第二十一章　多巴胺

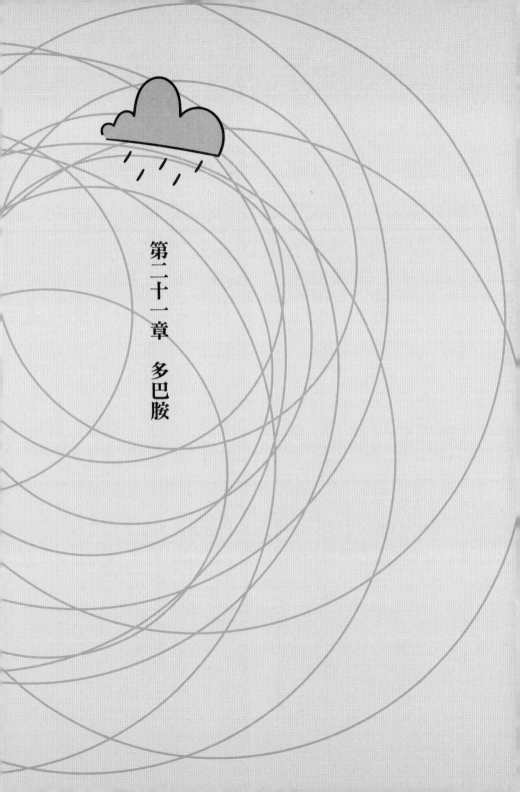

唐染沉默地低著頭。

樓梯上安靜幾秒，駱湛才聽見女孩聲音低低地說：「你騙我。」

駱湛說：「我沒有騙妳，是真的。」

「你就是騙我，怎麼可能會有這種不……」女孩氣得結巴了一下，「不科學的偏方？」

駱湛被女孩一副認真探討學術問題的表情逗得忍不住想笑，但他還是努力繃住了：「妳說的科學是醫學科學，我這個偏方也有科學，只是跟妳說的不是同一種科學。」

唐染猶豫幾秒，還是禁不住求知欲，抬頭狐疑地問：「那你說的是什麼科學？」

駱小少爺懶洋洋地笑起來，開始胡說八道：「心理學。」

「啊？」

「心理學說，被親吻能夠刺激大腦產生愉悅情緒，這種情緒會幫助感官系統一定程度地忽視疼痛。」

唐染聽得陷入沉思。雖然她很質疑這個偏方的可靠程度，但駱湛說的聽起來好像很有道理的樣子。

駱湛看著女孩沉思的模樣，逗她的心思更重了點：「怎麼，不相信我說的？」

駱湛一邊說著一邊踏下兩級樓梯，到唐染下一級臺階的扶手旁站住。他側過身，按著木製扶梯圍欄擋住了唐染身後的空處，以免女孩踩空摔下去。

然後駱湛懨懶地笑起來：「哪句話不信，我解釋給妳聽。」

唐染沉默兩秒，輕聲問：「親吻為什麼會刺激大腦產生愉悅情緒？」

黑暗裡的空氣安靜幾秒，隨後響起聲壓得低啞愉悅的笑。

唐染茫然：「你笑什麼？」

「因為這是個特別棒的……」駱湛一頓，「學術問題。」

唐染抿著嘴不說話。

她覺得駱湛才不是在誇她的問題，更像是在嘲笑她。

駱湛看出女孩被自己逗得有點氣惱，只得低咳一聲克制住不正經的逗弄。思索幾秒，他說：「大腦內有一些神經調節質，會影響人的情緒。親吻只是影響了這些神經調節質的分泌，別的行為也一樣可以達到相同效果。」

唐染回答：「神經調節？」

駱湛耐心地跟女孩解釋：「嗯。比如其中某種興奮促進的神經調節質，當大腦受到某種外界刺激發生調節反應而使得它的分泌增多時，它能夠增強心肌收縮力，進而增加心輸出量，加快全身血液流動，刺激各級系統跟進反應，最後……」

駱湛抬手，輕點了下女孩額頭：「它就會告訴妳，妳現在整個人處於心跳加快、呼吸急促甚至掌心潮溼、渾身發熱的興奮狀態。」

唐染對沒有接觸過的陌生領域的知識永遠有一種沒盡頭的求知欲。平常很少有人會和她聊天，更不會像駱湛這樣耐心地跟她解釋那些她好奇的問題。

所以從駱湛開口，她像把前面所有的不愉快全忘記了，一心聽著他說話。

聽完以後，唐染好奇地問：「你也會有這種狀態嗎？」

駱湛意外地望向女孩：「為什麼問我？」

「因為，你好像對它很瞭解。」

「我不會。」

「嗯？」唐染茫然，「為什麼？」

駱湛想了想，懶洋洋地垂下眼笑：「大概是駱家遺傳？我和駱修都沒有過這種情緒階段。這種荷爾蒙被刺激分泌是需求自身對外界的反應達到一定臨界點的——妳可以理解為，我們的生長環境使得我們達到足夠程度的臨界值下限要比其他人高很多，很難獲得足夠的刺激——會讓絕大多數人有臉紅心跳反應的外界刺激對我們來說並不足夠，所以我們很難產生興奮情緒。」

唐染想了想，點頭之後又搖頭，認真糾正：「大家都說駱修性格很溫和的，和你不……」

女孩說到這裡頓住，然而已經晚了。

駱湛輕瞇起眼，扶著樓梯扶手慢慢躬了躬身，語氣危險地問：「和我怎麼了，女孩？」

唐染低下頭去，擺出絕不開口的嚴肅表情。

駱湛好氣又好笑地抬手，揉亂她的長髮：「我對妳還不溫和？我所有的溫和都給妳一個人了，忘恩負義的小傢伙。」

唐染仍抿著嘴沒說話，但長髮下的臉頰慢慢透上一點嫣色。

她數著自己亂了幾拍的心跳，感受著掌心微微潮熱的感覺，有些新奇又跳脫——

這就是駱湛說的外界刺激下大腦做出的反應嗎？

那這種感覺，果然好像還不錯。

駱湛垂回手：「不過妳可別被駱修騙了，他比我更難對外界刺激產生情緒回饋。那個人看起來溫溫和和了，按照他心裡冷漠程度來算，大概是一個成精的冰山的級別。」

唐染呆了呆，仰起臉：「為什麼會這樣？」

駱湛眼底情緒涼下來。

須臾後，他輕嗤一聲：「駱家的狗屁精英教育。孩子從生下來十二個月後必須離開親生父母，直到七歲以前不能進行密切接觸。這樣可以完全戒斷幼童時期的依賴心理，並且利用這個階段，透過專業培訓人士將孩子還在波動期的智力開發到最大限度。」

唐染聽得愣在原地：「可是這樣不像是在養小孩。」

駱湛低下眼，輕嘲：「是啊，像不像養蠱。」

唐染不知道養蠱的意思，但她直覺那不是什麼好的詞彙。

駱湛不知道想到什麼，情緒暗轉的眼神突然停了下來。

幾秒後，他微垂眼，低聲說：「原本我大概會成為和駱修一樣的性格，但我比他還要幸運。」

唐染好奇地問：「為什麼？」

「因為……」駱湛的目光抬起，慢慢拂過女孩的每一寸五官，落在她輕闔著的眼睛上。

——因為妳。

那雙眼睛曾經很漂亮。

駱湛身體裡有種痛意抽搐了一下，讓他情不自禁地皺起眉。但他仍自虐似的望著女孩的眼睛，不肯移開目光。

「因為我十一歲那年發生了一些事。」

唐染恍然：「是不是你去學騎馬摔下來、重傷昏迷了很久的那件事？」

唐染蹙起細細的眉：「如果我是駱爺爺，也一定只希望你好好活著就好了，什麼都不會管你的。」

駱湛微微握緊拳頭。

唐染卻沒察覺，她想了想後，彎下眼角笑起來：「不過這樣你也算是因禍得福了吧，駱駱？以後駱爺爺一定特別縱容你，所以你才會像傳聞裡那樣的性格。這樣也很好——」

「不好。」

唐染的話音突然被駱湛打斷。

唐染愣住，笑意消掉，她不安地抬頭——實在是那個打斷她的語氣太凶了，裡面好像壓抑著冰冷又不甘的躁意。

唐染第一次在駱湛身上感受到這樣的有點可怕的負面情緒。

然後她聽見那人咬牙重複了一句：「一點都不好。」

唐染有點嚇著了：「駱駱……」

駱湛抬眼，眼神裡掙扎著糾結痛苦的情緒。半晌才聲音沙啞地說：「唐染，這樣的因禍得福，我死都不想要。」

唐染沉默著，幾秒後她慢慢低下頭：「對不起，我不該那樣說的。從馬上摔下來一定很痛吧？如果是我，也會很害怕的。」

駱湛情緒壓抑到極致，薄薄的桃花眼眼角泛起紅。

如果那種算痛……那足夠讓一個孩子失明的意外，又該有多痛？

他恨自己到現在還記不起來。那段記憶裡的痛苦只有眼前這個看起來纖細脆弱的女孩一個人承受，而記不得的他連向她說明身分的資格都沒有。

駱湛的沉默讓唐染不安了好久。

一番糾結以後，女孩終於鼓足了勇氣開口，不熟練地安慰著：「那些事情都過去了，駱駱。你現在很好，以後會越來越好的……」

駱湛望著女孩恬然的眉眼，安靜許久後，他低聲：「嗯，以後都會好起來。」

唐染露出遲疑的表情。

她聽得出來，駱湛的情緒狀態好像還是很低落，按照他的說法，能讓他的大腦的神經調節質被刺激分泌，然後產生興奮情緒的方法……

唐染猶豫好久，輕聲問：「如果我親一下你的手背，你就會分泌很多那種神經調節質然後調動情緒了嗎？」

駱湛被女孩的話從低壓情緒裡帶離。

他心裡那隻惡魔駱早就被滿心自責愧疚感爆發的天使駱踩到腳底下，他有些無奈地說：「那是跟妳開玩笑的。」

「啊？」女孩失望地嘆氣，「我還真的以為，親一下就可以刺激大腦。」

「理論上確實可以。」駱湛說：「親吻屬於性刺……某種刺激的一種。這種刺激分類對大腦神經調節質的影響效率很高，影響也大，往往只在視覺方面做輸入影響就能達到。」

比如int團隊某些成員深度愛好的某種小電影……

駱湛輕瞇起眼，在心底把這部分成員篩入「今後與唐染隔絕接觸」名單中。

唐染不知道某人已經在劃保護圈了，此時正好奇仰頭：「那為什麼你剛剛說不能？」

駱湛微垂眼：「不是說過了，我和駱修因為那種成長環境的影響，受到外界反應所需刺激的臨界點範圍整體偏高。就像我說的視覺刺激，我們基本上不會有什麼反應。」

唐染愣住：「這樣嗎？」

「嗯。」駱湛點頭，「所以親一下手背這種對普通人只屬於刺激中最低臨界點的行為，對我們不會有任何效——」

駱湛被女孩兩隻手握著抬起的手背上很輕很輕地濡溼了下。

駱湛瞬間僵住。

幾秒後，唐染感受著還沒離開的手指尖下的脈搏，不解地仰頭：「駱駱，你的心跳加快了好多。」

空氣悄然，唐染等了一陣子，沒有等到駱湛半點回應，不由得更奇怪了：「駱駱？你怎麼不說話了？」

唐染眼前的黑暗裡，有人在她頭頂的方向輕嘆一聲，帶著點懶散無奈又自嘲的笑意：「妳這可是賴皮啊，小妹妹。」

唐染回答：「嗯？」

駱湛反握女孩纖細的手腕，很輕易地就把女孩的一雙手全部扣進掌心。

攥穩了避免再有方才那樣突發的意外情況後，他掀了掀眼皮，似笑非笑：「這就好像比賽前，對面還在倒數計時，剛喊出五四三，妳已經開始了——這難道還不是賴皮嗎？」

駱湛一邊懶聲說著，一邊趁女孩不注意，慢慢平復自己的心跳呼吸。被親一下手背就被撩得心跳加速這種黑歷史的記憶必須盡快抹除，不然等到以後，還不知道要被開竅的女孩怎麼笑話呢。

唐染全然不知眼前這位小少爺的心思，她成功被帶跑了注意力，茫然地辯解：「但我沒有和你比賽啊。」

駱湛說：「妳問了一個問題，我給了妳一個答案，然後再加一個用來衡量的標準和一場用標準判斷測驗。這不就是比賽嗎？」

這信手拈來的詭辯技巧迅速把沒怎麼與同齡人相處，更沒經歷過任何辯論場合的女孩繞進迷霧裡。

看著唐染表情逐漸茫然，已經平復下紊亂心跳的駱湛勾了勾嘴角。

終究還是一個好騙的女孩，以後可要看緊一些，不能被別人騙走才行。

而這幾秒裡，唐染已經順過一遍駱湛話裡的邏輯，她認真地點點頭：「你說得對。」

駱湛毫不心虛地往下接：「像妳剛剛那種突然開始的情況，被嚇到也會是心跳加快的反應。所以我才說妳這就好像比賽前的賴皮行為了。」

唐染有點不好意思：「我嚇到你了嗎？」

駱湛心虛一秒：「還好。」

「不過，有一個問題你沒說到。」唐染抬頭。

「嗯？」

駱湛並不擔心。

在詭辯技巧上，以他的頭腦怎麼也不會被一個女孩克到。

然後駱湛就見女孩仰著臉看他，眼角微微彎下，臉頰上露出很淺的柔軟的小酒窩：「如果是我和你的話，不需要比賽。」

駱湛微愣：「為什麼？」

「因為輸的肯定是我啊。」女孩淺淺地笑，「你剛剛在我頭頂摸了一下說我忘恩負義的時候，我就已經開始心跳加快，就連手心現在也是溼溼的。」

駱湛再次滯住，而女孩全無所察：「可能因為我的臨界點比你的低吧，所以……」

餘下的話音漸漸就飄散在天邊。

十幾秒後，等駱湛回過神時，他聽見自己剛剛平復沒多久的心跳聲已經再次擂鼓似的加速起來了。

駱湛的手握著唐染的手腕，大約是固體傳聲的效果把女孩敏銳的聽力發揮到最佳，話說著說著，唐染就疑惑地停下來。

她凝神辨別了幾秒，更加迷茫地看向駱湛：「駱駱，你今天是不是心臟不舒服？」

駱湛默然，幾秒後，他低下頭，猝然低啞地笑起來：「不是，是我輸了。」

唐染疑惑了：「啊？」

駱湛鬆開唐染的一隻手，將另一隻拉起來，抵到自己胸膛前。

這個熟悉的姿勢讓唐染愣著忘記掙扎，等她纖細的手指被他的手完全覆住，嚴絲合縫地抵在薄薄的襯衫前，唐染感觸著掌心裡逐漸升溫的熱度，也清晰地聽見了裡面的心跳聲。

駱湛低著眼，視線描摹著女孩的眉眼，他笑：「聽見它有多興奮了嗎？」

女孩的臉慢慢紅起來。

「現在妳知道它為什麼跳這麼快了？」

那壓得低低啞啞的帶笑的聲音，莫名順著耳朵鑽進入心底，撓得滿心發癢，唐染紅著臉想把手抽回來。

駱湛這時顯然不太想做人，壓著女孩的手半點不肯鬆開。

他懶洋洋地笑著，靠在樓梯扶手上：「剛剛說被嚇到是騙妳的，我就是因為妳親的那一下才心跳加速。如果妳再那樣撩下去，我可能確實會因為心臟不舒服，比如興奮過度被直接送進醫院——所以我決定先認輸了。」

唐染努力了好一陣子想把手抽回去，但都沒能得逞，最後女孩只能放棄了，紅著臉反駁：「是你自己說，你和駱修的臨界點比正常人的要高很多，所以我才想試試的。」

「嗯，是我說的。」駱湛大方承認。

唐染輕皺起眉：「可如果是因為我，你明明有對這種輕微刺激做出反應，也應該有那種神經調節質加快分泌的過程。」

駱湛說：「那不一樣。」

唐染問：「哪裡不一樣了？」

駱湛垂眼笑起來。

駱湛說：「別人做出的動作，是外界刺激，可能會促進普通人的多巴胺分泌，但對我無效。」

唐染說：「你明明有……」

駱湛回答：「是妳不一樣。」

唐染疑惑了。

「妳做出的動作可不是外界刺激。」駱湛笑著俯身，「對我來說，妳就是多巴胺本身，是我全部愉悅和興奮的根源。」

唐染愣住。

駱湛問：「所以妳覺得，當妳對我做出那些動作或者說出那些話的時候，我還會沒有反應嗎？」

沉默好久，唐染終於鼓足勇氣小聲問出自己心底的疑惑：「為什麼我對你來說就是多巴胺？」

駱小少爺想都沒想：「當然因為我——」

在心底那個答案本能地脫口而出的前一秒，駱湛及時收住。

他感覺肩頭突然壓下兩座大山。

左邊一座寫著「十六歲」；右邊一座寫著「她未成年」。

駱湛小少爺被砸得灰頭土臉，滿心狼狽。

沉默幾秒後，他帶著點咬牙切齒地開口：「因為我善良熱心樂於助人，保護欲過剩，每次看見妳還容易不定時犯斯德哥爾摩症候群，一天不友情援助就覺得全身難受。」

唐染被他逗得笑起來：「其實我這也這麼覺得。」

她笑彎了眼角：「因為我身邊從來沒有人像你一樣。阿婆一開始也是因為唐家的聘僱關係這才來我到身邊的，不過後來我們相處著感情深了……只有駱駱你不一樣。」

駱湛失聲許久，低聲問：「哪裡不一樣。」

「從一開始，駱駱就是不求回報地對我好的。明明我什麼都沒辦法還給你。」唐染說：「後來只有你在雨裡找到我了，也只有你陪著我聊天，說再多都很有耐心，你幫我送機器人，帶我去看眼睛，還說要做我一個人的許願池……」

說到這裡，女孩停住，過了幾秒，她聲線微哽，仍是笑起來。

「那時候我就想，駱駱才不是大家說的那樣驕傲的冷漠的小少爺。他一定特別特別心軟善良，所以才會這樣幫我安慰我又陪著我的。」

空氣安靜幾秒，駱湛突然開口：「我是。」

正沉浸在情緒裡的唐染微微仰頭。

然後她聽見有人輕嘆一聲：「我就是他們說的那樣。性格上冷漠，高傲，漠不關心，也沒什麼正經。什麼人都不放在眼裡，什麼事情都不掛在心上……沒半點『善良熱情樂於助人』可言。」

唐染回過神，著急地辯駁：「駱駱明明很溫柔很好——」

「我只對妳一個人這樣。」

駱湛打斷她的話。他聲音低緩，鄭重，且認真：「我只對妳這樣，不是因為我好，那是因為妳，知道嗎？」

唐染茫然地聽著。

這是第一次有人對她說這樣的話。

駱湛說：「因為妳值得，唐染。妳值得這個世界上最溫柔、最好的一切。」

等女孩的情緒終於穩定下來，駱湛領著唐染，延著這段Z字型的木製樓梯慢慢往唐家主宅的二樓走。

轉過一樓二樓中間的休息平臺，駱湛剛要邁上第一級臺階，卻在望見這十幾級臺階之上的二樓走廊裡站著的兩人時，腳步一停。

兩三秒後，唐染有所察覺，不解地仰了仰頭：「駱駱，怎麼了？」

當面聽見這個稱呼，站在二樓走廊裡的駱老爺子眼底閃爍過複雜的情緒。

但他的視線下，那個一貫桀驁的小孫子卻應得習慣自然，更直接收回目光不再和他對視。

「沒什麼，遇見人了。」駱湛不在意地說完，「走吧。」

他原本想牽著女孩繼續往上走，卻被唐染死死地攥住了衣角。女孩臉上露出明顯的擔憂和驚慌。

這次輪到駱湛意外，唐染目不能視，對駱老爺子更談不上熟悉，沒道理有任何察覺的可能才對。

他耐心地低下聲，問：「怎麼不走了？」

唐染遲疑幾秒，把駱湛的袖口衣角往自己的方向扯了扯。駱湛會意，俯身躬低下來，不忘替女孩擋住來自二樓的視線。

然後他聽見女孩攀在他耳旁，小心又擔憂地說：「我剛剛沒有聽見腳步聲，所以他們一定來得比我們早，我們說的話他們是不是已經聽到了？」

駱湛思索著抬眼，望向二樓。和駱老爺子還有他身旁的管家林易對視幾秒，他落回視線，然後點頭：「應該聽到了。」

「那怎麼辦？」女孩露出更擔心的情緒。

駱湛問：「怕他們去唐家那個老太太那裡告妳的狀？」

唐染猶豫幾秒，誠實地說：「奶奶不會在意我的，最多是叫我待在偏宅不要出來，我怕她會告訴駱爺爺。駱爺爺會不會訓斥你……」

女孩對他的關心和擔憂溢於言表，駱湛聽得嘴角忍不住輕勾起來。

小少爺最擅長的那些花花心思和手段裡，苦肉計是他從來懶得也不屑用的。但此時到了唐染面前，無需練習，他使起來也是得心應手的——

「老頭子那個臭脾氣，訓我一頓是輕的。在家裡他每隔幾天就到處找枴杖打我。」

唐染猶豫了一下，還有點不信：「可是大家都說駱爺爺對你很好的。」

駱湛輕嗤一聲：「我今天不知道是來唐家，他為了逼我來，找了一隊擒拿格鬥專業人員去我家樓下把我綁來的。」

「啊？」女孩急了，「那、那怎麼辦，不然我去跟駱爺爺解釋……」

「沒事。」駱湛捨不得讓女孩擔心他，他愉悅地笑了一聲，安撫著，「聽見的人我認識，是駱家跟著一起來的。他們不會去找妳家那個老太太告狀。」

唐染這才鬆了一口氣。

又往上走了幾階樓梯，唐染想起什麼，轉過腦袋小聲問：「那他們也不會跟駱爺爺告狀嗎？」

駱湛頂著老爺子明顯不善的目光，懶洋洋地笑：「不會。」

唐染這才放心：「你和他們很熟是不是？」

「嗯。」駱湛隨口補充，「駱家兩位管家的——」

他一頓，想了想：「老大爺。」

突就在孫子那裡掉了一輩的老爺子愣住了。

管家不在乎這個，憋著笑站在原地。

在那兩束視線下，駱湛依舊不以為意我行我素，他目不斜視地扶著女孩上到二樓的走廊裡。

此時停住，離著老爺子已經不足二十公分的距離。

老爺子的氣勢實在是太重了，駱湛身旁的女孩若有所察，不安地攥緊了駱湛的袖口衣角。

駱湛腳步一緩：「今天晚上外面的氣溫和溼度都很舒服，我先陪妳去露臺走一圈吧。」

唐染猶豫了一下：「駱爺爺他們不是還在等我？」

「他們有事，之前就下樓去了，現在應該還沒回來。等他們回來了，我再送妳上去問好。」

「……好。」

看著那一高一低兩道身影走到這條長廊的盡頭，消失在轉角，樓梯口前駱老爺子在沉默許久後，慢慢嘆一聲氣。

他問：「林易，你怎麼看？」

林管家早就猜到自己逃不過這一齣，此時並不意外，斟酌幾秒才溫和地笑著開口：「我就隨便看看的，只是這麼多年從來沒見過小少爺這副模樣，實在是太新奇了。」

「是沒見過，別說你沒見過，我這個做爺爺的也沒見過。」老爺子搖著頭，「當初我就該猜到，這個女孩要是沒有對他那樣的影響力，那他也不會在那年的事情之後性格大變了。」

管家試探著說：「那老先生您覺得，小少爺這副模樣看起來好嗎？」

老爺子沉默許久，低低哼了一聲，不情願地說：「……有點彆扭，但總體不算差。」

管家笑了：「小少爺好些性格像您。」

老爺子轉過頭，皺皺眉，終究還是沒說什麼。

管家等了一下，見老爺子始終不開口，才又說：「我看小少爺能這樣壓著脾氣陪女孩說話，真的像是變了一個人似的，果然遇見喜歡的人，小少爺這樣的性格也受不了的。」

「喜歡？」老爺子果然被這平緩訊息裡最凸出的尖銳詞刺激到，他冷哼一聲，「對著一個十六七歲的女孩說那種話，他也不怕被人罵不要臉。還好聽到的只有我們——換了別人，恐怕背地裡少不了戳他脊梁骨的！」

「十六七歲，再過幾年不就可以結婚了嗎？」管家好脾氣地笑。

「結婚」這個詞更讓老爺子沉下臉來。

但好歹沒有直接發火，說明餘地不小。

管家思索幾秒，問：「您是擔心，唐家那位老太太不同意？」

「她同不同意的問題並不大。」駱老爺子皺著眉說：「但她就算同意了，唐染的身分她不會承認的。真到那時候，所有人都會覺得我們駱家的繼承人娶回來的未來當家夫人，是唐家的私生女。」

林管家笑意也淡下去，無奈地說：「小少爺不會在乎這個的。」

「哼，他當然不在乎。他們年輕人在乎什麼？畢竟還是年輕，只以為憑著自己的能力資本便能讓人閉嘴，卻連人言可畏四個字都不知道怎麼寫的。他們就不想想，自古以來皇帝老子管得到天下生死仍舊堵不住悠悠眾口——『防民之口甚於防川』這樣的道理他們課本裡也有教過，有幾個真的往心裡去了？」

林管家苦笑：「但小少爺那樣的脾氣，您恐怕說不動他。總不能真的像今天這樣，他不聽話就叫人把他綁來綁去的。」

駱老爺子沉默半晌，突然問：「唐家那個嫁出國的女兒，這些年有消息嗎？」

林易一愣：「您是想透過她把唐染的身世正過來？」

老爺子沒說話，眼神嚴肅地看了他一眼。

林管家連忙低了低頭，回話：「沒聽說過。唐世語自從那年和唐家鬧翻嫁出國後，就很少有消息傳回來了。聽說她和唐家從來沒聯絡過。」

老爺子又問：「她嫁的是哪家來著？」

林易搖了搖頭：「不清楚。唐家這位老太太替她安排的，她不是故意找了旁人嫁的？」

老爺子被勾起對那個晚輩的回憶，有點頭痛地搖頭：「說起來，唐染這小丫頭的性格和她母親還真是天壤之別。」

林易也苦笑：「可不是，當初唐家這位小姐的威名，讓多少世家公子哥兒聞風喪膽的啊……要不是她那性格實在厲害，這位老太太實在無咒可念，恐怕也不會使出拿死胎騙自己親女兒的狠手段。」

老爺子聽完，不贊同地哼了一聲：「她手段狠，用出來的法子，不該她女兒替她背黑鍋。」

林易點頭：「老先生說的是。」

「那你覺得，以唐世語那樣的脾氣，她會真的那麼潦草的嫁人了？」

林易猶豫了一下，坦然開口：「其實當年就有人說，唐世語是為了脫離母親掌控這才找了一個結婚的理由嫁出國——但這些年一直沒動靜，我也不敢斷言。」

「這樣……」駱老爺子沉思片刻，開口，「你找人專門循著她當年嫁人出國的消息，查查她夫家那邊的事情，再順著消息摸一摸她現在的情況。」

林易眼神中透出些許意外：「老先生，您是真的準備為唐染正一正名分？」

老爺子沉默幾秒，冷哼一聲：「我是被那臭小子逼得沒辦法——總得做兩手準備，不然最後放任他把駱家拖進溝裡去？」

林管家笑起來：「是是是，您說的理由都對。」

老爺子冷眼看他：「什麼叫理由？」

林管家溫和笑笑，不說話了。

「行了，我們也上樓吧。你沒聽到那個臭小子走之前拿話提醒我了——怕我來不及趕上去，再讓他的好不容易出來一趟的小丫頭撲了空。」

老爺子冷笑一聲，怨念叢生。

「養他這麼些年，他對我還不如對那個小丫頭的百分之一呢。還說人家忘恩負義。」

林易笑著跟上去，最後問了一句：「既然要查唐世語，那讓唐世語當年未婚先孕的男人要不要也查一查？」

老爺子上樓的腳步一頓，問：「是她當初的男朋友吧？」

「是。」

「窮苦人家的？」

林易想了想，說：「好像是……這個人也沒有什麼消息，當年您讓我查女孩出身想幫她尋親的時候，我連她父親叫什麼都沒查到，應該是所有痕跡都被唐家抹掉了。」

「哼，這個老太太對自己親女兒都下得了狠手，更別說對一個耽誤她聯姻計畫的外人了。」

林易輕嘆一聲氣：「那時我只打聽到他們讀書的學校，可能為了躲避唐家的耳目，他們戀愛也是偷偷來，沒有多少人知道。只有唐世語的室友隱約聽她提過，說那是孤兒出身的窮學生，拿著獎助學金生活的。他的成績應該不錯，但詳細消息卻沒有透露出來。」

老爺子沉默須臾，一邊往樓上走一邊低聲問：「那後來呢，人去哪裡了。」

林易回答：「不知道，說是人間蒸發似的。」

林易猶豫了一下，聲音壓到最低：「我那時候懷疑，不會是被……」

「別胡說。」

老爺子沒好氣地打斷他。

「是。」林管家苦笑一下，「不過就算沒出事，一個完全沒背景的窮學生，對上唐家這麼一個龐然大物，恐怕也落不到什麼好下場。」

「是啊。」老爺子悠悠嘆了一口氣，「至少國內不會有他的落腳之地。大概是流落到不知道哪個小國家的角落裡去了吧。」

林易問：「那還查他嗎？」

老爺子說：「不用了。這樣的窮小子滿世界都是，查出來也掀不起風浪，就先順著唐世語那條線，摸一摸情況吧。」

「是，老先生。」

第二十二章　憶起

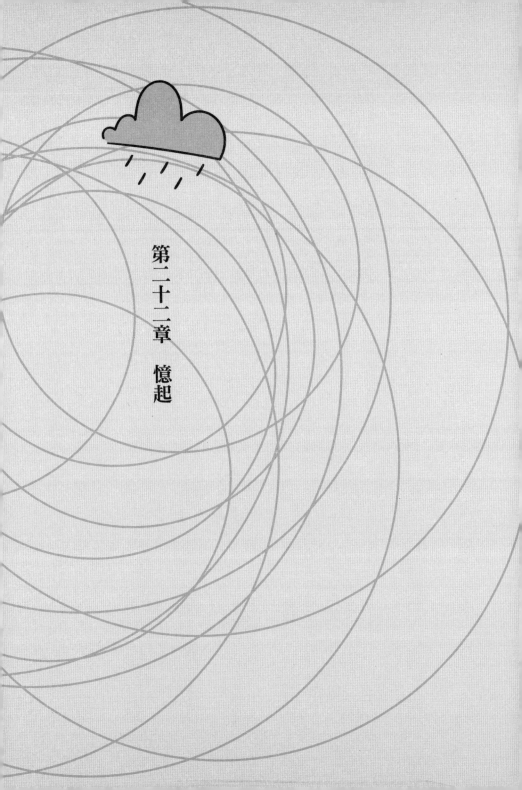

『我靠？你失憶過？真的假的！』

微涼的晚風裡，手機聽筒內傳出來的話聲驚起了露臺對面樹叢裡的鳥雀。

拿著手機的駱湛更是首當其衝。

他原本分心思考站在露臺另一旁的女孩會不會冷，此時突然被對面譚雲昶一句話驚到，險些把手機扔了。

回過神，駱湛皺眉：「我直接告訴你結論，你還要反問一遍，是最近的工作量已經讓你探索到自己腦容量的極限了？」

『哎呀，我是表達驚訝嘛。』

譚雲昶說完，話鋒一轉，滿懷憂思語氣沉重地開口。

『但是祖宗，你的腦袋可是我們實驗室的史詩級珍寶啊，多少點子和難題在未來的日子裡還要全靠它的，失憶這件事聽起來太危險了。我看這樣，我們考慮考慮幫你的智商買個保險吧？我感覺依你的頭腦價值，花個幾千萬還是值得的，所以這保險費至少也得千萬起跳——』

駱湛冷冰冰地輕哼了一聲，打斷譚雲昶：「沒完了是吧？」

『……完了。』聽出語氣中的不善，譚雲昶一秒收住，『祖宗您繼續。』

駱湛說：「跟齊靳那邊說，那個男孩的事情不必查了。」

譚雲昶連忙應聲：『好嘞，我今晚就通知他。』

「嗯。沒別的事情，掛——」

譚雲昶又說：『嘿嘿，還是等恭喜你啊，祖宗。』

駱湛指腹停在掛斷的按鍵前，頓了一秒，他重抬手機到耳旁，懶聲問：「恭喜什麼？」

譚雲昶理所當然地說：『雖然失憶過，但那男孩子是你總比是別人好啊。不然真的等到唐染妹妹恢復視力，再把另一個小竹馬往她面前一拉……嘖嘖，結局可就不好說了。』

駱湛垂眼，安靜幾秒，他問：「就這件事？」

聲線低低沉沉的，聽起來顯然興致不高。

譚雲昶意外地問：『你聽起來還不太高興啊，難道唐染妹妹對你是她的小竹馬這件事的反應，沒有達到你的預期？』

駱湛輕瞇起眼。

過了幾秒，他懶下神色，轉過身。駱湛的背抵上露臺圍欄，沉默地看著不遠處燈火闌珊裡的女孩。

夜色暈染，模糊了視野裡女孩的輪廓。只隱約見著她的長髮被夜風吹亂，又被女孩抬手勾住，輕攏回耳後。

身上那件男款的黑底夾克明顯比她的身形大了一兩個尺寸。袖子長長地垂在兩旁，尾擺蓋過腿根。

在寥寥夜色裡，更襯得女孩身影嬌小。

駱湛倚在圍欄前，無聲地看著。

直到譚雲昶等了許久不聞動靜，茫然地出聲問道：『喂？是我這邊斷線了嗎？怎麼突然沒動靜了？』

「……沒有。」駱湛回神，低了眼，「是我看走神了。」

譚雲昶說：『容我大膽地廢話一句，祖宗您是看什麼看走神的？』

從女孩那裡移開目光，圍欄前身形頎長的少年又恢復了倦懶散漫的語調。

他側過身，倚著圍欄，淡淡地哼笑一聲：「你不也知道是廢話嗎？」

譚雲昶聽得有點牙痛：『就那麼好看？你不是每天晚上都偷偷地看兩三個小時嗎？還是專人專場、獨座獨票。』

駱湛反問：「不好看？」

『好吧，借三十個膽子我也不敢說您家女孩不好看啊。』譚雲昶停頓了一下，奸笑，『更何況，唐染妹妹確實好——』

駱湛突然打斷：「閉嘴。」

小少爺冷笑：「只有我能說她好看，你不准說。」

譚雲昶無語了，這個人是真的過分了。

駱湛顯然沒這自覺，很冷靜就把話題落回去：「這件事不要聲張，尤其是在唐染面前。」

『啊？為什麼？』

駱湛沉默兩秒：「我還沒告訴她我就是那個人。」

譚雲昶呆了一陣子，急忙問：『為什麼不說啊？她又不怨你，反而特別想看見你，不然生日願望也不可能是許這個的。』

「我知道。」

『那你為什麼不說？』

這一次沉默十分地久。

然後譚雲昶聽見電話對面輕嗤出一聲冷淡的薄涼的笑，滿是自嘲，以及另一種埋得更深的情緒：「我該怎麼說，『對不起，我就是那個被妳救了，卻把妳一個人扔在這冰窟窿裡等了十年的人』？」

譚雲昶語塞半晌，無奈地勸：『但那也不是你的錯。』

「不是我的，那是誰的？」

『不管是誰的，你不可能永遠不告訴她真相吧？你都答應唐染妹妹要幫她找小竹馬了。』

駱湛慢慢直起身，朝那片燈火闌珊的角落走去：「我會說的。等我有足夠開口的勇氣。」

聽了這話，譚雲昶一時失語，最後無奈地說：『祖宗，你可是我們心目中無所不能心比天高的小少爺。多少追不到你的人都開玩笑說你是身在神壇的，你竟然還有需要勇氣的一天？那你讓我們這些凡人怎麼活？』

駱湛啞然，腳步也停了停。

幾秒後，他邁開長腿，低垂著眼，笑：「我是人又不是神，需要勇氣才能做一件事，奇怪嗎？」

『你覺得你不是，但這麼多年過來，在很多人的眼裡你就是無所不能啊。』

駱湛抬眸，看了看已經離他很近的女孩。

她大約是聽見了腳步聲，慢慢轉回來。

女孩的眼睛輕闔著，這樣近的距離下，駱湛甚至能看見那柔軟微翹的睫毛，還有投在眼瞼下的淡淡陰翳。

「駱駱？」女孩輕聲問。

她的唇瓣微微開闔，唇色透著淡淡的嫣，讓人想小心翼翼地親吻。

手機裡，譚雲昶已經開始幸災樂禍：『反正這要是傳出去，你就算澈底跌落神壇了。』

駱湛回神，他垂下眼，認命地笑，聲音低啞好聽。

「我心甘情願。」

K大，實驗室裡，對著掛斷的電話，譚雲昶僵了好幾秒才惡狠狠地回過神。

『媽的，呸呸呸，居然在秀恩愛！』

唐家主宅，三樓。

從樓梯進了長廊，轉向茶室方向的路上，唐染遲疑幾秒，輕聲問身旁的人：「駱駱，我們要不要分開進去？」

「不用。」身旁那人聲調懶洋洋的，「說是偶遇就好。」

「……嗯。」

「害怕？」看出女孩還是有點不安，駱湛轉回頭，問。

「不，不怕……」唐染下意識搖了搖頭。

耳旁響起聲低啞的笑。

唐染的臉紅了起來。

兩秒後，她誠實地改口：「有點怕。」

「怕誰？妳家那個管事的老太婆？」

唐染被嚇了一跳，在唐家可沒人敢這樣說杭老太太。她慌忙地仰起臉朝駱湛說：「你你你小點聲，別那樣叫。」

「看來確實是怕。」駱湛低低身，抬起手摸了摸唐染的頭，忍著笑，「把我們小女孩都嚇成結巴了。」

唐染臉更紅了，不知道是惱得還是羞得。

「不過……」駱湛一想起唐染是被杭老太太親手安排送進育幼院的，就忍不住沉下語氣，「她對妳不好，我這樣叫她都是客氣的了。」

唐染猶豫了一下：「但是你這樣叫她，別人聽到了只會說你沒禮貌。」

駱湛聞言，直起身，那張禍害臉上眉尾一抬，桃花眼裡掠過薄涼嘲弄的笑色。

他輕嗤一聲：「我在乎他們怎麼評價我？」

駱小少爺骨子裡按捺已久的那點桀驁不馴的少爺脾氣冒出頭，在這一秒暴露無遺。

唐染靜了幾秒，突然沒什麼徵兆地彎了彎眼笑說：「我喜歡駱駱。」

駱小少爺那點冷淡嘲弄的笑意僵住了，他本能低頭：「妳……」

唐染沒察覺他的情緒變化，臉上的笑意變成羨慕和嚮往：「我也想像駱駱一樣，可以很驕傲，什麼別人的眼光和話都不在意、不顧忌，那樣活著一定很快樂。是個滿分的性格。」

駱小少爺用他那「價值幾千萬保險」的腦袋想了一秒，很快明白了。

唐染這番話想表達的意思，就和「我喜歡達文西，因為他雞蛋畫得圓」沒什麼兩樣。

駱小少爺頓覺了無生趣，眼皮懶洋洋地垂回去。

不過臨進茶室前，他不忘伸手揉了揉女孩的長髮，說：「人的性格都是獨一無二的，沒有評分標準，當然也就沒有哪種是滿分、哪種是零分。比如妳喜歡我的性格，我也喜歡妳的性格。」

唐染意外地問：「你喜歡我的性格嗎？可是阿婆說我太內向了，大家更喜歡活潑有趣的女孩子……而我什麼都不懂，很無趣。」

「她胡說。」駱湛不悅地皺起眉。

唐染愣了一下，仰起頭。

駱湛也發覺自己的反應有點過激，低咳一聲，放緩聲音。

「我說了，每個人的性格都是獨一無二的，它沒有統一的判斷標準。就像在我見過的所有人裡，我只喜歡妳……的性格。」

唐染沒察覺那個詭異的停頓。

她在少有的被認可裡笑得眼角彎下來：「雖然知道駱駱是在哄我，但我還是很開心。」

駱湛不贊同：「是實話，不是哄妳。」

唐染輕笑：「才不信，怎麼會喜歡到只喜歡一種的程度？」

「當然有。這點程度算什麼。」

唐染微愣：「還有更厲害的嗎？」

「嗯。」小少爺聲調懶洋洋的，帶點漫不經心，「還有些喜歡程度太嚴重的，人都不想做了。」

唐染茫然：「不想做人，那是什麼程度？」

「大概是……」

駱湛認真地想了想。

「恨不得在胸前掛一個日曆，數著最後一兩年，每過完一天就撕掉一頁吧。」

唐染更加茫然：「為什麼要撕日曆？」

「因為……」駱湛舌尖頂了頂上顎，他眼簾一垂，聲線低啞地笑，「等撕完，就可以不用做人了。」

「老太太。」茶室門外快步進來一個唐家的傭人，到杭老太太身旁停下，躬身說：「唐染小姐上三樓了，等一下就到。」

杭老太太抬了眼，不悅地問：「耽擱這麼久了，還來報什麼？直接帶她進來就是了。」

「我也想催，可是……」

「可是什麼？」

傭人沒急著說話，他抬頭顧忌地看了杭老太太對面一眼——剛回來落了座的駱老爺子慢悠悠地啜了口茶，看都沒看這邊。

傭人只能硬著頭皮，低聲說：「駱家的小少爺在唐染小姐旁邊護持著，不讓人催。」

老太太意外地睜了睜眼。

茶室裡本來就寂靜，幾人距離也近，傭人這話再清晰不過地傳入房間內所有人的耳朵裡。最年輕的唐珞淺也是最沉不住氣的，反應過來臉色就變了，她一下子挺直身，不相信地看向傭人：「妳說誰扶的？」

傭人重複：「駱家小少爺。」

唐珞淺咬牙：「妳沒看錯？」

傭人苦笑著低頭：「珞淺小姐，我眼睛再不好，也不至於連那位小少爺都認不出來，畢竟是家裡的貴客啊。」

「但他怎麼會和那個小瞎——」

「好了。」杭老太太不輕不重地打斷唐珞淺的話，微微瞥過去一眼，「等他們進來就是了。」

唐珞淺自知理虧，回過神連忙看向對面——駱老爺子像是沒聽見這席對話，仍舊品著茶，眼皮不曾抬起過。

唐珞淺鬆了一口氣，回頭感激地看向奶奶。

然而這時候她發現，杭老太太反而望著駱老爺子和溫和笑著的林管家，微皺起眉。

茶室裡再靜十幾秒，房門被敲響。

「篤篤篤」三聲，從敲門的節奏裡都聽得出種鬆懶的漫不經心，不等應答，推門聲讓唐家人覺得這一幕非常熟悉地傳來。

不過這一次不用老爺子解釋，他們也猜得到來的是什麼人了。

比前一次要遲了許多，最先響起的還是導盲杖輕輕敲擊地面的聲音。

一聽見這個聲音，唐珞淺的眉忍不住皺起來了，她憤憤地撇開臉，但過了幾秒想到傭人說的駱湛，又忍不住偷眼望回來。

須臾後，茶室的長屏風旁，一高一低兩道身影同時出現。

駱家那位從進了唐家大門開始誰都沒正眼看過的小少爺，此時斂起慣常憊懶冷淡的模樣，單手平抬，讓女孩做可以扶著的著力點。

從屏風後到茶几，這短短一路走了半分鐘，卻不見那張總是懶洋洋無精打采的禍害臉上露出半點不耐煩。

等兩人到了跟前，回過神的傭人在角落幫女孩收拾出新的座位。

駱湛把人扶過去，唐染摸著椅子扶手邊緣，小心翼翼地坐下來。

駱湛伺候女孩伺候慣了，下意識彎腰去拿唐染的導盲杖，準備按以前習慣動作——幫她折好收起來，放在她隨時能夠拿到的手邊。

不過他這邊剛握上去準備用力，就感覺到導盲杖上一點反方向的拉力傳來。

駱湛眼皮一掀，眼前的女孩緊張得不得了，再次輕輕地握了握導盲杖。

駱湛會意。他垂眼，啞然無聲地笑了笑。

然後駱湛收回手，直身往駱老爺子身旁過去。

他身後，女孩聽著他腳步聲的方向，慢慢轉過去：「駱爺爺好。」

老爺子放下手裡茶杯，心情複雜地看了這個恬然安靜的女孩一眼。頓了頓，點頭：「晚安，小染。」

杭老太太皺眉，從那個彷彿沒感覺到她目光威壓的年輕人身上收回視線，她清了清嗓子，似乎要說什麼。

不過在那之前，駱老爺子的目光往身旁一橫。

「叫你坐了沒有？」

駱湛剛拎開那把椅子準備落座，聞言動作一停。

他沒說話，垂著眼懶洋洋地望過去。

老爺子說：「你怎麼和小染一起上來的？」

駱湛沒抬眼，聲音也懶洋洋的，只差打一個呵欠：「樓梯遇見的。」

「平常怎麼不見你這麼樂於助人？」

「沒什麼，可能就是還有點人性，沒有泯滅吧。」駱湛嘴角冷淡地勾了勾，聲音不知道往哪裡飄，「看著女孩自己一個人走路，還要被管家的奚落催促，差點以為自己穿越回奴隸社會，忍不住呢。」

唐家一側，幾個人表情各異。

老爺子警告地瞪他一眼，臉上冷著聲說：「我看就是你耽擱的。行了，坐下吧。」

在前一秒已經自覺落座的駱湛垂著眼，靠在椅子裡拖著懶洋洋的腔調散漫地應了一聲：

「謝主隆恩，奴才坐了。」

老爺子差點被茶嗆住，扭過頭瞪他。

駱湛沒去管，只抬了抬眼，斜對著的角落裡，原本緊張地攥著導盲杖的女孩聽見他的話後愣了一下。然後努力低了低頭，很吃力地把笑憋回去。

駱湛落回眼，過了幾秒，少年那張冷淡清雋的側顏上，唇角輕抬起。

所謂老生常談，長輩們之間既不敏感、開玩笑起來也能說一些無傷大雅的話題，自然離不開那幾個固定主題。

聊到小輩這邊，還是唐家先起的頭。

「……我們珞淺不愛交朋友，這一點很不好，性子也內向，在學校裡沒有幾個知心朋友。平常休了假，看看旁家的孩子都出去參加派對或者活動，她卻喜歡待在家裡，不是看書就是彈鋼琴畫畫。唉，她太文靜了！」

林曼玫「貶斥」著自己女兒，一副遺憾的模樣。

「文靜也不是什麼壞事。」

駱老爺子接了話，涼颼颼地瞥向自己身旁。

駱小少爺到哪裡都不怯場，這時候坐在唐家三個長輩對面，滿屋子氤氳的茶香裡，獨他一個看起來隨時倒頭就能睡下。

老爺子氣得想翻白眼，聲音自動冷凍：「哪像我家這個，一年半載在家裡見不著影子，整天泡在實驗室裡，就跟沒有家似的。」

林曼玫不吝嗇地誇：「那是駱湛事業心強，難怪年紀這麼輕，就有這麼多成就呢。」

對面撐著顴骨懶散垂著眼的男生毫無反應，眼皮沒抬半寸，彷彿叫駱湛的另有其人。

林曼玫笑容微僵。

駱老爺子皺皺眉，低咳一聲：「駱湛，林阿姨在誇你，你也不說聲謝？」

被自家老爺子點名，駱湛終於有了一點反應。

他轉回眼，幾秒前從耳邊溜過去的話被他從瞬時記憶裡拉出來。

回顧兩秒，駱湛瞥向老爺子，聲音冷冰冰又懶洋洋的：「皇上，您別誤會，我事業心不強。我人生的終極目標就是混吃等死，所以家裡要是真的有皇位要繼承，您一定要先從第一個開始尋找。」

駱湛話一落，老爺子的眉就擰起來了。

駱家兄弟倆都不想繼承家產這件事，只有駱家幾位核心人物知道，這樣的「家醜」被駱湛玩笑似的說出來，就算別人不會當真，老爺子也有一種被踩了痛處的惱羞成怒感。

所幸林易最熟悉老爺子的好惡，敢在老爺子發脾氣前，他朝對面的林曼玫和善地笑了笑：「我們小少爺性格確實更活潑了一些。」

林曼玫立刻順著臺階下了：「珞淺，妳以後可得多跟駱湛來往，向他學習著外向一點，知道嗎？」

唐珞淺一晚上又喜又惱，聞言複雜地望了駱湛一眼，含糊地應：「嗯。」

「這樣……」林曼玫像是突然想到什麼，客氣笑著轉向駱老爺子，「我們珞淺這性子，讓她跟別人出去我們也不放心。不如就等駱湛說什麼時候有時間了，讓他帶著珞淺出去走一走玩一玩，多接觸點外面的世界。年輕人嘛，交個朋友也好，老先生您說呢？」

「嗯。」老爺子不好直接駁林曼玫，沉默幾秒也應下來，「那就等——」

「沒時間。」

駱湛沒什麼徵兆地截了話。他垂著眼，冷淡地打了個呵欠。

駱老爺子氣呼呼地說：「我是管不了你了，忙什麼能忙得連家都不回？」

「實驗室，機器人。」

駱湛一個順口，差點把實話吐露出來。他自己先警覺地停頓了一下，然後才垂回眼。

「我們今年研究泛化，暫定目標是居家型機器人。」

對面林曼玫僵了幾秒，笑容有點尷尬：「平常忙，就不讓珞淺打擾你了。你們可以趁著週末或者假日……」

駱湛見對方要窮追不捨，眼簾一垂，遮下去的情緒冷淡冰涼：「假日更沒時間了。」

林曼玫說：「假日還要在實驗室裡忙實驗？」

「不，忙私生活。」

林曼玫表情一頓：「私……私生活？」

「嗯。」小少爺嘴角一揚，散漫恣肆，「比如喝酒泡吧，打架睡——」

駱湛和ｉｎｔ實驗室裡的男生們沒什麼顧忌地嘴炮慣了，對唐家也是怎麼勸退怎麼來。

他隨口扯淡到一半，突然想到什麼，然後險而又險地停在一個十分危險的字眼上。

僵了兩秒，駱湛下意識瞥向房間角落。

無聲坐在那裡的女孩正仰著頭，和其他人一樣好奇地聽著他的私生活。

他停的這個點過於巧妙，女孩露出好奇心強盛的表情。

只差把「睡什麼」寫在臉上了。

駱湛嘴炮一時爽，找補火葬場。

林管家站在後面，作為駱家最貼心的管家，此時笑容和善地主動替駱湛補充：「我們小少爺平常在實驗室太累太忙，一到週末常在家裡補眠。」

唐家幾人表情各異，真正信了的大概只有某個單純的女孩了。

杭老太太是聽不下去了，她皺著眉，清了清嗓子後開口：「駱湛，咱們兩家十幾年關係都不錯，長輩的交情在你們晚輩這裡不能斷了。你和珞淺以後還是多走動些，偶爾抽出點時間來陪陪你的珞淺妹妹，這應該不算是為難你吧？」

杭老太太這話一出，林易心裡先咯噔了一聲。

駱老爺子同樣眼神微變。

他們對駱湛什麼少爺脾氣再熟悉不過，這種暗帶強勢的頤指氣使、以勢壓人的長輩語氣，駱老爺子在駱湛面前從來不用。

某人那骨子裡的桀驁脾氣真犯了，翻出去就是能大鬧天宮的齊天大聖。

椅子不給你當場踹翻都是留面子。

林易正考慮著他是先衝上去按下桌子，還是先按住椅子的時候，卻見駱湛身影在緩緩直起後，又僵在了某個角度上。

——竟然沒發火。

林易意外。

跟著他想到什麼，看向房間裡的角落。

坐在那裡的女孩正豎耳聽著房間裡的動靜，表情裡藏著一點不安。

林易的視線落回身前。

駱湛放在桌上的手微微攥起，冷白的手背上繃緊淡青色的血管。

幾秒後，林易聽見駱湛猝然一笑，冷淡疏懶：「可以啊。」

小少爺鬆開手，倚上靠背。

他垂著眼，噙著隨時能淡到消失的笑：「下個月二十二號吧，那是週六，我剛好和幾個朋友一起，去隔壁M市有點事情處理。」

角落裡，唐染微愣。

二十二號？那不是他們和家院長約好了眼睛複診的日子嗎？

唐家這邊同樣驚訝駱湛這麼輕易鬆口。

靜默幾秒後，林曼玫毫不猶豫替女兒答應下來：「沒問題，珞淺早就想去M市玩了。對吧，珞淺？」

唐珞淺壓下意外和驚喜，低頭矜持地「嗯」了一聲。

杭老太太神色稍緩：「那就這麼定了吧，到時候珞淺——」

「既然這樣。」

駱湛不緊不慢地打斷杭老太太的話。

在對方不悅的目光下，他抬眼，這一次沒有任何遮掩地望向角落。

「賞個面子，一起去吧。」

那點懶散無謂的情緒從眼底褪去。

小少爺緩聲張口，語調帶上意味難明的低啞笑意。

「唐染妹妹。」

茶室內陷入靜寂，連唐染都呆了幾秒，才反應過來駱湛那句「唐染妹妹」是在叫她。

這一次別說唐珞淺氣白了臉，她母親林曼枚臉色都變了。

不過當著駱老爺子的面，林曼枚還是努力壓住情緒，僵著笑問：「駱湛，你和……小染，好像挺熟的是嗎？」

「認識。」駱湛斂下目光，又變回那副漫不經心的語氣。

林曼枚說：「小染因為眼睛不好的緣故，一直都是待在家裡，你是第一次來家裡吧？怎麼會和小染認識呢。」

這種盤問即便語氣再好，平常駱湛一定懶得理。

但他更清楚——如果他不解釋緣由，那等他離開以後，主宅的人一定少不了要去煩唐染。

駱湛微皺起眉：「她的仿生機器人一直是我們實驗室負責故障檢查和功能維護的，之前做除錯她也去過。」

駱老爺子聽見這句，又想起駱湛在露臺上告訴他的「機器人」事實，頓時皺了眉。

老爺子憋幾秒還是沒憋住，低低冷冷地哼了一聲：「不務正業。」

林曼玫聞言愣了一下，以為是自己的話挑得爺孫兩人不和，連忙打圓場：「老先生，駱湛這個科系前景是極好的，國內外在這方面越來越重視，絕對算不得不務正業。」

駱湛自己自然知道駱老爺子說的是什麼事。

聽見林曼玫誤會，他也不解釋，冷淡地勾了勾嘴角，拖著懶洋洋的腔調。

「我樂意。」

老爺子氣得差點發作。

只是那樣「丟臉」的事情駱老爺子不希望還有第三個人知道。所以即便再委屈，當著對面唐家幾人的面，他也只能壓住火氣，氣呼呼地瞪了駱湛一眼。

然後老先生轉過頭，板著臉不說話了。

唐家這邊，林曼玫在女兒的眼神催促下，無奈開口：「駱湛，小染眼睛的情況你也看到了，實在不太方便。而且，小染自己也不喜歡到外面……」

「妳問了嗎？」

「啊？」林曼玫一愣，錯愕地看向駱湛。

就見原本無精打采地倚在座裡的駱湛不知道什麼時候抬了頭，那雙漆黑的眸子裡冷冰冰地睨著她：「說她不想去，妳問她了嗎？」

林曼玫語塞，被晚輩用這麼不客氣的語氣逼問，回過神後她臉上的表情有些掛不住，訕訕地笑：「小染的性格我瞭解的，不需要問也──」

「妳既然沒問，怎麼知道她不喜歡出去？」

林曼玫終於扛不住。她微攥緊拳，深吸一口氣，壓著惱怒望向角落裡那名在她這裡存在感為零的女孩。

林曼玫說：「唐染，駱湛哥哥問妳要不要陪他和妳姐姐一起去，妳自己做決定吧。」

角落裡，唐染慢慢握緊手裡的導盲杖。

她當然聽得出林曼玫話聲裡的警告意味，她也知道，在這個屋子裡，除了駱湛以外，大概沒人想她去。

甚至沒人希望她出現在這裡。

從她剛回來時就是這樣了。

不管是唐家的哪個場合，只要她一出現，前一秒無論大家有多歡聲笑語，下一秒就會紛紛安靜下來，當做沒有看到她的模樣。

她還只是一個七八歲的小女孩的時候，就被他們不遺餘力地用所有能感受到的方式，向她展示自己有多不受歡迎、被人討厭這件事。

但駱湛不是，只有他不是。

所以就算要第一次違逆唐家這些不喜歡她的長輩的意思，就算之後可能會被盤問被為難，她也還是想要站在駱湛那邊。

那種在所有人的對面孤立無援的感覺她太熟悉，她不想讓駱湛也有那種感覺，更不想辜負他。

想完這一切，唐染終於在心底鼓足勇氣，她緊握著導盲杖，仰起頭。

「我……」

「我這人有個毛病。」

在唐染開口的同時，那個懶洋洋的、她再熟悉不過的聲調突然冒了出來，「湊巧」打斷了唐染的話。

然後是椅子被拖開，黑暗裡，那個腳步聲不疾不徐地走過來，一直到她的面前，慢慢收住。

「我正常不請人，但如果請了，那就聽不得拒絕。」

空氣停了幾秒，唐染坐著的椅子兩邊的扶手一沉，她聽見那個聲音在黑暗裡慢慢俯身，聲音是低啞的，散漫的，還帶著點桀驁不馴的痞氣又冷淡的笑。

「小妹妹，聽懂哥哥在說什麼了嗎？」

唐染搭在椅子扶手上的一隻手被駱湛按住，那人輕輕在她手背上畫了一個「叉」。

唐染會意，配合地慢吞吞地搖搖頭：「聽不懂。」

駱湛被女孩嚴肅的表情逗得險些破功。

幾秒後，他垂下眼，故意往前低了低身，聲音壓得微啞：「意思就是，敢說不去的話，就等著哥哥以後好好收拾妳吧。」

「駱湛。」

老爺子實在聽不下去，警告地把人喊住。

梗了幾秒他才皺著眉說：「怎麼跟唐染妹妹這麼說話呢？」

駱湛懶洋洋地直回身：「友好交流而已。」

他垂手，摸了摸唐染的腦袋，聲音低沉：「對吧，小妹妹。」

女孩被摸得乖乖的，一動不動。

落進其他人眼底，自然就是一副受盡駱湛欺壓的可憐兮兮模樣。

過了幾秒，女孩輕聲說：「我去。」

「嗯，這還差不多。」

駱湛收回手，走之前不忘在女孩的頭頂揉了揉。

他慜著壞，垂眼笑：「以後不管哥哥說什麼，妳都得聽話，知道嗎？」

沉默幾秒，女孩點頭：「知道了。」

房間其他人裡，駱老爺子和林管家是唯二知道這場「威脅與被威脅」的真相的。

林易笑咪咪地站在原地，神色不變。老爺子則一副「不忍直視」的表情，萬分嫌棄地轉開了臉。

於是，當著唐家眾人的面，唐染迫於「淫威」答應陪駱湛和唐珞淺出行M市的事情，就這麼定了下來。

定好的複診日那天，一大清早，唐染就被家裡的傭人請去主宅，說是老太太有話要囑咐。

唐染在傭人的牽引下進了正廳。還未等她坐穩身，就聽廳裡響起老太太沒什麼情緒起伏的聲音。

「今天讓妳陪駱湛和珞淺一起出去，知道該怎麼做？」

唐染愣了幾秒，搖頭。

杭老太太不悅地皺眉：「駱湛是什麼身分妳知道。來家裡這麼久了，妳也應該聽過家裡傭人提起，他以後是要和珞淺成婚的人。換句話說，他就是妳以後的姐夫。這種關係上，妳要懂得和他避嫌。」

「今天妳陪他們出去，記得離他遠一點。有什麼事情不要麻煩到駱湛，更不要耽誤他們兩人相處，實在不行妳就找一個藉口讓人提前送妳回來——在妳姐姐那裡印象好一點，對妳以後沒什麼壞處。」

唐染抿唇，即便她心底再怎麼想要反駁，最後還是沒說什麼。

女孩低著頭，一言不發。

杭老太太瞥見了，眉皺得更厲害：「長輩和妳說話的時候，至少也要應聲，這是禮貌更是教養！」

唐染被老太太猝然提高的音量驚得心裡亂了一下。

回過神，她攥起手指，輕聲說：「對不起，我被教養得少。」

老太太眉一擰，她怎麼也沒想到，這名看起來安安靜靜的女孩竟然還敢這樣和自己說話。

她還想再說什麼，傭人匆忙進了正廳，到她耳旁躬身：「駱小少爺的同伴先到正門了，說是珞淺她們可以準備出發了。」

杭老太太聞言皺眉：「駱湛沒到？」

傭人回答：「那兩個同伴說，駱湛是單獨從他自己家裡走的，沒和他們一起過來，他應該也快到了。」

「……嗯。妳上樓催一催珞淺，叫她準備好就下來吧。」

「好的。」

一刻鐘後，在樓上換好幾件衣裙卻還是很不滿意的唐珞淺，終於姍姍來遲地下了樓。

她眼神不善地偷偷瞪了唐染一眼，又在心底比較一下兩人的裝束，然後她才滿意，昂首挺胸地走出去了。

唐染握著導盲杖跟在後面，好幾次差點被前面步伐不慢的唐珞淺和傭人甩丟。

這樣一路走出主宅，經過前院，到了正門外。

唐染還沒停穩腳步，就聽見店長熟悉的笑聲。

「唐妹妹，妳今天真好看！」

唐染步伐一停，走在最前面的唐珞淺早就看清楚譚雲昶正是之前在家門口讓她們下不來臺的人，原本想繃著臉裝沒看見。

聽見這句話，她忍不住得意，微抬起下巴：「我們不熟吧，誰是妳唐——」

話沒說完，譚雲昶已經從她旁邊走過去了。

目不斜視，直奔她身後的女孩。

站在原地的唐珞淺頓時僵住表情。

譚雲昶停到唐染身旁時，這才好像剛察覺什麼地轉過身，看了唐珞淺的背影一眼。

他問唐染：「唐妹妹，剛剛有什麼人跟我說話嗎？」

唐染只用聽的，也猜得到店長此時會是怎樣一副無辜的神色。

她低了低頭，忍住笑。

譚雲昶聳聳肩：「看來是錯覺。好了，我們到外面等吧。駱湛等一下就來了。」

「好。」

唐染握著導盲杖，小心翼翼地往外走。

唐珞淺站在原地不動。她越想譚雲昶那兩句話和自己的回應越覺得氣惱又羞憤，臉色一下子白、一下子紅、一下子青的。

如果是在外人攢起的局裡，唐珞淺早就大小姐脾氣發作，甩手轉身走人了。但想到這個人是駱湛的朋友，她只能咬牙忍著，自己跟了出去。

等了一陣子，車子引擎聲從遠處開來。

唐染最先聽到，敏感地朝向聲音的來路。跟著林千華看見了什麼，驚訝地推了推車子旁邊一齊等著的譚雲昶。

「學長，湛哥換新車了。」

譚雲昶抬頭看過去，盯了幾秒：「我靠，還真的是，這就是前些時間實驗室裡聊起的那輛最新一代超跑吧？」

林千華說：「好像是。」

說話間，那輛性能絕佳的嶄新超跑迅速煞車，停在唐家正門院外。

駕駛座一側車門如飛翼展開，一條長腿邁出，白襯衫搭滾邊夾克的青年戴著墨鏡，懶洋洋地下了車，走過來。

譚雲昶看得嘖嘖感慨：「果然實體車更帥，配上我們祖宗這張禍害臉，絕了……」

林千華贊同點頭：「確實是絕。」

連旁邊唐珞淺都從方才的惱怒情緒裡退出來，她紅著臉努力裝作不在意的模樣，但還是忍不住看那個從車旁走過來的男人。

唯獨唐染看不到，只能好奇得心裡發癢。

而那個熟悉的腳步聲越來越近。

「不對啊。」譚雲昶突然想起什麼，嗓門一提，「前段時間我們實驗室聊的時候，網路上評價這臺車有一個特點，那個是什麼？」

林千華猶豫了一下，小聲：「心形座椅的副駕駛，專屬一人，把妹必備神器。」

唐珞淺眼神一喜。

譚雲昶說：「對，沒錯，那時還問駱湛有沒有買一輛給大家飽飽眼福的意思——他那時特別不屑，他是怎麼說的？」

林千華回憶了一下。

幾秒後，他學著駱湛的語氣，冷冷淡淡地哼了一聲：「膚淺。」

恰好停下的駱湛聽到了。

譚雲昶不屈不撓地腆過臉去：「祖宗，為什麼突然換車，之前紅色那輛不是挺好的？」

駱湛支了支眼皮，聲調懶洋洋的：「顏色太騷。」

譚雲昶搖頭：「嘖嘖嘖，不久前還有人說這輛車網評把妹神器太膚淺呢，結果一換車立刻換了這輛。我看有些人吶，豈止是膚淺，簡直是把雙標貫徹到底——」

他話沒說完，被駱湛懶洋洋一眼掃過來：「還走不走了？」

譚雲昶嬉笑：「急什麼啊祖宗，這就不好意思啦，難道是怕我當著女孩的面揭你短？」

停了幾秒，駱湛一扯嘴角，勾起的笑意冷淡又懶散，還透著種莫名的欲勁。

「揭什麼短？我不是哪裡都長？」

幾人一默。

半晌，譚雲昶磨了磨牙：「你他媽還換什麼車啊，那車哪有你騷？」

林千華深以為然地點頭。

眾人裡，唯獨唐染仰了仰頭，女孩秀麗的臉上露出茫然不解的神情。

——什麼長？什麼騷？

第二十三章　最後的禮物

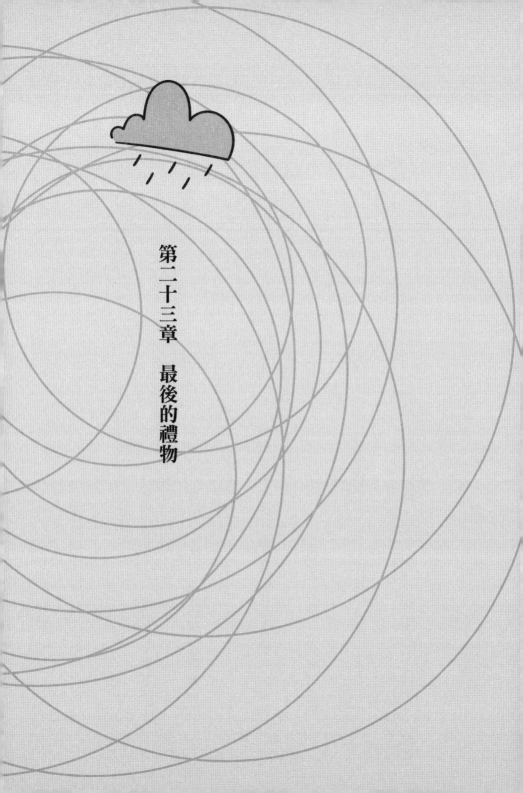

譚雲昶氣極反笑，一邊磨牙一邊笑著點頭：「好，這話誰說我都不服氣，祖宗您自己說我還真的沒辦法否認。」

長短問題對於每個青少年時期的男生來說絕對是本能關注焦點。

所以聽見這句，連一貫不太會接話的林千華都好奇地伸過脖子：「譚學長，你怎麼知道？」

譚雲昶冷笑了一聲：「兩年前吧，那時候你還沒進實驗室，所以沒經歷過那場心靈浩劫。」

林千華疑惑了：「心靈……浩劫？」

譚雲昶說：「可不是，忘了哪個孫子了，開玩笑的時候說祖宗是個非常金貴的少爺脾氣，從來沒進過K大的男生浴室，嬌貴得跟一個小公主似的。」

「噗。」林千華忍住笑，回頭看向駱湛，「湛哥這性格，說潔癖都不為過，他怎麼可能進公共浴室？」

譚雲昶說：「那你就錯了。那年實驗室裡幾個老學長都在，架不住他們人老臉皮厚……」

林千華笑了笑：「比如學長你？」

譚雲昶回答：「呵，我跟他們比可差得遠著呢！至少換了我們現在這個的實驗室的人，怎麼可能把湛哥架去浴室？」

林千華笑容一頓，驚訝地睜大了眼：「真的去了啊？」

說著，林千華震驚地扭過頭看駱湛。

「可不是？」譚雲昶搖頭，露出一副「往事不堪回首」的表情，「當時更衣室裡所有人都等著看他笑話呢，祖宗冷著臉就開始解襯衫扣子，結果……嘖嘖嘖。」

林千華又好奇地轉回來：「結果什麼？」

譚雲昶吊兒郎當地哼了一聲：「結果啊？反正我們再也沒人敢拉駱湛去公共浴室了。那天拖他去的人裡，在更衣室他脫完以後，連衣服都不好意思脫的就占一半呢。」

說著話，譚雲昶望向幾步外懶洋洋地站在那裡的青年，視線開始往下落。

一邊落，他一邊嘖嘖感慨：「後來，什麼時候在洗手間碰見湛哥，那真是，恨不得當場敬禮再走啊。」

林千華頓時肅然起敬。

唐染站在旁邊，一頭霧水地聽了一大段，有點似懂非懂。等到話題終於有了空隙，她好奇地仰臉朝向譚雲昶。

「店長，為什麼要在洗手間裡敬禮？」

在所有人都能會意的玩笑裡，唯一一個不懂的那個，往往最容易成為眾人捉弄玩笑的對象。

而此時唐染的茫然神情只差把「我不知道」幾個字寫在臉上。

譚雲昶這沒下限也沒臉皮的老油條奸笑一聲就準備「介紹」，可惜他還沒張口，就先被駱湛冷淡淡的話聲壓住了。

「你還沒說完是吧？」

駱湛涼颼颼瞥譚雲昶。

譚雲昶神情無辜，攤手：「這可不是我先開的頭。」

「行了。」駱湛低頭，看了手錶一眼，「還走不走了。」

駱湛懶著聲說完，抬手去拉上身滾邊夾克的拉鍊。

「我靠，幹什麼，這就要現身說法啊，祖宗？」譚雲昶佯裝要躲，「別別別，我不想再看見了，太傷自尊了！」

「……滾蛋。」

駱湛笑罵了一句。

說話間，他脫下外套。幾根修長好看的手指拎住夾克衣領，往上一提。

夾克準確蓋下，把旁邊仰著臉好奇地聽譚雲昶說話的女孩兜頭罩住。

安靜幾秒，外套下那顆小腦袋茫然地轉動了一下。

駱湛垂著眼，一張清雋冷白的俊臉上淡冷靜定的，沒什麼情緒。

他再熟練不過地接過女孩的導盲杖摺疊收好，然後隔著那件夾克外套抬手扶住女孩的肩。

把人帶走前，駱湛懶洋洋地瞥向譚雲昶。被調戲不回嘴就不是駱小少爺的脾氣。

「小妹妹還在。你再做這種汙染未成年的骯髒事，我就要打電話叫警察了。」

譚雲昶委屈開口：「我髒？那不是祖宗你先說的嗎？」

「是你想多了。」

「還不承認。」譚雲昶嘀咕，「現在不讓我說話，你就指望著以後對一張白紙什麼都不懂的小妹妹想怎麼禍害就怎麼禍害是吧？我看你這個人，心才是真的髒。」

駱湛懶得理他，冷淡地嘖一聲笑，扶著女孩從譚雲昶面前走過去。

唐珞淺一直站在一旁，紅著臉等駱湛邀請自己上車。

然而等來等去，眼看駱湛就要把唐染帶走，她終於反應過來：「駱湛你、你帶她走幹什麼？」

駱湛腳步一停，那張掛著憊懶散漫笑容的俊臉上情緒一淡。須臾後，那雙黑漆漆的眸子一轉，落到唐珞淺身上。

「我不帶她走，那要帶誰？妳嗎？」

月初時已過初秋，現在已經是下旬，風正涼著。

即便今天萬里無雲，陽光如水瀲灩，但唐珞淺站在日光最盛的太陽地裡，被那雙黑漆漆的桃花眼瞥上身時，仍舊覺得一點莫名的寒意從後背竄起來。

讓她原本理直氣壯的那點惱怒沒了理由，從心底生出一種虛涼的感覺。

「我……」

唐珞淺沒能承受住這樣凶且冷淡的眼神語氣，有點委屈地攥緊手指。

「本來就是家裡叫我們出來玩的，小瞎……唐染只是陪著的，你帶、帶她走算怎麼回事……」

駱湛輕嗤出聲冷淡薄涼的笑，覺得無語。他身前的女孩被他罩在夾克下，不安地動了動，似乎想說什麼。

駱湛安撫地拍了拍女孩的肩膀。

他轉望向唐珞淺。

這位大小姐鮮少露出這樣可憐委屈的模樣，情緒裡努力藏住一點憤恨和怨氣，但在駱湛眼裡還是暴露無遺。

駱湛鬆開手，走過那僅隔著幾步的距離，停在唐珞淺面前。

唐珞淺露出一點喜意，但很快又壓住。她咬著嘴唇低著頭，低聲說：「我沒欺負過小染，你別誤會我。今天我是為了你才出來——」

「誰教妳的。」一聲薄涼輕嗤。

「什、什麼？」唐珞淺錯愕地抬頭。

她看見背著光的少年手插著褲子口袋站在她面前，眼神懨懶無趣，那線條好看的薄唇微微勾著，卻算不得半點笑意。

站在這樣近的距離下，他看著她的楚楚可憐，卻眼神冷淡得足以媲美這涼秋的風，沒有絲毫動容。

「是妳母親，還是唐家那個老太婆？」

駱湛插著褲子口袋，垂著眼冷淡俯身，聲線不聽起伏地問：「看我親近唐染，她們是不是告訴妳，我這個年紀的男生，都喜歡可憐模樣的小女生，所以要妳裝委屈一些，我就會把目光落到妳身上了？」

話尾，駱湛沒表情地抬眼。

唐珞淺不自禁地露出畏懼的眼神，嚥了嚥口水。

這是唐珞淺第一次發現，駱家這個傳聞裡桀驁不馴，誰都不愛理的小少爺原來還有這麼可怕的一面。

他就像、就像親耳聽見過母親只對著她一個人說過的那些話一樣。

那種透澈到任何汙濁都藏不住的目光，讓她不寒而慄。

等唐珞淺回過神，臉色煞白：「我沒有裝委屈……」

「那妳就是真委屈。委屈什麼？」駱湛又向前踏了半步，更貼近唐珞淺。

但在這樣近的距離下卻不生半點旖旎，那雙黑漆漆的眸子滿盛著薄涼。

「是委屈一個被你們扔在偏宅裡放任自生自滅的女孩，能坐在妳想坐的位子上？還是委屈她受盡你們的欺負，終於有人開始在乎她怎麼想？」

唐珞淺被那眼神嚇得想退後，但又不甘心，她咬著牙攥緊手，仰頭看向駱湛：「那是我的位子，她憑什麼搶走？」

駱湛眼底情緒冷到了極點。他沉眸壓了幾秒，冷白額角上淡青色的血管微微綻起。再抬眼時，他聲音沙啞而冰冷地問：「妳的位子？我駱湛身邊的地方，除我以外誰敢答應給妳，誰又有那個資格答應給妳？」

唐珞淺第一次見到發怒的駱湛，嚇得臉色煞白，不敢說話。

站在旁邊的譚雲昶和林千華見勢不好，對視一眼。

譚雲昶上前，小心地打圓場：「祖宗，別發火、別發火，這裡還在唐家門外呢……」

「狗屁唐家。」

駱湛冷聲。帶著某種隱忍已久的切齒怒意，一字一頓地說完，轉回身看向不遠處唐家正門的保全。

正茫然看著這邊的保全人員集體僵了一下。

職業本能讓他們敏銳地感覺到，那位小少爺看向他們的目光帶上了要上來和他們打一架似的冷意。

保全人員看得有些傻眼。

他們只是站崗的，他們做錯什麼了？

譚雲昶頓時覺得頭有些痛。

他聽駱湛提過唐家刻意把唐染送進育幼院的事情，即便對女孩沒什麼額外心思，譚雲昶也能理解駱湛對唐染的珍視和隨之而生的怒意。

另一方面，譚雲昶更清楚這位小少爺有多桀驁不馴喜怒隨性。事實上認識駱湛多年，他從未見過駱湛對哪件事懷有這樣的憤怒。

偏偏唐染她還未成年，監護權猶在唐家，駱湛再憤怒也只能壓只能忍。

身為駱家的小少爺，駱湛什麼都沒在乎過也什麼都沒掛心過，生平第一次有一個人讓他顧忌到這樣的地步，所有和她有關的事情他不得不小心再小心。

這可快要把小少爺逼瘋了。

快逼瘋的後果就是，這樣關鍵的時刻即便只是一顆火星掉到炸藥堆裡，都能掀起沖天的火光。

譚雲昶對做炮灰沒有興趣。

眼見小少爺是要拉不住火氣的節奏，譚雲昶緊急腦力激盪，然後在看見駱湛身後幾公尺外正茫然站著的女孩時，譚雲昶眼睛一亮。

他連忙上前，說：「祖宗，秋風涼，唐染妹妹還一個人等著呢。」

駱湛眼底冷意一震。

幾秒後，那些情緒散去。駱湛收回目光，沒表情地垂下眼，轉身往回走。

但他又停住，似乎想起什麼，駱湛側了側臉。望著站在原地臉色發白的唐珞淺，他冷冰冰地扯了一下嘴角。

「讓教妳的人收了那些心思。妳不是她，所以做什麼都沒用。」

懶得再多一個字，駱湛轉身離開。

回到唐染身旁時，那人冷冽的眉眼不知道什麼時候柔和下來。

他扶著目不能視的女孩走到嶄新的墨藍色跑車旁，帶她坐進副駕駛座，又屈膝躬身去幫繫上安全帶，每一個動作細緻而謹慎。

林千華呆看著，回過神，小聲對譚雲昶說：「自從湛哥遇見了唐染，對比反差下簡直雙標得沒眼看，我最近常常懷疑他是不是人格分裂。」

譚雲昶冷笑：「你見過這種定人導向的分裂法嗎？」

林千華想了想，搖頭。

譚雲昶繼續冷笑：「那不就得了，這不叫人格分裂，這叫陷入愛情。」

林千華疑惑：「可是我看別人談戀愛也沒這樣啊……」

「嗯。」譚雲昶想了好久，問：「以前他對女孩子是什麼樣的？」

「冷漠？」

譚雲昶說：「這形容不夠。」

「呃，那就是愛理不理？唐珞淺今天這點手法太淺了，以前再楚楚可憐的女孩跑去實驗室，湛哥都沒抬過眼皮。」

「還是不夠。」

林千華詞窮：「那是什麼？」

譚雲昶伸手一指地面：「路邊要是看見老奶奶摔倒，他興許還能扶一扶，但要是換成喜歡他的女生，摔到水溝裡他可能目不斜視就過去了。完全是個辣手摧花的絕情種，我總結的對吧？」

林千華思考幾秒，用力點頭。

譚雲昶說：「所以啊，形容他這種情況太簡單，兩個字就夠了。」

林千華頓時好奇：「哪兩個字？」

譚雲昶沉默幾秒。看著那輛已經發動起來的跑車，他低下頭，揉著後腦勺笑了笑。

平常嬉皮笑臉的，這一次難得看到一絲柔和。

「這就是報應啊，祖宗。」

與此同時。墨藍色跑車內，駱湛剛發動車，就聽見副駕駛座裡一直安靜的女孩說了句什麼。

他手一頓，停下啟動，回眸：「妳剛剛說話了？」

安靜幾秒，女孩終於鼓足勇氣，轉過臉朝向駱湛。她輕聲問：「駱駱對我好，是因為我看起來是你說的……」

女孩停住，歪過頭想了想，學著他的話重複。

「這個年紀的男生都喜歡的，可憐模樣的小女生？」

車裡安靜幾秒，駱湛問：「妳都聽見了？」

唐染想了想，搖搖頭：「聲音很模糊，只聽見一兩句。」

「然後就把這一句聽得這麼清楚？」

「嗯。」

駱湛垂眼，笑說：「我還真是運氣不好。」

唐染沉默，過了一下，女孩轉回頭，輕聲說：「我們出發吧。」

駱湛微愣，回眸：「不是問了我問題，不好奇答案了？」

唐染最開始抿著唇沒說話，但駱湛一直耐心地等著她的回答，她只能開口：「如果駱駱不喜歡這個問題，我們能當作我沒問過嗎？」

駱湛愣了許久，才慢慢反應過來女孩這句話背後藏著的不安和小心維繫。心裡微動，循著本能，駱湛抬手過去，摸了摸女孩的頭頂。

唐染被摸得愣了一下，不解地抬起頭，轉過來朝向他：「駱駱？」

「別害怕啊，小妹妹。」

駱湛低下聲音，無奈又心疼地笑：「我剛剛說自己運氣不好，不是說不喜歡妳的問題，而是有更希望妳剛巧聽到的話沒被聽到，覺得有點遺憾而已。」

女孩沮喪失落地垂下去的唇角一點點抿平，然後偷偷地往上翹。

翹成弧度以後，唐染回過神，有點不好意思了：「我是不是特別敏感，容易多想？阿婆說我這樣不好，但我總是忍不住……剛剛你不說話，我以為你不喜歡這個問題。」

「沒有。」駱湛斷然否定，「我只是第一次喜——咳，第一次想一直和一個人做朋友，沒經驗，不知道該怎麼回答。」

「喔。」

一個冷漠的聲音在車外接了話。

駱湛微挑眉，回過頭，就看見譚雲昶站在車外冷笑：「為了唐染妹妹，我們現在連小少爺的朋友都不配做了是吧？」

駱湛難得心虛，譚雲昶的視線跨過駱湛，眺向副駕駛座的唐染：「唐妹妹，這種問題妳問他本人是沒有答案的，要是我來說，就是命中注定的見色起——」

「有事嗎？」駱湛及時打斷，眼神涼涼淡淡地瞥過去。

譚雲昶被看得一噎，雖然沒說完的話嚥回去了，但不妨礙他大著膽子保持冷笑：「就是問問兩位好朋友準備什麼時候出發？」

「……現在。」

駱湛沒給譚雲昶繼續在唐染面前調侃自己的機會，他啟動超跑，一腳踩著油門。

勇於揭短的譚雲昶被甩了一臉汽車廢氣，只能氣呼呼地回了林千華開來的轎車裡。

載著後座臉色煞白發冷的唐珞淺，黑色轎車追著前面的墨藍色超跑跟了上去。

路上，終於恢復了「二人世界」的跑車內，除了耳旁掠過去的風，一切都很安靜。

駱湛握著方向盤，食指在柔軟的真皮皮套上輕敲過幾次，似乎在什麼問題上搖擺不定。直到超跑開到休息站。

幾輛車在通往休息站的通道減速排隊，駱湛將車頭一轉，停在路旁，他解開安全帶，從座位後取了什麼東西。

唐染茫然地聽了一下：「駱駱，你是在找什麼東西嗎？」

話剛說完，她感覺安全帶的接扣被打開，然後一件柔軟的毯子似的東西被蓋在自己身上。

唐染愣了一下，下意識伸手抓住。

駱湛掩好邊角，重新躬身幫她繫上安全帶：「秋風涼了，高速公路上沒辦法開太慢，妳以後也要記得注意保暖。」

「嗯。」

駱湛幫唐染「武裝」好以後直起身，冷不防看見女孩現在的模樣，忍不住低笑一聲，側過臉。

唐染被笑得一愣：「怎麼了？」

「妳現在就像……」

駱湛回眸，看向這件在床上用品店銷售員詭異的目光下，由他親手買回來的，粉白色的毯子。

還有毯子上面結實綁著的四點式安全帶。

沉默地注視幾秒，駱湛忍俊不禁。他再次偏開臉，笑了起來。

唐染還想再問，就聽耳旁那個被笑意染上些許沙啞質感的聲音低下來，說：「就像一隻被方方正正綑綁好的，粉嫩嫩的粽子。」

唐染無語了，她有畫面了。

看著女孩嫩白的臉一點點染上嫣然的紅，駱湛笑了一下，停下來。

介於少年和青年之間，那張初具成熟稜角的清雋臉龐上，情緒一點點認真起來。

然後唐染聽見，安靜的車內響起駱湛的聲音：「我剛剛想了一路，還是沒有找到一個準確的答案。」

唐染茫然回頭：「什麼答案？」

「妳不是問我，我對妳好的原因是什麼。」

唐染默然。

駱湛說：「不久前我找到一個理應對妳好的理由，但那已經是在認識妳很久以後，我知道它不是最初的原因。」

「按照人工智能的自動控制理論，我們想要判斷一個問題產生的原因，那麼首先要找到這個問題對應的干擾在這個控制程序裡的輸入點。」

唐染安靜地跟著他的說法走，聽到這裡她問：「你是說第一次在ｉｎｔ見面那天嗎？」

「嗯。」

駱湛倚進座裡。他垂下眼，不自禁露出招牌式的懶散笑意，儘管女孩看不見。

「那天對我來說是一個意外。我以前不是沒有見過這麼狼狽的女孩，但我從來沒有自己做過什麼——時間、地點、人物、天氣環境……有任何一個因素發生變化的話，我那天可能都不會出現在妳的面前。」

駱湛一頓，有些無奈抬眼。

「雖然抱歉，但我就是這樣一個人，唐染。我不是妳想像中的善良或者溫柔，後來我為妳做的任何事情，也要基於那場意外之後的相識才能實現。」

唐染認真思考起駱湛的話。很久以後，女孩慢慢露出笑來。

「那也很好。」

「很好？」駱湛意外。他本來以為女孩會不喜歡他的這個答案。

「嗯，很好。」唐染點頭，輕笑著說：「這樣會讓我覺得，店長說的是對的。」

駱湛疑惑了。

唐染又說：「命中注定啊。我以前很討厭這個詞，因為它帶來的一切都是不好的、我不想要的。但如果這些之後它帶來的第一個禮物是駱駱，那我很開心。」

唐染想了想，又認真地補充說：「為了駱駱，我以後會珍惜它的。」

駱湛第一次在女孩的話裡愣了許久後，才回過神。

「雖然譚雲昶的重點不在這個詞上，但是……」

駱湛垂眼，啞然地笑。

他想起在這一個月陸續的噩夢裡，那個窗戶狹窄的育幼院，昏暗的禁閉室，還有碎片一樣的鏡子裡那個被打得滿身傷痕的男孩。

他慢慢明白自己會忘記這段記憶的原因。

大概是太過幼小無力的生物，在面對無法承受的苦難和疼痛時，由身體本能選擇的逃避方式。

但是，如果命運以苦難的名義贈我的禮物是妳——

駱湛抬眼，看著眼前的女孩，他低聲說：「那我感謝，更珍惜。」

唐染並不知道駱湛想了什麼，她只是笑著彎下眼角。

「嗯，我也是。」

按照原定的計畫，譚雲昶和林千華載著唐珞淺下了高速公路後，佯裝跟丟了駱湛的超跑，然後在M市那複雜程度堪比3D迷宮的交流道上，開始了他們原地打轉的「旅行」。

唐珞淺急得臉都白了的時候，駱湛已經開車載著唐染，直奔家俊溪所在的眼科醫院。

因為早就定好了的複診時間，所以兩人到醫院後，暢通無阻地上到家俊溪私人辦公室所在的樓層。

只是前檯確認過他們的預約訊息後，卻提出了新的問題。

「抱歉，駱先生。」

和上次的前檯不太一樣的人，但一樣的是看向駱湛時有點躲避和臉紅的反應。

「按照我這裡的預約訊息記錄，您陪同的這位小姐需要重新去做一次血液常規檢查。」

駱湛原本已經準備扶著唐染走向家俊溪的辦公室了，聞言回眸，微皺起眉：「上次不是已經做完了所有的檢查項目嗎？」

前檯被那冷冰冰的眼神嚇了一跳，愣了幾秒才連忙說：「抱歉，是這樣嗎？因為上次不是我負責，所以情況我不太清楚……那、那我打電話問問。」

駱湛皺著眉，在原地等待。

旁邊唐染猶豫了一下，伸手拉了拉他的袖口衣角，輕聲說：「駱駱，你不要這麼凶。」

對旁人一貫懶散冷淡地凶了二十年的駱小少爺一頓，遲疑低頭：「我很凶嗎？」

女孩慢吞吞地點頭，然後抬手，試圖補救地用秀氣的拇指和食指比量出短短的距離：「一點點。」

駱湛看著那兩根細白的手指，還有乖巧地蜷起來的其他小指頭，他忍不住垂了眼，嘴角勾起來。

「好吧。」小少爺藏著笑，故作嚴肅，「下次注意。」

唐染鬆了一口氣。

「不過。」

駱湛想起前檯的話，再次不爽地輕瞇起眼。

他抬手，自己無意識但占有欲十足地摸著女孩的腦袋，語氣危險。

「我們小妹妹白白嫩嫩的，誰知道他們惦記著多打妳一針，是想幹什麼。」

女孩乖乖巧巧的，一動也不動。像石獅子爪子底下按著的那顆球。

前檯小姐那邊很快結束了和同事的通話。

放下電話後，她歉意地抬起頭。

「實在抱歉，駱先生。按照我同事的說法，應該是您陪同的這位小姐上次做檢查後，一組資料出現儀器性的偏差，因為可能會影響到診斷結果，所以為了保險起見，還是希望她能夠重新去做一下血液常規檢查。」

「儀器偏差？」駱湛皺眉，聲音發冷，「醫療設備這種精密儀器出現偏差不是什麼小問題，妳確定只需要重新做血液常規檢查就夠了？」

作為家俊溪院長專人樓層的前檯，這位前檯小姐顯然是第一次遇見這麼「凶」還難纏的病人家屬。

她尷尬了好久也只能道歉：「很抱歉駱先生，應該只是某個指標的檢驗儀器的臨時故障問題……這是我們的失誤，請您諒解。」

唐染攥著駱湛的衣角，在黑暗裡輕輕地拉了一下。

駱湛下意識情緒一軟，他朝女孩的方向低了低身，緩聲問：「怎麼了？」

那張清雋的側顏上，男生的眼神以肉眼可見的速度，迅速從冷淡淩厲變得低深緩和。

被駱湛之前那冷冰冰的眼神凶得說話都快結巴了的前檯愣住了。

——人和人之間的待遇差別這麼大嗎？

唐染看不到駱湛的神情變化，自然不知道前檯小姐此時的心理落差和看向她的複雜目光。

她只是拉著駱湛的袖口，踮了踮腳輕聲說：「只是多打一下，沒關係的。」

駱湛皺著眉：「會痛。」

唐染莞爾：「駱駱，你都二十了，原來還會怕打針的痛嗎？」

駱湛想起上個月為了不耽誤去扮女孩的仿生機器人，和那些人在停車場的格鬥裡留下的到現在還沒完全好的傷，不由得垂眼。

「我是不想看妳痛。」

然後他抬手，摸摸唐染的頭，似笑非笑地嘆一聲。

「……小沒良心。」

唐染不明所以。

駱湛說：「既然妳不怕，那我就帶妳去重新做一次了。」

駱湛扶著女孩走到前檯，視線轉回到前檯小姐身上時，眼底的笑色也淡下來。

「我直接陪她下樓去做血液常規就可以了嗎？」

前檯小姐委屈地遞出一張表格：「麻煩您拿著這個過去，這裡最後需要家屬簽一下名。您是病人的家屬吧？」

這個熟悉的問題讓駱湛一停。

前檯小姐只覺得這位病人家屬不太好惹，見對方沒搭腔也就自己拿起預約登記的資料夾翻開。

順著駱湛他們這一則預約訊息，她一邊嚴謹認真地讀著，一邊拿指尖橫著滑過去：「病人家屬關係是姐……姐夫？」

幾秒後，駱湛微瞇起眼，低頭看向身旁的女孩。

女孩早在幾秒之前，已經心虛地轉頭，現在只把一個後腦勺留給駱湛。

駱湛好氣又好笑：「再有下次……」

等了幾秒，沒聽見動靜，女孩沒按捺住好奇心轉回頭：「再有下次，會怎麼樣？」

駱湛握起筆，沉默。

唐染又等了一陣子，簽字筆在紙上沙沙地劃過，可以想見那字跡有多龍飛鳳舞的俐落。

唐染正在想駱湛寫字會是什麼樣子的時候，她聽見那人低低地嗤出聲無奈的笑。

「下次再說。」

就算真的有下次，很高機率是，下次他也拿她無可奈何。

「國內眼角膜捐贈的眼庫資源有限，排隊流程順序也十分嚴苛，想在國內獲得捐贈是比較困難的。」

複診結束，家俊溪在送唐染和駱湛出來的路上，這樣說著。

對這個說法，駱湛和唐染反應不一。女孩顯然完全不意外，只有一點意料之中的失落。

至於她身旁的駱湛……

看著擰眉的男生，家俊溪眼神動了動，故意一副無所謂的口吻問：「你不會是在醞釀問一句，『我的眼角膜能不能給她』這樣的話吧？」

唐染嚇得直接僵住了。

所幸幾秒後，她聽見回神後的駱湛輕嗤一聲：「又不是沒有法律常識，我不是她的五等血親，不能做捐贈。況且，眼角膜不可以活體捐贈，你當我不懂嗎？」

家俊溪最看不慣的就是駱小少爺這點桀驁不馴的脾氣，他冷笑一聲：「難道是專門去查過？如果可以的話，你就會這樣做了？」

剛緩過來的唐染再次驚住。

這次駱湛終於忍不住了。

他低笑一聲，轉過頭看向扶著自己手腕的唐染：「小妹妹，妳膽子還能再小點嗎？他說一次妳就嚇一跳？」

和駱湛的理智冷靜比起來，唐染覺得自己好像有點容易受驚，她有點不好意思地臉紅起來。

駱湛仍逗她：「這麼相信我對妳的好，覺得我都要到那種沒理智的地步了？」

紅上又抹一層嫣色。

家俊溪終於看不下去，黑著臉低咳起來。

等駱湛似笑非笑地轉回眼，就見家俊溪冷睨著他：「確實夠理智也夠清醒，我還以為你也屬於那種金庸小說看太多了，想要學一學小說人物的年輕人呢。」

駱湛不搭腔，專心地扶著女孩走路。

唐染好奇地問：「駱駱，你說的小說人物是誰？」

駱湛說：「他只是金庸小說裡面的一個虛構角色。他把自己的眼睛送給一個失明的女人。」

唐染嚇得不說話了。

沒被接住話的家院長不爽地睇了睇眼，轉頭哼了一聲：「也是，現實裡怎麼可能真的有這種人，為了一個非親非故的女孩，誰做得到？」

駱湛視線一抬：「家院長，您弟子那件事，您還沒消氣呢。」

家俊溪冷靜地答：「我單純是一看見你這副什麼事情都把握在手、沒受過挫折的模樣，就覺得不爽而已。」

「那您這樣說也沒什麼用的。」

家俊溪沉默幾秒，轉頭看了那個安靜地搭著駱湛手臂走路的女孩一眼。

他遺憾地收回目光。

確實，女孩恐怕連駱湛到底對她懷著什麼樣的心思都是一知半解的，更別指望她現在開竅聽得到自己的挑撥離間了。

「不過，我不是做不到。」駱湛突然說。

家俊溪一頓，側頭瞥過去：「這時想幫自己找理由了?晚了。」

駱湛抬眸，似笑非笑：「我從來沒考慮過那種瘋子想法，是因為我知道她不會接受的。」

家俊溪頓了一下：「你在幫自己找臺階下?」

駱湛輕嗤：「不信你問她。」

女孩不等他說完，已經在用力點頭了。

駱湛低眼看著乖巧的女孩，忍不住笑：「如果我真的那樣做了，她這麼容易心軟的……還不得再把眼睛哭到壞。」

家俊溪莫名有種被什麼東西噎了一下的感覺。

他不知道按照現在年輕人的說法，那東西叫無形的狗糧。

家俊溪只知道噎完以後自己有點氣呼呼的：「如果她願意，那你真的肯給嗎？」

這次不等駱湛說話，一直安安靜靜的女孩急了，拽著駱湛的手把他拉得停住，臉微微脹紅了：「我不同意！」

「好了，知道妳不同意。」

駱湛安撫地揉了揉女孩的長髮，然後他皺著眉直身瞥了家俊溪一眼：「您是長輩，別逗一個不經逗的小孩。」

家俊溪冷笑：「不經逗還是不給別人逗？」

「一樣。」

等到了前檯，唐染跟著前檯小姐去前檯的櫃子後方拿寄放的導盲杖。

幾步外，駱湛站在家俊溪身旁。

「我會。」

突如其來的話讓家俊溪愣了一下，他扭過頭，對著年輕人那張清雋俊美的側顏，過了好幾秒才反應過來。

駱湛是在回答他「如果她願意那你就真的肯給嗎」那個問題。

家俊溪沉默許久。

他眼前的年輕人似笑非笑，半垂著眼，和幾年前在那場學術辯論上桀驁不馴的少年沒什麼差別——除了看那個女孩的時候，永遠一副懶散又不正經的模樣。

但聽見他這樣說那個答案時，家俊溪能感覺得到——他是認真的。

一個有點過頭的玩笑開到一個認真的人頭上，家俊溪自己都不覺得好笑。

他皺了皺眉，竭力選了一個不那麼嚴肅的帶點嘲弄的回答：「之前沒看出來，駱家的小少爺原來還有點做痴情種的潛力？」

「算不上，是我欠她。」

駱湛淡淡地答，幾秒後，他側過視線。

「那麼不理智的舉動我不會做。但有一件事，如果沒必要說出來，就請家院長為我保密。」

家俊溪沒聽懂，駱湛想了想措辭。

他畢竟是一個只有二十歲的年輕人，在做那個決定前他也猶豫過。

但最後還是做了，就像此刻。

駱湛思索幾秒，釋然地笑了笑。

他用沒什麼修飾的語氣淡聲說：「這個月初我去簽了遺體器官捐贈協議，眼角膜捐贈意願那裡是指定的。」

家俊溪愣住：「你……」

駱湛語氣仍是沒什麼起伏的，懶洋洋地勾著點笑。

「希望用不著。以前不覺得自己多眷戀活著這件事，後來遇見她……簽協議那天我就在想，這份協議我不能讓它生效，不然女孩一個人在這個對她一點都不友善的世界上，再有人欺負她怎麼辦？我總不能從哪個棺材裡掀了蓋子跳出來幫她。」

家俊溪第一次聽一個這樣年紀的年輕人談生死的問題，雖然是笑著說的，但帶著一種不知道思考過多久的認真和底氣。

他越聽越是心情複雜，一時不知道該如何接話。

「但如果有一天，它真有必要了。」

家俊溪下意識轉頭看過去。

駱湛插著褲子口袋，微瞇起那雙凌厲漂亮的桃花眼，似乎在想像著那樣一天。

很久以後，桃花眼薄薄的眼角一垂，男生啞然無奈地笑。

「那就是我在這個世界上留給她的，最後一份禮物吧。」

第二十四章　許願池

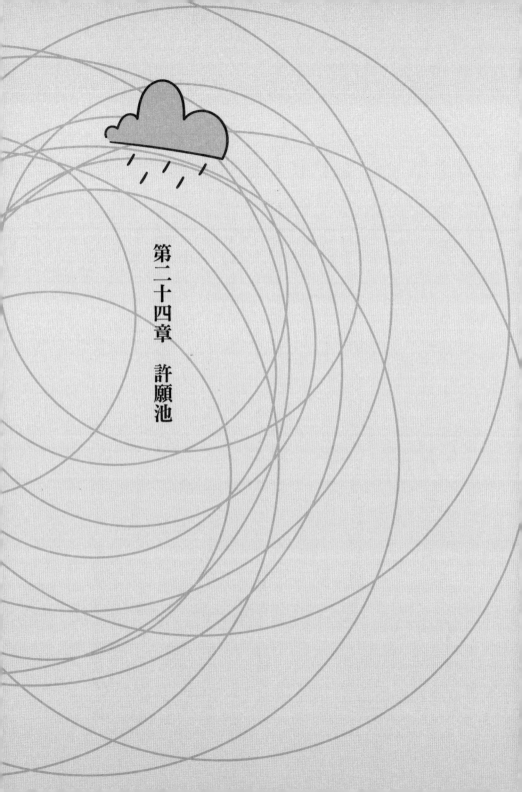

「你說得對，她確實挺可憐的。」安靜半晌，家俊溪接話。

想到自己的那個猜測以及這猜測一旦被證實所代表的祕密，家俊溪望著不遠處那個女孩的眼神就複雜起來。

停了幾秒，他說：「所以你好好活著，也好好照顧她吧。眼角膜的事情，我這邊會解決的。」

駱湛從情緒裡回神，轉過視線，看向家俊溪。

家俊溪冷靜地說：「國際眼角膜捐贈的眼庫那邊我已經在幫她聯絡了。」

駱湛表情微繃，難得露出一點緊張的情緒。

家俊溪說：「那邊會綜合考量病人的可適應性以及手術成功率，還有術後恢復機率這些方面。唐染這樣的情況，想拿到名額只是時間的問題。」

駱湛問：「大概需要多長時間？」

家俊溪說：「最早今年就能等到，最遲也就明年年底吧。」

他一頓，又說：「所以唐家她的監護人那邊，你需要盡快幫她安排好。」

駱湛輕瞇起眼。

唐染此時正握著導盲杖往回走，駱湛回神上前，扶住女孩。

離開前，駱湛看向家俊溪：「您說的事情我會記得，謝謝家院長。」

正事談完，家俊溪已經恢復了平日那副古怪脾氣，聞言瞥了駱湛一眼：「難得還能從駱小少爺這裡聽一句感謝，不勝榮幸。」

只要唐染的眼睛能治好，駱湛對家俊溪就有一萬倍於旁人的耐性。

所以聽了家俊溪的冷嘲，他冷靜得像沒聽見：「家院長工作繁忙，我們就不打擾了。」

他身旁的女孩很配合地跟著點頭：「家院長再見。」

家俊溪頓了頓：「嗯，再見。」

目送駱湛和唐染離開，家俊溪沒有急著回辦公室，而是走回前檯，敲了敲櫃面，問：「給 AUTO 分公司安排的那部分免費體檢怎麼樣了？」

前檯祕書進電腦看了一下傳上來的進度表格後，才抬頭對家俊溪說：「完成體檢的人數已經過半了。」

家俊溪問：「藍景謙查了嗎？」

前檯連忙低頭在資料庫裡搜索了一遍，隨後遺憾搖頭：「還沒有。」

副臺那邊另一個助理祕書舉了舉手：「院長，AUTO 的藍總祕書室那邊打過電話來，說今天下午會過來拜訪您，順便把體檢完成。」

家俊溪這才露出寬慰神色。

他準備回辦公室，離著近的那個前檯祕書小心地問：「院長，聽說您和 AUTO 科技的那位藍總是關係很好的朋友啊？」

家俊溪一頓，回頭：「妳聽誰說的？」

祕書不好意思地說：「就，大家聊起來的時候有人提起來的。」

家俊溪沒說話。

副臺那邊的助理祕書也玩笑著說：「家院長和那位藍總關係肯定不錯吧，不然也不能免費讓 AUTO 的員工來咱們這裡做體檢吶。」

家俊溪回神，冷淡地笑了一下：「妳們一個兩個的啊，工作時候還在想這些事情，我付薪水給妳們就是讓妳們八卦的，對吧？」

祕書眨眨眼：「這不也是工作嗎？」

「別的工作沒見妳們這麼用心。」家俊溪輕嗤，「打聽這個做什麼，對藍景謙有興趣啊？」

兩位祕書對視了眼，然後一同笑起來。

副臺那個膽子大了一些，笑嘻嘻地說：「那位藍總可是有名的鑽石王老五，長得那麼帥，氣質又好，還事業有成。我聽說他今年三十七歲，看起來卻像是剛到而立之年呢。」

「對對對，我也聽說過。」主臺這個立刻贊同地點頭，她忍不住笑起來，衝著同事擠擠眼，「不過剛剛走那個男生也真帥，長了一張明星臉，不出道都可惜……除了看人的眼神還有說話冷淡了點外，完全挑不出瑕疵。」

「唉，這種有得是年輕的小妹妹追，我們就別指望了。」

「也是。」

被八卦起來的兩個女生完全無視了，家俊溪好氣又好笑，他抬手敲敲桌面：「上班呢，還是作夢呢。」

兩個祕書連忙各自轉回來，不好意思地低下頭。

家俊溪轉身前頓了一下，還是忍不住，提醒：「下午藍景謙來了以後，妳們少折騰出事情啊。他那裡妳們也不用惦記，更跟你們沒關係了。」

副臺祕書眼裡冒出八卦的光：「院長，您跟藍總那麼熟，難道有別人都不知道的內部消息？」

「算不上祕密，以前認識他的人或多或少都知道一點。」

回憶起當年，家俊溪心裡浮起些物是人非的滄桑感。

兩個祕書靜靜地等了好久，才聽家俊溪笑著搖頭嘆聲：「他啊，更不會喜歡妳們這些年輕的小女生了。」

「啊？為什麼啊？」

「他喜歡比他大一兩歲的女人，還是最難駕馭的、能把他霸王硬上弓了才行的那種。」

家俊溪一頓，笑起來，「而且妳們想想，他這種各個方面條件都挺不錯的人，為什麼會這麼多年沒結婚？」

副臺祕書小心翼翼地接話：「同性戀？」

家俊溪一愣，隨即氣笑了：「妳們這些小女生一天到晚都想什麼亂七八糟的東西？因為受過情傷、心裡還放著一個人！」

兩個祕書愣了一下。

等家俊溪往辦公室走，回過神的兩人才好奇地湊到一起。

「心裡有人，沒聽說過耶？」

「是啊，而且那位藍總好像從出名以後一直沒交過女朋友，財經雜誌上都說他是冷靜自持的那型，這是多少年前的情傷了？」

「嘖嘖，可怕……」

有了家俊溪的警告在前，下午藍景謙到前檯時，兩位祕書果然一個比一個安分守己。

「藍先生，這裡就是我們院長的辦公室了。」親自把人接引過來的前檯祕書示意一下，上前敲門，「家院長，藍總到了。」

「請進。」

祕書推開門，轉身讓出通道。

她身後的男人一身西裝外套一件長款大衣，能讓多數男人自曝其短的版型到了他身上，卻顯得比模特兒還像模特兒，每一根收線都是恰到好處的。

在那種成熟冷淡的男士香水的味道裡，祕書紅著臉低著頭，聽見頭頂那個溫和裡帶一點疏離的聲音開口：「謝謝。」

長大衣掠起風裡一陣淡香。

直到腳步聲進到辦公室最裡面，祕書才倉促回神，紅著臉關上門跑回去了。

家俊溪目睹全程，坐在老闆椅上，手裡玩著鋼筆，對走進來的男人開玩笑說道：「你那點男性魅力能不能收一收？多少年了，在學校裡就這樣，到現在還用來調戲小女生？」

藍景謙和家俊溪是多年至交，彼此說話沒有顧忌。藍景謙早就習慣了家俊溪不奚落人就不會聊天了的古怪脾氣。

他冷靜地走到沙發旁，脫了長大衣，自如坐下，聲音平靜：「我沒有調戲你的下屬。你看到了，我只道過一句謝。」

「你這樣的，一句道謝已經是調戲了。」家俊溪從椅子上起身。

藍景謙拿起桌上茶罐，遞到身前輕嗅了一下：「雲南的熟普？」

「嗯，這份可比你我都還要大上十幾歲呢。怎麼樣，多年不見的老同學回來，我的誠意夠足了吧？」

「夠。」

藍景謙淡淡地笑，手裡茶罐一抬。

「夠抵得上你去年去我那裡敗掉的紅酒的十分之一了。看在它的分上，我就當你是多年不見，把那件事忘記好了。」

「哈哈哈……」

家俊溪被拆穿意圖也不惱，走到沙發前坐下。

等藍景謙那邊動作熟練俐落地沏上茶，家俊溪接過一杯：「你們AUTO員工的體檢都結束了吧？」

「嗯，這個員工福利也要謝謝你。」

家俊溪說：「怎麼說你也是第一次回國開闢市場，我又是東道主，不在力所能及的範圍裡表示點什麼，多不合適？」

藍景謙輕笑一聲，情緒淡淡：「承情了。」

「客氣什麼……你自己的體檢沒忘記吧？」家俊溪彷彿無意提到，隨手抿了口熱茶，「不是年輕的那時候了，可得注意身體。」

藍景謙淡笑：「回來前已經查完。這才一年不見，上次都沒聽你語氣這麼滄桑，現在是怎麼了？」

「咳，人將不惑了，一點感慨而已，多正常。」

一年不見，藍景謙和家俊溪聊了許久，到那份家俊溪專門為藍景謙的回來叫人送來的山泉水快要喝盡了，聊興才落了一些。

趁最後一泡斟進杯子裡，家俊溪問：「你今年感情方面怎麼樣，有進展了？」

握著公道杯長柄的那隻修長漂亮的手在空中一停，藍景謙垂眼，淡笑裡透著點莫名的疏離。

「這方面我沒什麼欲求，你不是一直都清楚嗎？」

家俊溪停住，辦公室內安靜幾秒後，有人出聲問：「你還是忘不了她，是吧？」

「嗯。」

「還能是誰，當然是——」家俊溪的話聲戛然而止。停了兩秒，他尷尬地回頭，「啊？」

藍景謙冷靜抬眸，神色平靜：「我說，嗯，沒忘。」

家俊溪無語了。

藍景謙說：「這不就是你想聽到的答案嗎？」

家俊溪輕咳一聲，尷尬地低頭去喝茶：「不是……正常人這種時候不都該裝蒜問是誰嗎？你這人怎麼還是那麼不按常理出牌呢？」

「沒忘又不是什麼見不得人的事情。」藍景謙說：「不需要裝。」

家俊溪聞言，茶杯一擱，冷笑一聲：「這還不丟臉呢？您堂堂一位優質資產上市的創業公司的創始人兼CEO，對十幾年前的舊情人念念不忘，一直到今天也沒再談個戀愛找女朋友，說出去不怕被人笑話？」

藍景謙回得冷靜自如：「不怕。」

說這話時，他的眼神沒一分波動。

家俊溪語塞幾秒，失笑：「行行行，算我認輸。藍總高山景行，那思想境界肯定不是我們這種凡人比得上的。」

藍景謙嘆氣：「你不嘲諷人，就不會說話了。」

「我就是這樣。」家俊溪轉開臉。片刻後，他又轉回來，佯裝無意地問：「既然沒忘，那你就沒再打聽一下那邊的情況？」

藍景謙停了一下，突然沒什麼徵兆地笑了。

進門以來他第一次透露出這樣明顯的情緒起伏，笑裡無奈：「你把我當什麼人了？她已經結婚多少年，我在你眼裡的道德底線就這麼低？」

家俊溪撇嘴：「得了吧。這和道德底線沒關係，我又沒叫你去偷去搶。哪怕只是多年前的老友，想瞭解一下近況很奇怪嗎？就算瞭解了，也不會去做什麼，這多正常。」

藍景謙沒說話。

家俊溪輕哼一聲，若有深意地瞥他一眼：「倒是像你這樣的人。臉上一副雲淡風輕，所有和她有關的人和事全然屏蔽在個人世界外，我看倒更像是放不下、生怕自己聽到一點消息就做出什麼事情來的。」

藍景謙聽完以後想了想，點頭：「你說得對。」

家俊溪嫌棄地擺擺手，順著沙發坐遠開一個位子：「和你這樣的人想爭論出一個問題答案都不行，真沒意思。」

藍景謙笑而不語。

看老朋友這副模樣，家俊溪就有點恨鐵不成鋼：「你有沒有想過，當初你要是道德底線別這麼高，或許你和唐世語完全會是另一個結局？」

聽見那三個字的時候，藍景謙臉上的笑容停滯片刻。不是被揭了傷疤的痛，只是失神。很多年來所有知情人都小心翼翼，在他面前從來不提那三個字，如今乍一提起，當初最親暱耳語的，竟然讓他恍如隔世。

原來有些名字就算隨歲月長留深刻入骨，一朝從旁人那裡聽入耳中，還是會有驀然驚雷的恍惚。

那印跡太深了。

抹不掉，也拔不除。揉碎了融進骨血裡，所以就算呼吸和心跳停止，那人還是在那裡。等到人死身消，那絲絲成燼的灰裡，那人還是在那裡。

藍景謙垂眼，驀地笑起來，笑完他搖頭：「沒想過。我這一生注定是我，沒有如果。就算想了，誰能給我重來一次的機會嗎？」

家俊溪冷著臉說：「你這是沒去想，還是不敢去想？」

「不重要。」

家俊溪說：「當初我就告訴你，大不了奉子成婚，生米煮成熟飯，那頑固的老太婆也沒什麼咒可念，你卻一直不聽！」

「對她不好。唐家體面，不會容得下這樣的女兒。」

家俊溪氣呼呼地說：「你就是太在乎她，所以最後才會失去她！」

話說完家俊溪就後悔了。

他雖然一向嘴毒，但知道這件事當初對藍景謙打擊多大，以前就算隱約提起也向來小心，這還是第一次這樣失言。

還是被那個女孩的身世疑點給攪得心頭亂了。

家俊溪皺著眉看看藍景謙，又低回頭去，拇指指腹無意識地在茶杯的上沿摩挲。

藍景謙回神落眼時正看見，不由得笑了笑：「你是在糾結什麼重要問題？」

家俊溪恍了一下神，本能問：「你怎麼知道？」

藍景謙指他手上動作：「學生時代你不就是這樣的，只要一碰見難以抉擇的大事，只有一個動作。」

家俊溪低頭看見，手指停在杯沿，尷尬幾秒，他皺著眉抬頭：「等過幾天，我可能會打個電話給你。」

藍景謙意外挑眉：「和我有關的？」

家俊溪敷衍地嗯了一聲。

沉默幾秒，他又補充：「有一個事情要確定一下。如果我打了電話給你，你會明白；如果沒打，你就當我沒說這話。」

藍景謙冷靜地笑：「你也和大學那時候一樣，謹慎得過了頭。萬事一定要齊備，才謀定後動。」

家俊溪哼了一聲，轉開臉，低聲咕噥：「你最好那時候也笑得出來。」

送藍景謙離開後，家俊溪回到辦公室，拿起桌上座機打了個電話。

一接通，對面聲音毫不意外地開口：『院長，我已經拿到那兩個血液樣本了。』

「順利就好，盡快送去做DNA鑑定吧。」

『是……不過，如果沒經過當事人允許，這樣會不會有點侵犯隱私？』

家俊溪哼了一聲：「我和我那位高山景行的老朋友不一樣，我的道德底線跟著脾氣走。這件事上，如果能幫我二三十年的朋友找到親生女兒，侵犯隱私我也認了。」

『那，需要加急嗎？』

家俊溪問：「加急的偏差機率是不是要大一些？」

『是的。』

「那就按照正常程序來——時間上多拖幾天沒關係，但準確度一定越無誤越好。」

『明白了，院長。下週日前，我這邊會給您結果。』

「好。」

駱湛載唐染離開家俊溪的眼科醫院後，將車內導航的目的地定為譚雲昶傳來的坐標，駕車開了過去。

路上，接到譚雲昶打來的電話，駱湛撥開藍牙耳機。
『祖宗，你們兩位什麼時候到啊？』
「急什麼。」駱湛低聲。
『我能不急嗎？唐家這大小姐的脾氣誰撐得住，千華之前在交流道上繞，她最後差點要搶方向盤了！沒辦法我們只能開下來，在附近隨便找了一個地方，說是和你約好的目的地。』
駱湛瞥了導航一眼，冷淡地問：「約好的地方，你們直接選了一家遊樂場？」
『這不是事急從權嘛。』譚雲昶無奈道。
駱湛說：「那等唐染去了要怎麼辦？」
譚雲昶反應兩秒，尷尬地撓了撓頭：『差點把這個忘了……你陪著走一走？要搭遊樂設施也不是不行，他們敢不讓都能告他們歧視了。』
駱湛說：「再說吧。」
沉默兩秒，譚雲昶問：『從剛開始我就想說了，祖宗你的聲音為什麼這麼小？』
駱湛一頓，瞥向身旁，聲音仍舊冷淡且低：「她睡了。」
『什麼，這可真是──』
「說完了嗎？說完就掛了，我還在開車，不方便講話。」駱湛打斷。
譚雲昶被這冷漠無情的語調一噎。
只是不等他說什麼，就聽電話對面的聲音突然毫無徵兆地柔和下來。

「怎麼醒了，是我吵到妳了嗎？」
「還睏？睏就再睡一點。」
「嗯，沒事，他們不急。」
聽著電話對面那個與方才判若兩人的溫柔聲音，譚雲昶無語了。
您是川劇變臉藝術世家的當代傳人大弟子嗎？

「遊樂場？」
車內，聽完駱湛說的，剛醒來沒多久的唐染意外地問。
「嗯，」駱湛應聲：「譚雲昶倉促選的地方，如果妳不喜歡，我們就不去了。」
唐染猶豫了一下，誠實回答：「我沒去過。以前在育幼院的時候就聽說那裡有很多好玩的地方，後來……後來就沒機會去了。」
駱湛眼神一黯，等回過神，他轉向女孩：「想去嗎？」
「有點好奇。」女孩的聲音輕了一點，「但是他們會不會不讓我進？」
「不會。」駱湛篤定地說。
唐染好奇地回頭：「為什麼駱駱那麼確定？」
駱湛說：「因為在這方面我國有詳細的身心障礙者權益保障法。他們如果以失明為由禁止妳進入，就送他們上社會新聞。」

駱湛說得雲淡風輕，語氣裡是他常有的懶散又從容的冷靜，即便是面對任何陌生的情況，他也好像一直都能有這樣一種底氣。

不熟悉他的人認為這是駱小少爺從骨子裡透出來的目中無人的傲勁。

熟悉了就會知道……他確實是。

不過駱湛的這一面鮮少在唐染面前流露，此時著實讓唐染愣了兩秒。

然後女孩笑得彎下眼角：「駱駱剛剛說話的時候一定很帥。」

「嗯？」

唐染說：「因為只是這樣聽起來也會覺得駱駱很厲害。好像只要有你在，就可以什麼事情都不用擔心了。」

駱湛回答：「不是好像。」

唐染微愣。

駱湛說：「我說過我是妳一個人的許願池，忘了嗎？只要有我在，任何事情妳都不需要擔心。」

和想像中女孩輕聲的回答不同，安靜幾秒後，駱湛耳朵裡突然響起的卻是一個非常嫌棄的男性音色：『祖宗你是不是忘了，你答應人家唐染的第一個願望還不算是實現了呢。』

駱湛一默，兩秒後，他微皺起眉，看了導航手機上的通話狀態一眼：「……你怎麼還沒掛斷電話？」

譚雲昶冷笑：『不是我還沒掛斷，明明是你哄唐染哄得太過投入、完全忘了自己還在接電話的事情了吧？』

駱湛說：「但我記得我已經說過結束語了。」

譚雲昶氣結：『那是你自己一個人的單方面結束語，你還記得電話得有兩個人才能打的嗎？』

沉默幾秒，駱湛冷淡地一扯嘴角：「你說得對。」

譚雲昶意外：『祖宗，你這麼突然，誇得我受寵若驚啊。』

駱湛說：「所以兩秒後，電話裡就只有你一個人了。」

譚雲昶愣住了，下一秒，「嘟」的一聲，通話結束。

譚雲昶對著回到首頁介面的手機，沉默數秒，黑掉的螢幕上映出他咬牙切齒面目扭曲的五官：「這他媽也算個人？」

另一邊，跑車內，唐染轉過頭，問：「是店長的電話還沒掛斷嗎？」

「嗯。」

「他是不是等急了啊。」

「沒有。」駱湛懶洋洋地答，毫不心虛，「他說他和林千華還有那個唐珞淺相處得很愉快，讓我們不用急，晚點到也沒關係。」

車裡安靜幾秒，傳來女孩的輕笑：「駱駱，你這樣的話被店長聽到，他會氣壞的。」

駱湛勾了勾嘴角，側眸：「怎麼這次不乖乖地『喔』一聲了。」

唐染小聲反駁：「一聽就是騙人的。」

「之前不是？」

女孩安靜了一下，還是誠實地小聲說：「也是。」

「那那時候怎麼不拆穿？」

女孩不說話了。

駱湛等了一陣子，聽唐染仍不做聲，他才啞笑一聲，問：「我猜，妳是以前覺得沒有安全感，總是擔心不順著我的意思，我這個朋友就會消失；而現在慢慢發現，無論妳做什麼，我都會寸步不離地站在妳這邊，所以膽子也大了，是吧。」

唐染低著頭，心裡慌了起來。

駱湛第一次把自己的敏銳用在她的身上，被這麼不留餘地地拆穿。讓最不擅長人際交往的女孩一時無措，滿心不安自己是不是惹駱湛不高興了。

正在她揪著手指想要怎麼做的時候，頭頂突然被人輕揉了揉。

唐染茫然抬頭。

趁著紅燈停穩車，駱湛從駕駛座那邊側過身，抬手安撫驚慌的女孩。

他有些無奈地垂下眼，聲音裡透著一點沙啞還有縱容的笑：「妳的發現一點也沒錯——不管妳做什麼，我就是會寸步不離地站在妳這邊。」

唐染不知道自己怎麼了，聽見這句話以後，心裡那些驚慌和不安變成了一種酸澀，一股腦湧上來，撞得她鼻尖發酸。

女孩眼角憋得泛紅，半晌才努力壓著聲說：「我不想……被討厭。」

「不會。」

看著這個一直裝得很堅強，只有在自己這裡卸下心防後才逐漸露出脆弱面的女孩，駱湛心裡止不住地抽痛。

這麼多年，這些話唐染沒人能說。

她一直藏著，壓著，裝作沒關係的模樣。

他嘆了一聲氣，還是忍不住，他慢慢俯身下去，在女孩頭頂烏黑的長髮上落下一吻。

「唐染做什麼我都不會討厭，這是我說的——所以在我身上，妳可以任性，可以更大膽，可以恣肆妄為。」

唐染愣在那個吻下，駱湛也意外自己這樣的舉動。

他以前總覺得男孩和女孩之間那些親暱是無聊無趣而且毫無意義的，但等到自己身臨其境，才發現女孩的每一個反應，哪怕只是多一秒的呆滯，都像是能製造出不同愉悅感的「回饋激勵」。

駱湛回神，不由得失笑。

趁唐染還在發呆，他靠在她身前：「『許願池』也有一個願望，希望以後能實現。」

唐染耳朵動了動。還在丟魂階段的女孩順著本能抬頭：「是什麼願望？」

「『許願池』希望，等將來有一天，他的女孩長大了，漂亮、自信、無畏——像最驕傲的小玫瑰一樣。」

唐染沉默幾秒，用力點頭：「我會的！」

駱湛垂眼，笑：「我期待。」

駱湛話聲剛落，敞篷跑車後一聲鳴笛。

駱湛微皺眉，回眸。

墨藍色超跑後，按喇叭的大哥按下車窗，微微探頭。

顧忌地看了看駱湛的超跑，那男人壓著不悅，操著一口M市當地的口音說：「老弟，你哄老婆能回家哄嗎？紅燈都讓你哄綠啦！」

駱小少爺懶洋洋不正經地活了二十年，沒在乎過別人眼光。

第一次，油門一踩，最新一代豪華超跑的車屁股都透出一點落荒而逃的狼狽模樣。

小少爺難得害羞，也就沒注意到副駕駛座的女孩聽見那句話後紅了臉。只是等車開出去幾十公尺，女孩像是突然回過神，茫然地摸了摸自己臉頰。

——手心裡一片陌生的燙。

對著黑暗裡自己餘溫猶在的手掌心，唐染陷入一種陌生又悸動的不解和深思裡。

週末的遊樂場，人流量一向是可怕到堪稱修羅場的。

遊客中年輕女孩的占比本來就高，再加上駱湛和唐染這一對有身高差，而且還是一個冷臉大帥哥一個失明女孩的奇妙組合——從停車場到約定地點的這一路上，那些或明顯或偷偷落來的目光，幾乎讓駱湛覺得自己是只被牽出來溜街的猴子。

依照這裡的回頭率和議論度，還得是稀有少見的金絲猴。

再次被勾起剛進K大時的陰影回憶，駱小少爺一路上臉色都冷冰冰的，彷彿一尊剛從南極空投回來的冰雕。

好不容易到了約定地點，兩方離著還有十幾公尺，譚雲昶和林千華已經憋不住轉頭笑。

駱湛面無表情地沉著一張禍害臉，停住身時就皺起眉：「笑什麼笑。」

儘管凶巴巴的，也沒耽誤小少爺躬身熟練地收起唐染的導盲杖，扶她在太陽傘下的藤椅上落座。

然後駱湛扯住另一把藤椅，往女孩身旁一擱，懶撐著一雙長腿坐進藤椅裡。

單手撐著靠在扶手上，小少爺垂下眼皮，蓋住眼底的躁戾。

譚雲昶直回身：「咳，唐家那大小姐發脾氣發累了，嫌遊樂場裡又髒又亂，已經回車上了。說等你一到，讓我們立刻打電話通知她。」

「嗯。」駱湛應聲，眼都沒抬，「不用管。」

譚雲昶憋著壞，拖著藤椅往身旁湊。坐下的女孩正好奇地沉浸在遊樂場上空蕩過的尖叫聲和歡笑聲裡。

「唐染妹妹，妳同意來的啊？」譚雲昶問。

唐染回神，點頭：「嗯，我以前就想來遊樂場感受一下了。」

「嘖嘖，難怪呢。」

唐染不解地轉向譚雲昶。

唐染的藤椅旁，駱湛從譚雲昶湊過來時，像一隻守著獵物的野獸被侵犯到領地時一樣露出警覺。

他沒動，只是支起眼皮，憊懶冷淡地望著譚雲昶。

有唐染這「免死金牌」在，譚雲昶的膽子分外地大。

他直回身，替不解的女孩解惑：「剛剛我和千華還在討論，說你們會不會進來呢。」

唐染問：「不是約好的地方嗎？為什麼我們會不進來？」

譚雲昶看了林千華一眼，林千華不敢看駱湛，只憋著笑低聲說：「湛哥對遊樂場這種地方是提不起興趣的。如果是換了旁人要進來，他肯定理都不理。」

譚雲昶附和地嬉笑：「就是啊，我們祖宗到了這種地方，簡直能被眼神扒掉三層皮啊。」

唐染忙轉身，摸索著朝向駱湛的方向：「駱駱，你不喜歡遊樂場的話我們現在就走吧。我只是好奇，來過就夠了。」

譚雲昶咳嗽了一聲，壓住笑，和林千華對視一眼。

女孩對駱湛的稱呼到現在還叫他們有點接受困難，而他們已經是最常聽見這個詞的外人了，如果ｉｎｔ實驗室的其他成員聽到，不知道要驚掉多少眼珠子呢。

駱湛輕瞇起眼，從林千華和譚雲昶那裡收回冷冰冰懶洋洋的目光。轉望到女孩身上時，他的眼神緩下來。

黑漆漆的眸子裡鍍一層柔和曦光似的。

「沒有不喜歡。」駱湛無視良心開口，「我從來沒來過，跟妳一樣，很好奇……很想來看看。」

最後一句話幾乎是一字一頓地擠出來了。

唐染沉默幾秒，似乎在判斷這話的可信度。判斷失敗以後，她抬了抬頭：「可是店長剛剛說……」

在駱湛的警告目光下，譚雲昶自覺接話，很艱難地忍著笑：「咳，那是以前的祖宗不喜歡，現在變成『駱駱』了，哪還能有什麼不喜歡的。我說得對吧，祖宗？」

駱湛沒什麼情緒地支了支眼皮，眸子裡寫滿了冷漠的「你想死嗎」。

在死亡邊緣跳了一場舞的譚雲昶嬉皮笑臉地縮回身，不說話了。

然而，彷彿是在考驗駱湛的耐性極限，這邊交談剛停，不遠處的一桌，兩個女孩妳推我推妳地走過來。

已經可以預料到接下來的一幕，譚雲昶和林千華忍笑忍到幾乎要內傷了，各自痛苦地別開臉。

駱湛懶垂著眼，抬著修長冷白的手，在桌上譚雲昶和林千華買好的飲品裡挑出香蕉牛奶。他抽出吸管插好，然後拉過身旁女孩的手，放進她掌心。

「有點涼。」駱湛說：「慢慢喝。」

唐染彎下眼：「嗯，謝謝駱駱。」

隔壁桌的兩個女孩正在此時停到旁邊。

其中一個拉了另一位一下，開口：「帥哥，這位是你的女朋友嗎？」

駱湛充耳不聞，懶洋洋地靠在藤椅裡，垂眼看著女孩軟著臉頰喝牛奶。

安靜幾秒，空氣尷尬。

唐染慢半拍地抬頭：「駱駱，是不是有人在跟你說話？」

「……嗯。」

唐染開口，駱湛自然不會再否定。伸手摸了摸女孩的腦袋。

「先喝完。」

說完以後，垮著滾邊夾克的清雋少年側過臉，眼皮掀起來，一雙黑得透不進光似的眸子撩著冷冷淡淡的懶倦情緒。

冷冰冰的把兩個女孩看了兩秒，他情緒不變地問：「有事？」

嗓音低啞裡透一點磁性，在秋日午後微醺的光下格外鬆懶而動聽。

原本已經萌生退意的女孩被這聲音一撩，沒把持住就脫口而出：「如果她不是你的女朋友，那我能加一下你的通訊軟體帳號嗎？」

駱湛未作反應，他身旁的唐染卻愣了愣，細白的手指握在那隻圓潤的香蕉牛奶瓶子上，無意識地慢慢收攏。

發白的指尖透出一點不安。

在黑暗裡，唐染聽見那人聲音恢復了某種她曾經最熟悉的懶散冷淡還大爺的語氣：「嗯，她不是我女朋友。」

女聲喜出望外：「那你的通訊軟體能給我嗎？」

一聲冷淡的低嗤後，正陷入某種莫名低落情緒裡的唐染突然感覺頭頂被熟悉的溫度和力度按了按。

「她是我的女兒。」她耳邊響起聲倦懶散漫的笑，「染染乖，叫阿姨。」

第二十五章　戀愛教學模式

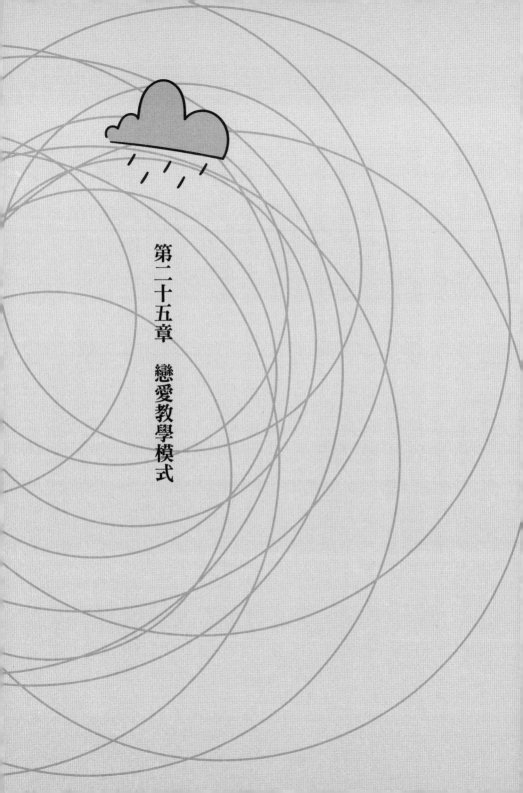

「噗咳咳咳……」

靜默的桌旁，譚雲昶被駱湛的話嗆了一口冰可樂，拍著胸口的咳嗽聲打破沉寂。

僵住的人回過神。

這一句「叫阿姨」砸下來，兩個年紀輕輕的女孩是怎樣都站不住了。

「什麼人嘛。」

開口的女生氣極地嘟囔了句，拉住同伴轉身走離開。

譚雲昶這邊扶著桌子咳嗽完，還沒直起身已經忍不住笑：「不是女朋友是女兒？祖宗你這也太騷了哈哈哈哈……」

「不然呢。」駱湛靠在藤椅裡，垂下的手懶洋洋地搭在一旁，聞言冷淡地支了支眼皮，「說是，然後等她罵我誘拐未成年？」

譚雲昶說：「哎呀，這麼豁出去幹什麼啊，人家不就是要通訊軟體的號碼嗎？給她就是了。」

駱湛輕哼：「聯絡方式這種東西，女朋友同意了才能給。」

譚雲昶驚奇：「你有女朋友嗎？」

「沒有。」

「那誰來同意？」

「……未來的。」

駱湛說完，懶垂了眼，落向側前方。

坐在藤椅裡的女孩自始至終微低著頭。長髮垂在旁邊，把那張巴掌臉藏得嚴嚴實實的，看不出神情，也不知道在想什麼。

駱湛這才察覺有異。

他直起身，聲音裡那點懶散情緒褪掉了：「唐染？」

安靜兩秒，女孩抬了抬頭：「啊？」

她像是剛回過神。

駱湛鬆了一口氣，無奈：「想什麼呢，這麼入神？」

「沒……」女孩握著香蕉牛奶圓滾滾的瓶子，又低回頭，「沒什麼。」

駱湛皺眉。他很明顯地能夠感覺到女孩有什麼想法瞞了他，不想讓他知道。

不等駱湛追問，譚雲昶撐著臉不懷好意地看了他一眼，開口：「唐染妹妹，妳怎麼看？」

唐染慢半拍地抬頭，茫然問：「看什麼？」

「就是駱湛說的這件事啊，他要女朋友同意，才能交出自己的聯絡方式。」

女孩沉默兩秒，點點頭：「挺好的。」

「那假如，我是說假如啊。」譚雲昶表情明顯帶著壞，聲音上故作嚴肅，顯然是欺負女孩看不到。

駱湛冷著眸子，警告地看他。

唐染看不到兩人眼神交流，問：「假如什麼？」

譚雲昶咳了一聲：「假如妳是駱湛的女朋友，妳會同意還是不同意？」

唐染愣住，林千華終於看不下去，無奈插話：「學長，你就別逗唐染了。」

「嘿，駱湛都沒說什麼，你怎麼還急了？再說，我只是問個問題嘛。」

林千華說：「這問題沒必要。」

「為什麼？」

林千華回答：「既然是女朋友，誰都不可能同意的吧。被別的女生要通訊軟體這種事情怎麼可能不吃醋？都不用發生在男女朋友身上。只要是喜歡湛哥的女生，肯定不會樂意啊，更別說女朋友了。」

林千華和譚雲昶討論起來。誰也沒注意，在林千華的話聲裡，抱著香蕉牛奶瓶的唐染像是愣住了。

她久久地僵在那裡，一動也不動。

直到身後那人叫停林千華和譚雲昶的討論。

譚雲昶嬉皮笑臉：「怎麼了祖宗，不好意思啊？」

駱湛停了兩秒，冷淡地一扯嘴角：「你今天很野啊？」

譚雲昶笑容一僵。

仗著有唐染在，他今天確實是比平常大膽太多了。而駱小少爺這個眼神，顯然已經耐心告罄。

果然，下一秒，就聽那個鬆懶微倦的聲音裡摻上冷冰冰的笑。

「我是不是該和 Matthew 的祕書室聯絡一下，取消下週五的午餐預約了？」

譚雲昶頓時表情扭曲：「別別別別別——我男神好不容易空出時間！祖宗我錯了，以後一定改正！」

說完，譚雲昶抬手在自己嘴巴前做出拉上拉鍊的動作。

駱湛懶得再和譚雲昶說廢話，他垂回眼，注意到身前停了不知道多久的女孩。

停了幾秒，駱湛問：「怎麼不喝了？」

「……嗯。」

唐染低著頭，捧起牛奶瓶，把吸管咬進嘴巴裡。

到臉頰微鼓起來，女孩終於從林千華的那番話裡醒過來。

她慢吞吞地皺起眉。

——喜歡……嗎？

這一天的M市之旅，到日薄西山，兩輛車才前後開回到唐家大院的正門外。

唐珞淺受足了氣，從林千華和譚雲昶那輛車上下來後，她誰也沒看誰也沒管，冷青著一張臉就進門去了。

跟下車來的譚雲昶和林千華對視了一眼。

林千華無奈地聳聳肩，小聲說：「其實唐珞淺還挺漂亮的，我看她是真的喜歡湛哥。」

譚雲昶回答：「當然喜歡了。不然她那大小姐脾氣，今天根本不會跟我們出去——說到底還是不死心啊。」

「湛哥對不喜歡的女孩真是一點情分都不留。」

「情分？」譚雲昶像是聽了個笑話，探身過去一摸林千華額頭，「你是不是燒糊塗了？駱湛身上找情分？你怎麼不在蘋果樹上摘桃子呢？」

林千華一噎。

他回頭看了身後的長路一眼，乘著來路透紅的夕陽餘暉，那輛墨藍色的跑車正在駛近。

車開得很慢，完全浪費了這輛最新一代超跑宣傳廣告裡吹得天花亂墜，宛如飆車電影一般的速度。

只因為傍晚秋涼，駱湛怕風大，敞篷車裡的女孩會冷。

林千華轉回頭：「湛哥對唐染就很……」

「那是唐染不同。」譚雲昶靠在車上，「你就是和最近的駱湛走得太近，被他的行為迷惑了。你回想一下就行了。唐染出現以前，駱湛什麼時候對哪個女孩正眼看過？」

林千華搖頭。

譚雲昶哼笑一聲：「而且，駱湛現在的脾氣真的是被唐染調教出來了。不說他剛進K大那幾年年紀還小，就說前兩年，int實驗室裡他從來說一不二，你什麼時候看我對他像是最近這麼放鬆過？」

提起這個，林千華笑了一下：「我也不敢。」

「所以啊。」

那輛墨藍色的跑車終於慢慢停下來。譚雲昶直起身，往那車的方向走。路過林千華的時候，抬手拍了拍林千華的肩膀。

「這唐家大小姐應該謝謝唐染，要不是唐染，就她這個脾氣落在駱湛手裡，還不知道比今天多吃多少苦。」

林千華猶豫：「會嗎？」

「會。」譚雲昶嘆了一聲氣，回頭看了那高門大院一眼，「還有這唐家……要不是顧忌唐染在，駱家小少爺這要命的脾氣，哪能忍到現在？」

墨藍色超跑停下來，引擎熄火。

譚雲昶主動結束交談，恢復一貫嬉皮笑臉的模樣，走到駕駛座一側：「唐珞淺直接進去了，要不然我們直接送唐染回偏宅？」

駱湛回眸看向副駕駛座，被粉色毛毯裹得嚴嚴實實的女孩綁在安全帶裡，聞言朝譚雲昶的方向仰了仰頭。

「好。」

「那……」譚雲昶剛要接話。

唐染突然問：「現在天黑了嗎？」

「還沒有。」譚雲昶接話，「大概六點左右吧。」

「店長。」唐染又問：「那今晚你們是不是來不及送『駱駱』過來了？」

譚雲昶愣了一下，然後反應過來唐染說的是仿生機器人。譚雲昶嘴角微抽了抽，看向駱湛，打著眼神示意：「祖宗，能來嗎？」

駱湛一頓，回眸問：「想看見『駱駱』？」

唐染點頭：「嗯。」

「那他會來。」駱湛轉向譚雲昶，「我和千華回實驗室接『他』。你開我這輛車，先送唐染回偏宅吧。」

譚雲昶拍拍車門，促狹又感慨地笑：「辛苦了啊，祖宗。」

「不辛苦。」

駱湛解開安全帶，下到副駕駛座的車旁。站了兩秒，忍不住落下手揉了揉女孩長髮，眉眼間笑意疏懶卻溫柔。

「是許願池應該做的。」

等目送駱湛坐上林千華開來的車，調頭回K大，譚雲昶感慨地嘆了一聲。

「這是累積了二十年的『情分』，全用在一個人身上了啊。」

副駕駛座的唐染茫然抬頭：「什麼情分？」

「沒什麼、沒什麼。」譚雲昶打了個哈哈，「我突然想起個人。認識他女朋友前，那真是鐵骨錚錚啊……誰想得到，被打臉了呢。」

「喔。」

唐染聽得一頭霧水，半晌也沒想通，最後只好點頭應下。

譚雲昶心虛地駕車送唐染回了偏宅。

等小心翼翼虛扶著女孩進到偏宅內，譚雲昶按駱湛的「簡訊指示」，在客廳裡陪著。

他有一搭沒一搭地說了好久，唐染始終沒太多回應。

譚雲昶憋了一下，還是好奇地沒忍住：「唐染妹妹，妳今天是有什麼心煩的事情嗎？」

唐染微愣抬眸：「啊？」

譚雲昶說：「從遊樂場以後，一直看妳心不在焉的啊。」

唐染再次沉默。

就在譚雲昶準備放棄的時候，突然聽見女孩聲音低落地開口：「店長，你說……」

譚雲昶一聽這語氣嚴肅的開頭，連忙正色，做好了充當知心大哥哥的準備：「嗯，說什麼？」

然後他就見女孩沮喪地皺著眉，慢慢趴到方桌上。

「你說，駱湛是不是把我當女兒了。」

譚雲昶反應過來，差點笑出聲，但他還是努力憋住了：「不是……唐染妹妹，妳為什麼會這麼問，因為他在白天說的那句話？」

唐染點頭，然後又搖了搖頭，認真地說：「他不是第一次說這種話了。」

譚雲昶疑惑了。

唐染說：「我們第一次見面是那天我去int店裡，他送我回家。在青岩路公車站的時候，他就說過一次。」

譚雲昶震驚地問：「他說什麼了？」

唐染回憶了一下，然後坐直身，繃起小臉，模仿著那時候的駱湛懶散又冷淡的口吻，說：「衣服披上。旁邊阿姨已經指責我虐待女兒了。」

「哈哈哈哈哈……」唐染還沒學完，譚雲昶已經笑得快要跌倒，「妳還真的是跟駱湛混熟了，他那個語氣，妳也學得七八分像！」

唐染無奈又沮喪地趴回去：「可是那時候我根本沒聽見有阿姨說話的聲音，一定是他自己說的。」

「所以，妳覺得他從那時候開始就把妳當女兒了？」

唐染點頭：「嗯。」

譚雲昶笑到快坐不住，但看女孩實在情緒低落，他只能繃住：「咳咳，但是在我印象裡，駱湛實在不是那種……會有父愛光環的類型。」

唐染沉默。

從笑掉魂的情緒狀態裡剝離出啦，譚雲昶突然發現一個剛剛被他忽略的問題：「不過，唐染妹妹。」

「嗯？」

「妳好像……很不希望駱湛把妳當女兒看？」譚雲昶斟酌著措辭，小心翼翼，「妳看，其實以駱湛這種背景，能被他當成女兒寵也是很多人夢寐以求的事情。他如果真是這樣想的，妳不喜歡？」

女孩趴在方桌上，沒說話。

燈下薄薄的陰影拓在她秀麗的臉上，看起來黯淡而失落。

這更讓譚雲昶驗證了自己心裡的某個想法：「妳不會是……」

「我不想要他那樣。」唐染鼓足了全部的勇氣，開口，「因為我喜歡他。」

女孩的聲音很輕，甚至有點抖，但又帶著某種決然。

譚雲昶被震住，過去好幾秒才找回自己的聲音：「妳妳妳喜歡駱湛？我靠那可真是太——」

「巧」字沒有出口，被譚雲昶險而又險地及時收住。

別的事情上隨便逗逗女孩惹惹駱湛生氣都沒關係，可要是在這件事上一不小心破壞了駱湛的打算……

譚雲昶真的不覺得駱湛能放著他看見明天早上的太陽。

唐染說完以後不安又認真地等著譚雲昶的反應。聽譚雲昶沉默，她等了一下才問：「店長，你想說太什麼？」

譚雲昶尷尬地咳嗽：「沒什麼、沒什麼。」

唐染嘴角被沉甸甸的情緒壓得墜下去，聲音也低落：「你是不是想說，我太不自量力了？」

譚雲昶慌忙擺手：「不不不我可沒說——」

「但我還是想試試。」

唐染抬起頭，語氣一點點堅定起來。那精緻而柔和的五官間是少有的決然表情。

「從小到大我沒有爭過什麼，因為我覺得我爭不過。那些美好的人和事，好像生來就和我沒關係，但是駱駱他告訴我，我值得。」

唐染一頓，聲音輕了點：「只有他這樣和我說過。所以如果是為了他，我想很努力很努力地勇敢一次。就算會失敗……會失敗……」

女孩剛鼓起的那點勇氣慢慢消下去，一張漂亮的小臉皺了起來。

她沮喪地嘆氣：「可是如果失敗了，駱駱是不是就不會理我了？他好像很討厭會對他表示好感的女孩子。」

譚雲昶的表情扭曲了一下，好不容易平復波濤洶湧的心情後，他決定給女孩一點提示。斟酌片刻，譚雲昶語重心長地開口：「唐染妹妹啊，不知道妳有沒有聽過一句話？」

唐染抬頭：「什麼話？」

譚雲昶說：「就是說，人生就像很多場賽跑組合起來的大型競賽。那些零碎的事情目標啊，無論是在感情還是在別的方面，都好比一個短程的賽跑。」

「嗯。」唐染認真地聽著，還很捧場地點了點頭。

「而在這些短程賽跑裡，每個人的起點是不一樣的。有些人比較倒楣，站在起跑線上；還有些人幸運一些，站在跑道中間。」

譚雲昶故意停頓兩秒，然後才加重語氣暗示：「除了這些人以外，還有極少的天選之子。在某些事情上，她直接站在頒獎臺上啊！她還比什麼賽，直接頒獎就行了！」

女孩不說話了。她皺起眉，開始思考譚雲昶的話。

幾秒後，她點頭：「嗯，店長的意思我懂了。」

譚雲昶大喜過望：「好好好，妳明白就——」

「店長是說，駱湛的追求者有很多很多，從起跑線到終點都站滿了。」女孩的表情嚴肅，「所以這場比賽會特別艱辛。」

譚雲昶沉默數秒，氣若游絲地試圖挽回：「妳這麼說也沒錯，不過……」

「店長，我已經做好心理準備了。」

唐染攥起手指，語氣緊張認真。

「我知道駱湛很優秀，他的追求者也一定很優秀，我現在比不過她們，但是沒關係，我會努力讓自己成為一個更好的人的。」

譚雲昶這下子頭痛了。

在譚雲昶絞盡腦汁地思考該怎樣把這個明顯跑偏的局面拉回來時，偏宅的門鈴聲響了起來。

唐染轉了轉頭：「是不是機器人送到了？」

「……應該是。」

譚雲昶表情糾結地起身，正要走出去時，他突然靈機一動。

「唐染妹妹。」

「嗯？」

「妳如果真的想追駱湛，不妨和妳的機器人聊一聊。」

「……啊？」唐染不解地問，「和它聊什麼？」

譚雲昶一朝開悟，露出神祕笑容：「之前沒跟妳說過，這個機器人的語言模式裡自帶戀愛教學模式。不過這個功能我們還沒有測試過，妳可以多嘗試一下各種關鍵字，或許可以激發出來。」

唐染遲疑：「但我不想現在就……」

「別怕，只是提前做好準備。而且妳讓『駱駱』保守祕密，就沒人會知道，他最聽妳的話了嘛。」

「好的。」女孩猶豫地點點頭，「謝謝店長。」

「不客氣、不客氣，應該做的。」

譚雲昶奸笑著甩完鍋，頓覺一身輕鬆，只想哼著小調往外走。

離開前，他看一眼已經放到偏宅門外的機械箱。譚雲昶特地上前拍了拍箱門，然後繞過去上了林千華開來的貨車。

他上車後，駕駛座的林千華不解地問：「學長，你剛剛敲機械箱的箱門幹什麼？」

譚雲昶說：「沒事，就是給裡面的人提個醒。」

「提醒？」

「嗯。」譚雲昶憋了一下，沒憋住，他幸災樂禍地笑起來，「剛剛我夜觀天象，算出某人命裡今晚有一個劫數。」

「啊？湛哥嗎？他有什麼劫？」

「桃花劫。」

譚雲昶臨走那下敲門，確實給駱湛提了醒。

儘管駱湛不知道發生了什麼事，也沒來得及和譚雲昶有什麼交流，但他還是直覺到——今晚一定會有什麼不同尋常的事情發生。

料想多半和唐染有關，駱湛最後還是不放心，在機械箱特地設定的儲物盒裡拿出自己調成靜音的手機，傳了一則訊息給譚雲昶：『你敲的那一下是什麼意思。』

過了幾十秒，訊息傳回來了：『嘿嘿，沒事，就是提醒一下。今晚小唐染說要和她的機器人談談心。』

駱湛微皺眉：『就這個？』

『就這個啊。不過今晚你們可能會聊得比較深入，我怕祖宗你膽小再被嚇著，先提醒提醒你。』

機械箱裡，收到這則訊息的駱湛一僵。幾秒後，他嘴角冷淡嘲弄地勾起來，手指按在語音鍵上。

「叮咚。」

貨車上，手機響起提示音。

正和林千華說笑的譚雲昶低頭一看：「嘿，還是一則語音訊息。」

林千華問：「湛哥說什麼了？」

「我聽聽啊。」

譚雲昶切換成擴聲，一點播放。然後就聽見手機裡傳出懶散好聽的磁性機械音。

『和唐染聊天都會被嚇到，你以為我像你那麼沒出息？』

譚雲昶無語了。

林千華聽得清楚，在旁邊笑。

「你這句話嚇不到湛哥的。他得天獨厚慣了，所以才永遠那副懶懶散散什麼事都不放在心上的模樣，我還沒見他為什麼事情慌過呢。」

譚雲昶回過神，氣得咬牙嘀咕：「差點忘了這是一個被女孩告白如家常便飯的……不會真的沒反應吧。」

「啊？學長你說什麼？」

「沒事。算了算了，管他呢，我們走吧。」

「喔，好。」

自從固定為偏宅送三餐的段清燕被駱湛「買通」，他每天晚上在這邊的行動就更自如了。

段清燕於是無數次被迫看著這樣一幕。

女孩鼓著臉頰慢吞吞地吃晚餐，而在桌旁，那個會溫馴地喊「主人」的「機器人」卻往往趁女孩全部注意力都在晚餐上，便倚在對面的牆上盯著女孩看。

而這景象在段清燕眼裡，會自動切換成另一幅畫面：完全沒察覺的小白兔在草叢裡慢吞吞地嚼葉子，草叢旁邊一隻大野狼磨著爪子窺伺自己的「晚餐」。

不過多數時候，磨爪子的大野狼都是懶洋洋的。

而且無論等多久，他好像從來不覺得不耐煩。偶爾看著看著，不知道被女孩哪個皺眉的表情逗到了，他還會無聲地垂下眼笑起來。

每當這時候，那雙平素看向旁人都是冰涼冷淡的眸子就會變得非常柔軟。

——是和段清燕從唐家的傭人們嘴裡聽說過的那個駱家小少爺完全不同的、讓人覺得彷彿深情的柔軟。

直到女孩吃完晚餐，牆邊那位會第一時間恢復正常，然後用眼神向段清燕表示「妳可以盡快離開了」。

今晚如常，段清燕委屈地嚥下嘆息，收拾好桌面。提著餐桌出去以前，她含糊地叮囑唐染：「最近……壞人多，妳要注意安全喔。」

唐染愣了一下，乖巧點頭：「我哪裡也不去，只待在家裡。」

段清燕欲哭無淚——就是因為這樣所以她才擔心的啊！

段清燕下意識抬頭。

然後她看見不遠處的牆角前，倚在那裡的男生懶洋洋地抬眼，帶著某種警告瞥來，眸子裡情緒薄涼冷淡。

段清燕心裡一抖，不敢多話。快速跟唐染告了別，就拿著餐盒離開了。

只剩下一人一「機器人」，偏宅裡格外安靜。

吃完晚餐的女孩趴在方桌上，半晌沒抬頭也沒說話。細細的眉皺得很緊，在眉心蹙起來快糾結成花形了，也不知道在煩什麼問題。

牆角前的駱湛不由得跟著皺起眉。

儘管駱湛不覺得唐染會說什麼能嚇到他的話，但他還是主動走過去。

「晚安，主人。」

機械聲音劃破沉寂。

唐染慢半拍地回過神，抬了抬頭，抱歉地說：「啊，我忘記你還在了，對不起啊，駱駱。」

「沒關係。」

看著明顯還是心不在焉的女孩，駱湛垂眸：「主人今晚想要啟用哪個語言模式？」

唐染沉默好久，終於輕聲問：「店長說你有戀愛教學模式，是嗎？」

駱湛一頓，幾秒後，他輕瞇起眼，語氣逐漸危險：「當然。分組模式已開啟。」

「竟然真的有啊。」唐染驚奇地坐直身。

她猶豫了一下後，鄭重地問：「那駱駱，你能教我怎樣……追求一個我喜歡的男孩子嗎？」

駱湛沒說話，清雋俊美的五官間一絲情緒都不見，只有慢慢繃緊的顴骨，從凌厲的線條裡透出隱忍到快要崩盤的怒意。

那一刻他理智全消，所有念頭在滾燙的岩漿和絕對零度的冰川下極端地切換著。

冰火兩重天的感覺幾乎要把他逼瘋。

唐染等了許久不聞答覆，茫然轉了轉頭：「駱駱？」

沒有答覆，偏宅裡仍是死寂。

唐染有點慌了，她摸索著方桌邊沿就要起身。

直到耳邊響起那個機械聲音：「追求……誰。」

熟悉的低沉磁性，摻著陌生的冰冷和沙啞。

在唐染看不見的地方，短短幾十秒裡，膚色冷白的少年眼角微紅——那些不甘和惱怒在崩盤之前，還是被全部壓下去。

他低垂著眼，緊緊攥著拳。

駱湛不肯抬頭，更不敢看唐染的表情。萬一見到女孩想著另一個男孩子滿臉柔情的模樣，他怕自己情緒澈底失控。

……喜歡別人不是她的錯，他不能嚇到她。

而在沒有其他人看得見的偏宅裡，駱湛不需掩飾。

從來意氣風發桀驁不馴的小少爺，在女孩那一兩句話裡，就落得滿身狼狽。

在這莫名讓人不安的氣氛裡，唐染猶豫了一下，還是開口。

提起那個名字前，她本能地放輕了聲音，彎下眼角。

像每個女孩提起自己喜歡的人時一樣：「他叫駱湛。」

第二十六章　身世

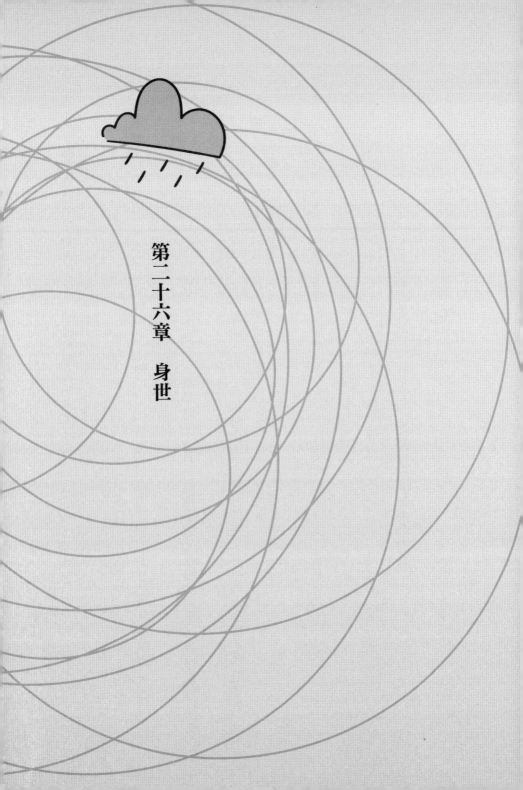

駱湛這二十年的人生裡，聽過太多太多的告白。

不論年齡，甚至可以不論性別。

K大裡有個玩笑的說法：生得特別好看的人天生便受青睞；如果這之上再加上頂尖的頭腦，是走到哪裡都備受矚目的天之驕子；如果再加上煊赫的家世背景還有難以言喻的性感……就是駱湛。

所以在最初int實驗室還不禁外人來的時候，告白這種事情，在駱湛的生活裡出現得比一天三餐還頻繁。

今天之前，如果有人告訴駱湛，有一天他會因為一個女孩猝不及防的告白愣了整整半分鐘，那他一定嗤之以鼻，甚至懶得理這種不經之言。

直到它確實發生。

就在此刻──

「駱駱？」

「駱駱，你怎麼不說話了？」

「駱駱？你別嚇我，你是出現程式錯誤了嗎？」

唐染有些著急地起身而帶動桌椅，在地板上摩擦出令人牙酸的聲音。

在這個尖銳聲音中，駱湛猝然回神。

望著桌後的女孩，他張了張口。

好久以後，失語的駱湛終於忍不住抬起手遮住眼。

他無聲，啞然而狼狽地笑起來。

冷白皮該是極性感的一種膚色。平素白得彷彿性冷感，這種時候卻藏不住情緒——即便有手掌遮著，淡淡的潮紅已經漫染青年的臉與頸項。

「駱駱？」

女孩擔心地從方桌後站起身。

駱湛不敢開口。他知道自己此時的聲音一定啞得厲害，因為那些讓他整個人都發燙的歡愉情緒正從身體裡滿溢出來。

眼神、聲音、動作，呼吸、心跳、溫度……身體所有部位和感官在此刻全部「背叛」。

他藏不住，壓不下來。

駱家最懶散又不正經的小少爺，胡扯就像喝水一樣簡單。

他從沒想過某天只是說一個敷衍的語氣詞都做不到，更沒想過自己人生裡會有一刻狼狽得如此這般。

「駱駱……」

唐染順著方桌起身，在黑暗裡摸索著走到「機器人」的位置。

她不安地抬起手在空中虛探，然後手指尖撞到「機器人」的鎖骨上——

那溫度幾乎是灼燙的，和之前試過的溫涼感全然不同。

唐染嚇得慌忙縮回手。

她呆了幾秒，盡所能加快步伐，朝臥室的方向走去。

駱湛一直在原地僵站很久。滿溢的情緒被一點點壓回身體深處後，理智才回歸，將身體「解封」。

空蕩的客廳裡，「罪魁禍首」的女孩已經不知所蹤。

想起她最後的動向，駱湛邁開發僵的長腿，朝女孩的臥室方向走去。

還沒到門口，駱湛聽見站在臥室門旁的唐染有點著急的講電話聲：「我覺得應該是程式錯誤，駱駱好像當機了，店長你們還是提前來看一看吧。」

譚雲昶的聲音帶著某種古怪的，以駱湛對他的熟悉更像是在強忍笑意的情緒，艱難出聲。

『這款仿生機器人，應該是，不存在當機可能的。唐染妹妹妳別急，不妨等等，等他緩過神……咳，不是，等他自動重新開機就好了。』

唐染此時正處於擔憂焦急的情緒下，並沒察覺譚雲昶的用詞錯誤。

她的聲音更著急了點：「可是駱駱的體表溫度控制好像失控了，燙得很厲害，我特別擔心會燒掉晶片。」

譚雲昶說：『噗，體溫都升高了嗎？可以啊，你們聊得這麼刺……』

駱湛聽不下去，他抬手，敲響眼前的房門。

站在門旁，聚精會神的唐染受驚一抖，本能地白著小臉轉身。

幾秒後，她反應過來，語氣驚喜：「駱駱？你沒事了嗎？」

駱湛冷白皮膚上仍染著淡淡的紅。但那雙黑漆漆的眸子已經冷靜下來。他涼淡地瞥了唐染手裡的手機一眼，在心底狠狠記了譚雲昶一筆後，駱湛開口。

「運行出錯，已進行關機修復，重新開機完畢。」

機械音竭力保持平靜，但那一點情動之後的沙啞，還是藏在聲線裡。

所幸女孩此時只有一種「劫後餘生」的驚喜感，完全沒注意到這點細節：「太好了，嚇死我了……我還以為你要壞掉了。」

唐染鬆了這一口氣，突然想起手機裡的通話，她連忙重新抬起來：「店長，駱駱已經重啟好，恢復正常了。」

譚雲昶那邊已經笑得快要打滾，此時回到電話裡，竭力忍笑到聲音都帶顫：『那就好、那就好。』

唐染說：「不過你們今晚提前來接他回去檢查一下好不好？我還是擔心有別的問題。」

為了不讓女孩懷疑，也是出於自身求生欲，譚雲昶強忍住笑，答應下來。

和林千華一起把機械箱順著裝置上的滑架推上貨車後，譚雲昶實在忍不住，又回頭，走到還擔心地等在偏宅門外的唐染面前。

「唐妹妹。」譚雲昶今晚來的路上笑得臉都發僵，這時終於不必忍也能正常說話了，「妳今晚到底跟駱……駱駱說了什麼，竟然直接讓他『當機重啟』了？」

唐染茫然地回憶了一下：「我就是按照店長你說的，讓他啟動了戀愛教學模式，然後請他教我怎麼追自己喜歡的男孩子。」

「然後呢？」

「然後，他問是誰……」唐染有點不好意思地低了低頭，「我說完名字，他好像就當機了。」

說完話的一瞬間，一點莫名的明悟和念頭飛快地從唐染心底掠過去。

可惜她沒來得及抓住，便被譚雲昶的笑聲拉回了神思。

唐染不解抬頭：「店長，你笑什麼？」

「沒事、沒事……」譚雲昶感覺今天晚上都快笑出腹肌了，他艱難地擺擺手，「我只是問一下錯誤的觸發點，方便回去校驗。」

「好。」唐染擔心地點頭，「如果有什麼問題，店長你記得通知我。」

「嗯嗯，一定，妳放心。夜裡涼，趕緊回去吧，唐染妹妹。」

貨車在夜色裡開遠。

到離開唐家大院一段距離，林千華熟練地把車停到路邊。

今晚情況實在「特殊」，他忍不住，和譚雲昶一起去後車斗裡把機械箱內的駱湛接出來。

起初還沒看出什麼，等駱湛一言不發回到貨車的駕駛艙裡，藉著車內燈光，譚雲昶看清後「噗嗤」一聲笑出來。

「哈哈哈哈我的天啊，祖宗，你別跟我說你從人家女生跟你告白後將近一個小時，到現在臉上的紅都還沒褪啊哈哈哈哈哈……」

駱湛懶垂著眼，靠在座椅裡，白皙凌厲的顴骨線條上猶染著餘暈。

聽見譚雲昶的話，他冷淡地哼了一聲。

「褪了。」

林千華比較誠實，這時更多的是震驚，他有點回不過神地看著駱湛，本能反駁：「確實沒褪耶，湛哥。」

「臉紅一個小時，當我是永動機嗎？」

駱湛眼皮沒抬。沉默幾秒後，他遵循良心，開口。

「剛剛在機械箱裡……又想起來了。」

剛直起腰的譚雲昶再次笑得跌回去。

週五下午，K市某招待所的茶館包廂內。

「哈哈哈是真的！男神你信我，這是駱湛的原話！」

最近在各大財經雜誌上炙手可熱的AUTO創始人藍景謙此時坐在譚雲昶對面，淡淡含笑地聽譚雲昶說話。

聊完自控領域方向前沿情況後的閒談裡，譚雲昶果然忍不住提起駱湛這光輝燦爛的人生裡第一筆濃墨重彩的「汙點」。

關於藍景謙和唐家似有恩怨，駱湛早有提醒，所以和唐染相關的譚雲昶避開沒提，只說了駱湛事後的反應。

而藍景謙頗有興趣。

他托著紫砂杯，聽完後笑著轉眼，目光落到斜對面無精打采的少年身上。

「駱小少爺還能有這樣的一面？」

駱湛支了支眼皮，瞥過譚雲昶後，他冷淡地勾嘴角：「譚雲昶恨不得昭告天下。」

「不怪他，我也好奇。」藍景謙笑，「那個女孩是怎樣和你告白的，能讓你有那麼大的反應？」

駱湛沒開口，譚雲昶立刻接了話：「這就是神奇的地方了——我打聽過了，人家女生連一句正經的『我喜歡你』都沒說出口。」

藍景謙意外：「嗯？」

譚雲昶促狹地笑起來：「最多算是旁聽了一句『我喜歡一個人，他叫駱湛』，我們祖宗就立刻繳械投降、兵敗千里了。」

藍景謙轉向駱湛：「看來你真的很喜歡那個女孩？」

駱湛把玩著紫砂杯的指節一停。眼神難得有點不自在，飄到一旁。

藍景謙問：「兩情相悅也是好事，交往了嗎？」

「哪能啊。」提起這個，譚雲昶就差點笑出聲，「人家女生比湛哥小了好幾歲，今年還沒成年呢！」

藍景謙愣神兩秒，失笑搖頭。

「那你可要小心，別被女孩的父母撞到——不然恐怕饒不了你。」

藍景謙的話說完，倚在沙發裡的駱湛眼皮沒抬，嘴角輕勾起來。這無聲而懶散的一笑帶著不加掩飾的嘲弄意味。

「父母？」駱湛聲線薄涼冷淡，「如果她的父母真關心她，也輪不到我來管。」

藍景謙意外抬眼：「還是個原生家庭不幸的女孩？」

駱湛沒說話，指腹間拈著薄胎的紫砂杯轉過半圈，漆黑眼底情緒浮沉。

避忌藍景謙和唐家那點不為人知的恩怨，駱湛沒跟他提過唐染的身分。

藍景謙只當駱湛是被勾起什麼不太愉快的記憶，也不介意。

他將手裡杯子擱下，說：「這種家庭出來的女孩子無論外表看起來如何，心思都比普通女孩更敏感一些。你以後不要傷了那個女孩。」

駱湛抬眸，表情依舊懶洋洋的，但眼神認真：「她確實敏感，美好卻自卑。因為以前我不在的時候，她被太多惡意傷到過，所以從今以後不只是我，誰傷她都不行。」

藍景謙望著開口時在倦懶裡滿藏了少年鋒銳的駱湛，像是失了神。

「男神，你這麼看我們湛哥做什麼？」

譚雲昶一貫自來熟，藍景謙又從來沒有長他們十幾歲的架子，所以他和藍景謙說話早就沒什麼顧忌了。

見藍景謙回神轉過來，他更笑得促狹：「雖然我們祖宗是太帥了點，男女老少通殺，但您也不差啊。」

見過幾次，藍景謙早就熟悉譚雲昶這嬉皮模樣，他搖頭而笑：「只是有點感慨。」

譚雲昶說：「感慨什麼？」

「他說話的模樣……」藍景謙拿起茶杯，順勢示意一下駱湛的方向。

譚雲昶立刻憤慨點頭：「我懂你啊，男神！是不是一看見駱湛開口那種什麼都不在意誰都不理、我不針對任何人在座各位都是垃圾的模樣，就有種想找出他的缺點往死裡搥他，但找來找去都無從下手的感覺？我也——」

「想損我？」身旁一句話飄過來，涼颼颼的，似笑非笑，「那你平常掩飾得不錯啊。」

譚雲昶心裡激靈。幾秒後，他僵著脖子轉頭，尷尬地笑：「祖宗，這怎麼可能？我多尊敬你，我每次看見你那種雲淡風輕碾壓全場的模樣，就恨不得立刻變身你的粉絲，真的。」

駱湛冷淡地輕嗤一聲，顯然不信。

藍景謙此時「聲援」譚雲昶，他淡笑點頭：「確實有點。」

譚雲昶眼神裡寫滿「知音」，但迫於駱湛在旁，還是很懂事地沒說話。

駱湛懶掀起眼皮：「當初國際交流會上，藍總是自己主動來找我攀談的。」

藍景謙笑了起來：「我當然記得，我說我很欣賞你。那時候列席的全是國內ＡＩ領域的專家和權威，所有跟著導師一起去的學生都小心翼翼，有的上臺後緊張到英文都不會講了……」

他捏著杯子，手指隔空點了點駱湛，笑得無奈又慨嘆：「唯獨你不同。當時豈止是我，交流會上專家席的人裡多少在討論你？」

「雖然我沒去，但想像那幅畫面就夠了……」譚雲昶在旁邊直咂嘴，「要是我人生裡也能來這麼一次精彩時刻，就圓滿了。」

駱湛說：「你就不能有點追求？」

譚雲昶委屈：「我怎麼沒追求了，誰跟你似的啊？人生裡隨便拎出來哪一幀全他媽都是精彩時刻。」

譚雲昶說完，轉過去同藍景謙找認同感：「男神你說是吧？」

不等藍景謙答話，他又嘆氣：「不對，你年輕的時候肯定也是小男神，和我們祖宗有得拚。」

「沒有。」

譚雲昶意外抬頭。

藍景謙靠在沙發裡，淡淡地笑：「我那時候對駱湛印象深刻，也是因為羨慕吧。」

連駱湛都有點意外，抬眼看過去：「你功成名就，羨慕我什麼？」

藍景謙沉默，不知道觸及了哪一段舊事，那人臉上的笑意淡了下去，本性裡那點清冷顯現出來。

過去十幾秒，他才恢復笑意。

「年少有為和水到渠成，雖然殊途同歸，但終究是殊途啊。」

駱湛眼神微明，似乎聽懂了什麼。

譚雲昶茫然地撓了撓頭：「啊？可結果不都是一樣的嗎？男神你現在多好啊。」

藍景謙笑，也不介意點明：「水到渠成那一條路上，終究會因為力所不及，有太多錯過。」

他望向駱湛：「不知道多少人看見你的時候像我一樣羨慕，畢竟這世界上沒幾人配得上『得天獨厚』這四個字。」

駱湛聽出藍景謙話裡若有若無的提醒意味，他習以為常，懶散地一勾嘴角：「小人是躲不開的。」

藍景謙問：「躲不開，那你想怎麼辦？」

「走自己的路，讓他們望塵莫及就好了。人還會怕一隻螞蟻嗎？」

駱湛沒什麼正經地說完，喝了杯裡涼了一些的茶。

然後他皺眉，輕嘖一聲，嫌棄地看向藍景謙：「你年紀又不大，怎麼跟我爺爺似的，喜歡這種飲料？」

藍景謙被少年的性情逗得哈哈一笑：「我樂意。」

譚雲昶在旁邊靜默許久，哀怨開口：「男神，還有祖宗，你們真的是忘年交得快成手帕交了啊？我想插話都插不進去。」

藍景謙笑意未盡，眼角帶著一點極淡的紋：「有嗎？」

譚雲昶說：「男神你多冷靜自持還穩重的人啊，再看看剛剛，都笑成什麼模樣了。」

駱湛冷淡地哼：「無藥可救的粉絲心理。」

譚雲昶痛定思痛，又朝藍景謙示好：「但是男神，知心話你還是得找我聊——駱湛技能點全點給外貌和頭腦了，感情上他是等級零的小白。」

譚雲昶說：「你看，比如剛剛你說那兩段話，我就已經整合出一件事了。」

藍景謙含笑：「是嗎？你整合出什麼了？」

譚雲昶朝他擠眉弄眼：「男神你年輕的時候是不是受過情傷？」

藍景謙笑容一頓。

駱湛原本不以為然，此時真見藍景謙停頓，他才瞥向譚雲昶。

「你怎麼得出的結論？」

「啊呀，祖宗你好好聽聽我男神的話嘛。」譚雲昶得意洋洋，掰著手指數，「什麼這種女孩子無論外表看起來如何，其實比別人敏感——你想一想，你仔細想。」

駱湛嘴角一勾：「在呢。」

「再來就是剛剛嘛，殊途這感慨，那歌怎麼唱的來著？」譚雲昶閉著眼哼了哼歌，「假如我年少有為不自卑，懂得什麼是珍貴……」

駱湛沒聽完，望向藍景謙。

見藍景謙回神，無奈對他說：「你這個同學，做我們工科這行是屈才了。」

譚雲昶說：「哈哈哈哈……男神我就當你是誇我了啊。」

駱湛回頭，微微挑眉：「所以你還真的受過情傷？一直沒聽你提過。」

藍景謙笑起來，難得帶著點嘲弄的玩笑：「和你一個二十歲卻連初戀都沒有過的人提？」

駱湛不以為意：「現在有了。」

譚雲昶在旁邊「殘忍」提醒：「祖宗，不管是單箭頭還是沒挑明沒開始的雙箭頭，我覺得都不能算初戀。」

駱湛懶洋洋地瞥過去。

幾秒後，他勾唇，笑意嘲諷：「算不算這件事，還真輪不到只能旁觀的單身人士提。」

譚雲昶氣得出聲：「呸！」

譚雲昶還想說什麼，三人間有手機鈴聲響起來。

空氣一靜，譚雲昶下意識張口：「不是我的。」

駱湛懶洋洋地垂著眼：「我的手機開靜音。」

「啊？」譚雲昶走神，「那萬一小……呃，那個女生找你怎麼辦？」

駱湛眼皮都沒抬，冷靜說：「她的是特別提示音。」

譚雲昶無語，得，這是他自找的，白問了。

藍景謙笑著看完兩人，此時已經拿出手機：「不好意思，是我的電話，待會回來。」

「嗯嗯，男神你儘管去，正事重要！」

駱湛說：「太諂媚了。」

譚雲昶心虛回頭：「有嗎？」

「嗯。」

藍景謙走到包廂門外，身後聲音隔絕，他笑意未盡，接起電話時語氣輕鬆：「家院長百忙之中，怎麼想起打電話給我了？」

『景謙。』電話對面家俊溪難得的語氣沉凝。

藍景謙笑意一頓，慢慢收起。

和家俊溪相識多年，他自然聽得出老友此時話音裡的情緒不太對。

藍景謙走去長廊角落：「我在聽，你說吧，出什麼事情了嗎？」

家俊溪沉默片刻：『你還記得你上週來，我跟你說過的話吧？』

「嗯。」藍景謙說：「你說有件事需要確定一下，如果沒打來電話就當做沒發生過，我記得。」

電話對面，家俊溪站在辦公室內，低頭看著眼前的ＤＮＡ鑑定單。

他的表情陰晴不定地糾結許久後，慢慢舒出一口氣：『這件事，我想了很久實在不知道該怎麼和你說。』

藍景謙無奈道：「我們之間還需要顧忌這種小事嗎？」

『這不是小事。』家俊溪嘆氣，把手裡的鑑定單扣回桌面，『你回國以後，還打聽過唐家的事情嗎？』

藍景謙表情微動，片刻後他低下頭，淡淡地笑：「唐家對我來說已經是往事故人了，對過去的事情，我沒那麼小心眼。」

家俊溪問：『唐世新有個女兒，你知道吧？』

「是叫唐珞淺？我記得她。在我出國之前，她還只是一個小嬰兒。」

家俊溪說：『那你知道唐家還有第二個女孩嗎？』

藍景謙一頓：「第二個？」

家俊溪回答：『嗯，私下裡有人傳言那個女孩是唐世新在外面的私生女，七歲那年才被接回唐家。』

藍景謙本能察覺不對，皺眉：「唐家真心想接回去的女兒，怎麼會在外面流落七年？」

家俊溪嘆了一聲：『我請人查了唐世語的醫療記錄。十七年前你出國後不久，她查出了三個月的身孕。』

「而唐家那個女孩，恐怕和她脫不開關係。」

第二十七章　唐家往事

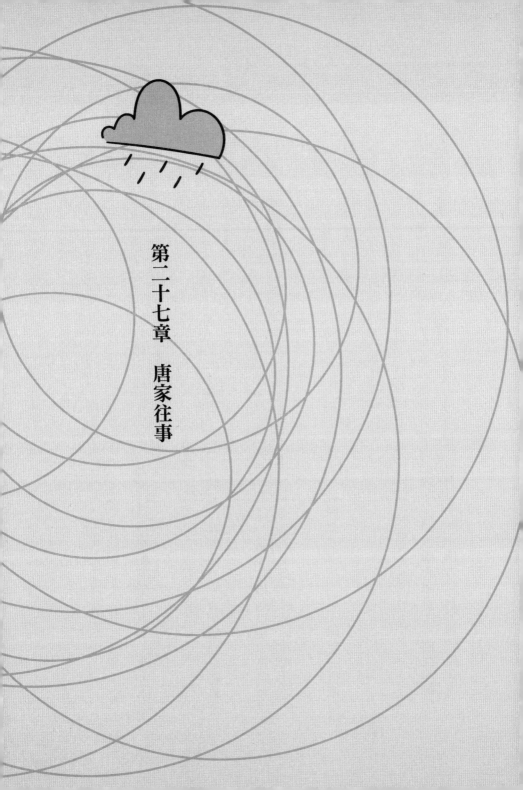

長廊裡陷入死寂。

直到電話裡家俊溪等了許久不見回應，擔心地出聲問：『景謙，你還好吧？』

『景謙？』

藍景謙猝然回神，眼底情緒震碎。他退後一步，身體像是沒踩穩而晃了一下，然後才靠到牆上。

握著手機僵了幾秒，藍景謙低下頭，問：「你想說什麼。」

在這短短一兩分鐘的時間裡，他彷彿耗盡了自己身體裡所有的精力。聲音聽起來疲憊而沙啞。

家俊溪說：『以唐家的能力，再多的事情我已經查不到了。當年你出國以後，唐家到底發生了什麼事我不知道。我唯一能確定的就是，唐家那個叫唐染的女孩應該是你和唐世語的孩子。』

藍景謙垂在身側的手扶在長廊窗戶的大理石檯面上，此時無意識地扣緊。修長的指節間透出緊繃的蒼白。

他死死地繃了許久，啞聲問：「你怎麼知道的。」

電話對面，辦公室裡的家俊溪皺著眉看向手邊被自己倒扣的ＤＮＡ鑑定報告。

沉默幾秒，他開口：『我用了一點不那麼合法的手段，一旦被曝光出來，可能我的醫院甚至我的行醫資格都會出現風險——而且這件事裡還有其他不相干的人受我影響參與在內。

唐家這些年固本培元，根基深厚，不是普通人能敵對的，我不能讓他們跟我一起冒險。』

藍景謙慢慢鬆開手：「我懂了。」

他轉身問道：「我不會向你索取證據，我只問一句——你確定嗎？」

男人的聲音沙啞卻平寂，是這麼多年來家俊溪沒有在藍景謙那裡聽到過的肅穆低沉。像是一團灰燼裡殘存的星點的火，苟延殘喘將要殆盡似的。

但家俊溪卻知道，這樣的藍景謙最可怕。

當初被唐家逼到絕地，藍景謙幾乎是身無分文離開國土。那點星火搖搖欲墜，卻硬是獨自撐過無數場凜風暴雨和長夜去。

而後短短十幾年內，自動控制領域裡名為 AUTO 科技的業界新星冉冉升起，更是在最短時間內從黑馬晉為執牛耳者，隨時隕落的新星成了空中不可爭輝的皓月。

希伯來語裡，Matthew 代表「上帝的禮物」。

而那些曾經最瞧不起這個狼狽的年輕人，後來卻只能被他甩得望塵莫及的前輩們，稱呼他為奇蹟。

家俊溪慢慢吐氣：『你應該瞭解我，我從來不會冒險。既然會打給你這通電話，你說我會不確定嗎？』

「好。」

藍景謙沒有再說第二個字，他直接掛斷電話，停在包廂門外。

男人閉眼僵立了數十秒，暫時平復下洶湧的情緒，將理智勉強剝離出來。

他推開房門，走進去。

沙發上駱湛懶洋洋地抬眸。

瞥見走進來的藍景謙，一兩秒後，少年臉上懶散褪去。

駱湛坐直了身，皺眉問：「出什麼事了？」

藍景謙拿起搭在一旁的大衣外套：「一點私事，需要我立刻去處理。改天我……」

「心不在焉，客套話就別說了。」駱湛打斷他，起身，「既然是私事，我不插手，你自便。」

「嗯。」

藍景謙沒有多說，穿上大衣便轉身往外走。

他拉開包廂門要邁出去的時候，身後傳來少年平靜聲音：「你剛回國，根基不穩，有什麼需要隨時打電話給我。」

藍景謙一頓，回眸。

少年插著褲子口袋站在那裡，一副憊懶無謂的模樣，眸子清寂。

「在國內，就算我幫不了你，駱家小少爺總能做點事情。」

藍景謙眼底浮起點笑意，只是很快便被複雜的心緒攪得支離破碎。

他回身往外走：「不管能不能幫得上，我先心領。謝了，駱小少爺。」

看著那道背影消失在門外，駱湛抬眼，微皺起眉。

他身後譚雲昶上前，擔心地問：「出什麼事了？我還是第一次看見男神這麼嚴肅的表情。」

駱湛沉默幾秒：「不知道。」

譚雲昶問：「那我們要不要叫齊靳查一查這……」

未竟的話聲消止在駱湛側身瞥來的一眼裡。

「他既然說是私事，就是不想我插手。」駱湛垂眸回頭，聲音涼淡如舊，「需要幫忙他會找我。在那之前，我不會去查，你和齊靳也別太過火。」

譚雲昶只得遺憾地嘆氣：「行吧，那我忍忍。希望男神那邊沒出什麼亂子吧。」

與此同時，招待所樓下門廊。

司機不安地看著後視鏡裡，那個倚在後座上，連周身氣壓都和往常大不相同的緊閉著眼的男人。

死寂片刻，男人睜眼。

司機小心翼翼地問：「藍總，回公司嗎？」

「不。」藍景謙聲線沉啞，「你通知助理，今明兩天我行程上的所有預約全部取消。」

司機壓住驚愕：「那現在送您去哪裡？」

藍景謙眼底情緒一點點沉下去。

半晌後，車內一聲情緒複雜而壓抑的嘆氣。

「唐家。」

週五這天，按著上週與家庭教師的約定，唐染下午有一場教育機構的室外課要去赴約。

但唐染吃完午餐後在偏宅裡等了許久，也沒有等到唐家負責接送她的那位司機出現。

收好廚餘的段清燕原本說好陪著唐染等到司機來了再離開，但眼見門口沒半點動靜，她也奇怪了：「小染，那個司機該不會把妳今天下午要出去的事情忘記了吧？」

唐染搖了搖頭：「應該不會忘，這堂室外課已經固定一個多月了，司機每次都會提前來的。」

「那怎麼還沒來？我剛剛去門口看，也沒看見人啊。」

唐染猶豫了一下：「我打電話問問吧。」

「喔喔，好。」

已經換好衣服的唐染從外套口袋裡拿出手機，指紋解鎖以後，她朝手機輕喚了一聲。

「駱駱。」

『……在了。』

那個鬆懶好聽的聲音乍一響起，把段清燕嚇得渾身一毛。在原地呆站了數秒，才僵著脖子轉頭。

視線掃過偏宅客廳裡一圈，一無所獲。

段清燕：「小小小小染……妳剛剛有沒有聽見一個聲音，特特特別像駱家那個小小小少爺……」

唐染愣了一下，回過神眼角一彎，輕笑著晃了晃自己手裡的手機：「剛剛說話的不是駱湛，是我之前跟妳提過的那個ＡＩ語音助手，也叫駱駱。」

段清燕呆滯地看向唐染手裡的手機：「那，為什麼那個聲音聽起來那麼耳熟？」

唐染頰邊笑出一個小酒窩：「因為這個語音助手是駱湛和他的ｉｎｔ團隊一起開發的，聲源採集的是也是他的聲音。」

段清燕表情扭曲了一下：「他還真是無處不在啊……」

「啊？」唐染不解地抬了抬頭。

對上女孩一臉茫然，段清燕自覺失言，連忙補上解釋：「哈、哈哈，沒什麼，我就是覺得妳跟那個小少爺的關係真的是太太太好了，又做語音助手，又當，呃，維修機器人。」

唐染認真聽完，很認同地點頭：「駱駱本來就是很好的人。」

段清燕沒來得及說什麼。

唐染拿著的手機裡，那個懶洋洋的聲音已經主動接了話：『不要亂發好人卡，小心被人騙了。』

再次聽見這個讓她陰影深刻的聲音，段清燕還是忍不住心裡一毛。

唐染卻若有所思：「這個模式好像什麼時候觸發過……啊，對了，是在駱家。」

唐染想起在那天赴宴，她等在駱家書房的隔壁，一個人跟她的ＡＩ駱駱聊天。那時候她還以為駱湛是「駱修」，所以對ＡＩ駱駱說駱修似乎是個很溫柔的人。

然後ＡＩ駱駱就是這麼回答她的。

沉默幾秒，閉著眼睛的女孩嘆了口氣，語氣像個小老頭似的：「果然是會被騙的。」

感慨完，唐染再次喚醒ＡＩ駱駱，讓他撥通了司機的電話。

對面沒多久便接起來。

『小染？』

「叔叔。」唐染開口，「您今天是有什麼事情耽擱了嗎？」

『啊？什麼事——』對面一靜，隨即驚訝地問，『唐家還沒有幫妳準備新的司機嗎？』

唐染愣住，電話對面的男人連忙解釋：『上週日晚上，珞淺小姐找上我，說老太太調我去當她的司機，妳這邊會重新配一位新的。還說之後的事情也讓我不用操心，他們會安排，所以我就沒跟妳通知一聲——他們沒有告訴妳嗎？』

電話裡安靜許久。

正在司機擔憂不已的時候，他聽見對面女孩聲音輕鬆柔軟地說：「我知道了，可能是主宅那邊一忙就忘了吧，我會打電話過去提醒一下的。打擾叔叔了，再見。」

『啊，沒事……再見。』

電話掛斷，段清燕脹紅了臉：「他們——唐珞淺是不是故意的！」

唐染已經恢復如常，此時聽見了只是彎眼笑了笑：「上個週末她那麼生氣，肯定是要去奶奶那裡告狀的。這樣也好，不然我還要一直擔心她會來偏宅，挺不安心的。」

「可是那個司機不是接送妳好多年了嗎？他們怎麼能不經過妳同意說換就換呢？」

唐染沉默了一下，輕聲笑：「所以我告訴過妳啊，我的一切東西都是唐家給的，他們隨時有權收回去。我沒有質疑的資格。」

段清燕氣極，一時說不出話來。

「我先打電話去主宅問問吧。」

唐染作為當事人，從情緒裡恢復得很快。皺著眉認真思索解決方法。

「已經跟老師約好時間……能找一位臨時司機也好，免得遲到。」

唐染最後還是打了電話給主宅那邊，但負責的管家卻一再拖延。

等到唐染著急地打去最後一通電話時，對面的管家已經冷下語氣了。

『唐染小姐，我剛剛已經跟妳說過了，家裡今天突然有一位重要的客人要來——大家現在都很忙，抽調不出人手，妳那個事情難不成是十萬火急，必須現在處理嗎？』

唐染沒說話。

管家準備掛斷電話，就聽見女孩平靜的聲音響起：「是唐珞淺叫你不要幫我安排司機的嗎？」

管家一噎，動作僵住。

唐染沒有在意對方的啞口無言，繼續說：「那你把電話轉接給唐珞淺，我和她說。」

管家回神，底氣不足，聲音也跟著虛了許多：『這事情跟珞淺有什麼關係，唐染小姐妳不要無理取鬧——』

「好。」

女孩接住話音。

她的聲音平靜，聽不出一點惱怒或者委屈：「如果跟唐珞淺沒有關係，那就是你的決定。我會聯絡唐世新，問他這件事到底是誰的問題。」

電話裡僵持幾秒，管家不敢去賭這個不受寵的小小姐能不能撬動他的利益。

他妥協：『好吧……我會轉去珞淺小姐那邊。』

唐染緊握的手驀地鬆開，掌心裡一片潮溼。

她的聲音聽起來平靜又沉著，但只有身在偏宅的段清燕看得見，唐染在講那句話時身影不安得繃緊成什麼模樣。

明明是個心軟又善良的女孩。

段清燕氣得瞪著唐染面前專門用來打電話給主宅的座機，發洩怒意。

不多時，話機果真轉去了唐珞淺那裡：『喂？』

唐染鬆開沒多久的手指再次輕攥起來：「是我。」

『我知道。』唐珞淺聲音不耐煩，『有事嗎？』

「我原本的司機去了妳那裡，他說你們會安排新司機——」

『妳的司機？那是我們唐家的，跟妳有什麼關係？』

唐珞淺冷笑一聲，打斷唐染的話。

她的聲音情緒裡帶著點報復的快意：『妳不是喜歡坐駱湛的車嗎？那妳讓他這個駱家小少爺親自給妳當司機啊。』

話說完，唐珞淺直接掛斷電話。

唐染握著電話沒有動，段清燕氣極：「她、她怎麼能這樣呢！是駱湛不喜歡她才不讓她上車，就算妳不在，她也上不去——她怪妳做什麼？」

低著頭的女孩安靜片刻，慢慢摸索著將話筒放回去，她轉身後，輕聲問：「現在幾點了？」

「啊？我看看……都快兩點了，這樣下去小染妳去上課是不是來不及了啊？」

「嗯。」

「那怎麼辦？」

唐染從外套口袋裡拿出手機，解鎖。

「駱駱。」

『在了。』

「進入通訊錄，聯絡人駱湛。」

『已定位，是否撥通？』

「是。」

幾秒後，電話接通。

那個和幾秒前還在這個房間裡作響的ＡＩ語音助手的聲音七八分相似的聲調，帶著一點鬆懶笑意：『怎麼想起打電話給我了……染染？』

跟著這個稱謂，想起不久前的那句「是我女兒」和「叫阿姨」，女孩頓時不自覺地皺起臉。

電話裡沉默好久，唐染不說話，在旁人那裡耐性最差的駱小少爺此時安靜等著。

許久後，女孩終於有點不安又小心地輕聲開口了。

「許願池，我想扔一枚硬幣。」

駱湛懶聲笑了笑：『嗯。許願池在聽。』

「你，能來唐家送我去上課嗎？」

聽見女孩那帶點不好意思又小心翼翼的試探，駱湛忍不住垂下眼，失神地笑。

『當然，我的主——』

聲音戛然而止。

一兩秒後，唐染疑惑了。

電話裡的安靜讓人不安。

唐染在愣住的這幾秒裡，感覺到一個有點驚悚的想法正在被慢慢勾勒出輪廓，而腦海深處之前的記憶片段，掙扎著要上來把這個輪廓補全。

但沒等到第一塊拼圖碎片從記憶裡掙出，唐染聽見電話對面的沉默之後，駱湛啞聲笑起來。

『主……人。』

他語氣輕慢地補上話尾。

唐染呆住：「你是在稱呼我嗎？」

駱湛沒回答，只說：『最近實驗室在研究仿生機器人合成聲音的最佳化和聲源替代。』

唐染還有點回不過神，吶吶地想了一下：「就像AI駱駱那樣嗎？」

『嗯，所以我最近會經常拚讀練習仿生機器人常用語言模式裡的常用詞。』駱湛輕咳一聲，『看來還是不太熟練。』

唐染一點點反應過來。

她的嘴角和語氣同樣地揚起來，帶著藏不住的歡欣：「所以之後仿生機器人會換成你的聲音嗎？」

電話對面一默。須臾後，男生啞然失笑，戲謔地問：『妳就這麼期待換成我的聲音？』

「我沒、沒、沒有。」

唐染本能地立刻反駁。沒撒過謊的女孩，從聲音到表情再到緊張得手指都攥住桌邊的動作，全都打著「我在撒謊」的標籤。

駱湛笑得愉悅，聲音愈發啞下去。

『還是說，妳其實心底更期待的是……我親自做機器人？』

這一句正撞上唐染腦海裡那個隱約的輪廓。

只當自己被發現了見不得人的小心思，女孩的臉頓時以可見的速度紅了起來。

她還想努力替自己辯駁點什麼，可惜一個字都說不出來。

唐染耳朵尖，臉紅得理智都不清醒的時候，還能隱約聽見電話對面收進來一點嫌棄的話聲──那是譚雲昶的聲音。

『祖宗求求你別這麼騷好不好？人家唐染妹妹沒遇過你這樣的人，再把人逗壞了該怎麼辦。』

『逗壞了？』

那個好聽的聲音笑起來，透過緊貼在耳旁的空氣輕輕震顫著，讓唐染覺得自己的心跳好像都跟著亂抖。

他似乎側過臉和旁邊的人說話，聲音隱隱約約地傳回來，笑意在鬆懶裡透著點欲氣。

『真的逗壞了……那就我負責吧。還能怎麼辦？』

唐染的大腦CPU成功過熱，短路燒斷，思考能力完全停擺。

她不記得駱湛說了什麼，只模糊知道他答應過來，便匆匆結束聊天。掛斷電話後的女孩趴到桌上，試圖幫自己做降溫重啟。

臉埋在臂彎裡看不太見，但女孩長髮間秀氣的耳朵已經染上豔麗的淺粉，把她的情緒狀態暴露無疑。

旁觀全程的段清燕心情複雜得無以言表，有一種在自己老家，看到完全無力反抗的小乖兔被心狠手黑的大野狼咬著牠紅彤彤的脖子叼回窩裡的感覺。

她們小染才十六歲，怎麼就碰上這麼的一個男人，以後還不得吃得兔毛都不剩……愁死人了。

段清燕一邊憂心忡忡著，一邊恪盡職守地陪著唐染等到駱湛來接。

送唐染離開偏宅前，段清燕怎麼也不放心。

她一著急，口音就壓不住，這時候也顧不得了，在唐染耳邊囑咐：「小染吶，我們那裡老人都說，這個男人，長得很好看、嘴又很會說話的那種，都靠不住，最會騙女孩子了。妳長得很漂亮，在外面一定要小心被人騙啊！」

唐染聽得微愣，但還是很快反應過來，女孩眼角彎彎：「妳是說駱湛嗎？」

超跑性能絕佳的引擎聲音就在門外，段清燕不敢應。

唐染又說：「駱駱不會的。」

段清燕更急了點：「騙子不會告訴妳，他要騙妳的……」

「不是因為這個。只是駱駱很厲害，很優秀，他不需要騙人……更不需要騙我。」

提起這個，女孩的笑裡多了一絲猶豫和低落。

「我對他來說，應該就像長不大的小孩吧，他每天會看見很多很多漂亮還喜歡他的女孩子，哪有什麼注意力來騙我？」

段清燕無語哽噎。一時之間竟然不知道該從哪裡反駁。

等段清燕終於想通，唐染根本沒發現駱湛對她懷有的那點心思，再想提醒已經晚了。

偏宅門打開，駱家那位小少爺正神態鬆懶地站在石階下的礫石小路上。聽見門聲時他抬眼，黑漆漆的眸子定焦在那道嬌小的身影上。

然後那裡面散漫無謂的情緒裡，慢慢瀲灩起熠熠的淺光。

「司機到了。」那人低下眼，笑了笑，「許願池說，很高興能滿足妳的願望，主人。」

唐染確實沒見過駱湛這樣的人，只聽那人低啞戲謔又只對著她溫柔輕緩的聲音，她就已經原地紅了臉。

段清燕也沒遇見過。看著眼前這個只憑一張清雋俊美的臉就不知道能禍害多少少女心的青年，她由衷對唐染生出一種「寶貝不保」的不祥預感。

不知道是不是感應到她的想法，女孩準備出門的前一秒，又折回來了。

湊到段清燕面前，那張在五官間已經顯出幾分貴氣的漂亮精緻的臉蛋上透著紅。

女孩附在段清燕身前，小聲耳語：「其實，想騙人的是我。」

女孩紅著臉，聲音更輕了：「我想把他『騙』回來……我會努力的！」

段清燕無語了。

——天啊，妳這點段數哪夠在那個男人面前玩的！

可惜不等段清燕提醒，駱湛已經上前，動作熟練地收起女孩的導盲杖，把人扶走了。

段清燕只能親眼目睹「羊入虎口」。

還是自以為是小狐狸而對面趴著是隻懶洋洋的大貓的……羊入虎口。

因為下午這一番耽擱，段清燕拿著餐盒回到主宅時，比平常晚了許多。

剛進廚房區域，她迎面撞上了這邊傭人裡的管家。對方一看見她立刻沉了臉色：「不是讓妳去偏宅送一份午餐，妳是準備在那裡留到晚餐再回來？」

段清燕懂規則，也識趣，低頭道歉：「對不起錢主管，我今天耽擱了，以後一定不會了。」

「以後以後，只知道跟我說以後——妳們一個一個的只會在關鍵時候出差錯！今天主宅要用人了，我一個都找不到，真是晦氣！」

管家不知道從哪裡來的這麼大的火氣，段清燕不敢問。

她低著頭準備等管家走過去，卻見對方突然想起什麼，扭回頭目光詭異地打量她。

段清燕被看得心虛：「錢主管？」

錢主管問：「我記得妳能進唐家，好像是因為泡茶的手藝還不錯？」

段清燕猶豫了一下，點頭：「我在上一位雇主那裡，學了很長時間的茶藝。」

「……嘿，這還真是讓我趕上了！」錢主管眼睛頓時亮起來，「今天家裡突然來了一位客人，聽說喜歡茶道；家裡的茶道師剛好不在，檯面上這群人裡又不確保能不能用……妳也跟著去一趟吧！萬一真的要妳過去，妳可不能給我丟臉啊！」

段清燕一愣：「啊？」

「別啊了，餐盒先放一旁，妳趕緊跟我走！」

「喔，好。」

段清燕不敢耽擱，依言把手裡餐盒放在旁邊。

還沒等她站穩身，那位錢主管已經急匆匆催她了：「快點、快點！」

「……好。」

十分鐘後，段清燕站在唐家主宅的主樓裡。

主樓只住著唐家的主人。不到管家級別、不負責主樓內事務的傭人平常根本連主樓的門都踏不進來。

段清燕也是第一次進去。

一路上她不敢東張西望，那位錢主管把她領去三樓的一個耳室，讓她在那裡等著便離開了。

耳室裡原本就有兩個傭人打扮的女人，只是按服裝分類，段清燕看得出對方是比她級別高不少的傭人。

那兩人自然也看出來了，很快就不感興趣地收回目光。

其中一個接上被打斷的聊天：「妳確定嗎？」

「我可是聽管家吩咐茶點布置的時候提起來的，不會有錯，一定就是他。」

「但他怎麼會來唐家？」

「這就不知道了，聽說完全沒任何預約，突然就上門了——我看管家的態度，像是一副來者不善的態勢。」

「那我真是想看看了，他可是今年幾家財經娛樂雜誌聯合評出來的鑽石王老五！」

「誰不想啊……」

兩人的交談沒能繼續，耳室的房門再次被推開。

方才還對著段清燕冷臉的錢主管此時對著一個中年男人點頭哈腰的架勢：「邱管家，能找到的人都在這裡了。」

中年男人瞥過三人，在段清燕身上時他皺了皺眉。

但最後還是沒多開口，只說了一句：「妳們三個跟我來。」

段清燕三人表情緊張得發僵。

錢主管催促了句，三人硬著頭皮跟上去。

繞過主樓三樓的長廊，段清燕三人被帶到唐家的茶室內。

繞過長屏風，段清燕本能地抬頭。

房間裡只有一張陌生臉孔。

在面沉如水的杭老太太對面，坐著一個看起來剛過而立模樣的男人，他的五官輪廓稜角分明，神色沉靜而清冷。

段清燕聽說過他，在報紙上、新聞裡、財經雜誌的大封面或者採訪彩頁內，也在唐家的女傭人茶餘飯後興致勃勃的閒談中。

她們嬉笑著說，他是只要單身以後就能永遠霸榜鑽石王老五排行榜首的極品，也有人掰著手指如數家珍地講他孤身海外那些年功成名就的傳奇故事。

由此，段清燕被動地對他的名號耳熟能詳——

AUTO科技的創始人兼CEO，如今國內炙手可熱的控制領域新貴，藍景謙。

段清燕驚訝於這位神祕客人的身分時，走在她們三個前面的中年男人步伐未停，一直走到主位的杭老太太身旁。

他俯身下，神色恭謹平靜：「杭女士，家裡修習過茶藝的都帶來了。」

聽見那個稱呼，段清燕愣了一下，下意識抬頭看過去。等視線落上，她才想起唐家其他傭人聊起過的八卦來。

唐家這位管家姓邱，叫邱翊，在唐家已經有二三十年了。

傳言裡他並不是什麼正統家政禮儀培訓出身，二三十年前只是個廝混街頭逞凶玩命的混混。後來一次鬥毆，他被人打成重傷，差點死在路邊，被那時候恰巧路過的杭薇，也就是年輕時的杭老太太讓人帶回去救治，這才撿回一條命。

杭薇很早就嫁進唐家，年輕喪夫，在群狼環伺裡獨身撐起唐家家業，手段心計堪稱狠毒。沒人知道當初她為什麼會救一個無關的亡命混混。他們只知道從那以後，和唐家有過嫌隙的人提起邱翊，都咬牙切齒地說他是杭薇身邊最忠實的一條狗。

也是那時開始，邱翊不隨任何人稱呼杭薇，只稱呼她「杭女士」。

杭薇從當初人人想欺負的年輕的唐家寡母，到如今誰提起來也只敢稱一聲「杭老太太」，而且還是連「唐」字都不敢加的大家之主，邱翊對她的稱呼數十年如一日，從未變過。

杭老太太顯然已經習以為常。

她不動聲色地抬眼，目光緩緩掃過段清燕三人。

被那視線從身上刮過去的時候，段清燕儘管立刻低下頭，但還是本能地哆嗦。

杭老太太在唐家內外積威數十年，眼神裡的氣勢果真不是說著玩的。

段清燕很有自知之明，不愛作夢，對攀高枝沒有興趣。而且她也聽說過這位杭老太太是個怎樣心狠手毒，連自己親孫女都不當人的狠人，所以她拚命在心裡碎念著「不是我不是我不是我」。

茶室裡寂靜幾秒，段清燕聽見老太太音量不高地說：「叫她過來吧。」

段清燕偷偷抬眼，然後看見杭老太太隔空指在自己身上的手。

段清燕無語了。

她今天是撞了哪路邪神了？

杭老太太發話，唐家除了邱翊沒有敢不聽的。

段清燕心裡再怎麼不情願，也只能硬著頭皮，深吸一口氣自覺地往前走。

到了茶海旁茶藝師的專屬位子上，段清燕緊張地繃著眼神，循著前幾年修習茶藝練就的本能去觀察面眼前圓潤的古樸木質的盒子盛著的茶葉，分辨種類，鑑別成色品質。

段清燕還在審視的時候，杭老太太朝坐在她對面的藍景謙開口。

「藍先生突然上門，家裡沒有準備。茶藝師如今不在宅內，只有這兩三個修習過茶藝的雜事傭人可用。如果她們有做得失禮的地方，只能請藍先生包容了。」

這話的語氣並不算客氣，段清燕聽得心裡發緊，偷眼看向另一側。

輪廓清俊的男人毫不意外，聲音清冷地接話：「我在茶道的第一門課就是在唐家上的。那時候行事粗陋不識禮數，該多謝您的包容。」

杭老太太說：「是嗎？我已經不記得了。」

藍景謙淡淡一笑，眉眼間透著點說不出的冷意：「我記憶尤深。」

「人活在世，有時候記性不能那麼好，往事絆足，路是走不遠的。一些舊事耿耿於懷，對人對己也不利——藍先生認為呢？」

「您是長輩，您說得對。」藍景謙淡聲，又抬眼，「但晚輩總有晚輩的看法。」

杭老太太臉色微沉：「比如呢。」

藍景謙沒說話。

那雙眸子裡平靜之下有情緒暗湧起來，不知道在他心底要掀起怎樣的驚濤駭浪，但在臉上卻不顯幾分。

直到須臾後，藍景謙像是很短暫地笑了一下：「晚輩覺得，抹掉過往等於抹殺一個人。如果不是往事歷歷，那晚輩也難有今天的成就，恐怕更會像您當年所說——不配與您同坐而談。」

段清燕正根據茶葉種類挑選沖泡器具，聽見這句手上一抖。手裡用來分裝茶葉的茶荷撞到茶壺上，碰出清脆的瓷聲。

杭老太太冷眼望過來，段清燕連忙低聲道歉，低下頭，心裡叫苦連天。

如果說剛剛只是暗潮湧動，那藍景謙這最後一句話顯然是扯掉遮布，把氣氛推到臨界點上了。

所幸杭老太太此時的重心顯然不在其他事情上，警告地瞥過段清燕一眼後，她就望回到藍景謙身上。

對視幾秒，杭老太太竟然露出點冷淡的笑容來：「所以藍先生今天來，是斥責我當初不識珠玉、看輕了你，專程打我的臉來了？」

隨著杭老太太的聲音冷下來，茶室裡的氣氛瞬間冰點。

段清燕心裡哆嗦，手上卻早有準備地繃緊了。她心底默念著第一道工序的「燙壺」，拿竹製的長桿圓筒接上燒好的山泉水，緩澆在壺身上。

順著壺身滾下的泠泠水聲裡，茶海後男人的聲音清越響起：「剛被您趕出國那幾年，我確實有這樣的想法。」

杭老太太不為所動：「現在呢，沒有了？」

「不常有，但偶爾還是會想起來。」

「今天藍先生是想到自己該如何做的答案，才突然上門的？」杭老太太語氣不客氣地問。

藍景謙淡聲說：「答案我早就想通了。您是世語的母親，自然也是我的長輩。長輩苛待，晚輩受得了便受，受不了便躲開——總不能等您到花甲之年，我再回來搞出些自損名聲的報復。」

這話儘管說得仍不客氣，但唐老太太的臉色總算稍稍緩和了一些。

段清燕在旁邊燙壺溫杯後，用茶荷取了茶葉置入壺中，以滾燙的山泉水高沖，茶葉隨交談聲翻滾散開，熱氣蒸騰。

到這時候，段清燕才覺得那飄起來的水氣勉強有點溫度了。

將茶沫刮去後，段清燕小心地把泡好的茶水低斟進茶杯內，一一遞到杭老太太和藍景謙面前。

「謝謝。」

藍景謙聲音低和。

段清燕受寵若驚地看了對方一眼。然後她發現，藍景謙並沒有品茶，而是將茶杯提到一旁擱置下了。

……這好像不是要和氣談話的節奏。

段清燕心底剛生出這點預感，就聽見藍景謙開口了：「我雖然不屑做報復的事情，但也不是能以德報怨的人。所以當初得到那個答案的時候，我便已經決定再不邁唐家的門，更不會與唐家有瓜葛往來。」

杭老太太將茶杯提到面前，聞言眼皮一跳。

她動作停住，皺眉抬眼：「那你今天為什麼要來？」

藍景謙說：「我來向您打聽一個人。」

杭老太太想到什麼，眼神在那一瞬間陰沉下來，但她終究一個多餘的字都沒說，垂下眼簾。

「誰。」

藍景謙眼底平靜的情緒被撕破，一點沉冷掙扎出來：「唐家是不是有一個小女孩，叫唐染？」

段清燕毫無防備，收杯的手驀地一抖，茶荷從手裡脫落，沒置完的茶葉灑了一片。

茶荷擊在茶海上的聲音叫回了瞬間僵滯的杭老太太的心神，她臉色驟沉，手裡茶杯重重一擱，砰的一聲，滾燙的茶水四濺出來。

「邱翊！」

老太太的聲音在這短短幾秒內沉啞下來。

段清燕還沒來得及反應，就感覺自己右手臂一緊，幾秒後巨大的拉力和麻木的痛從手臂上傳回來。

靜侍在角落裡的邱翊不知何時上前，不由分說地鉗住她的手臂，就把愣住的段清燕直接拉向茶室外。

十幾秒後，茶室的門重重關上。

段清燕被拖出去好幾公尺，嚇得臉色煞白——這一瞬間她無比相信傭人們說的，管家邱翊年輕的時候是個逞凶玩命的街頭混混。

她懷疑自己聽了什麼不該聽的，要被滅口了。

就在段清燕想像著自己會被帶到怎樣的一個小黑屋套上麻袋，牙關打顫連出聲呼救都做不到的時候，邱翊將她拉過長廊轉角，毫無徵兆地鬆開了手。

沒了拉力支撐，段清燕腿一軟，差點癱坐到地上去。

年近半百的中年男人居高臨下，沒表情地睨著她。

段清燕覺得這人眼神冷得像是在看一塊石頭，或者一截枯木。更沒半點一個中年男人看到一個嚇得花容失色的年輕女人時會有的動容憐憫。

段清燕懷疑對方在考慮怎麼弄死她，哆嗦得更厲害：「邱邱邱管家……我剛剛什麼也沒聽到、我我我不會說出去的……」

邱翊沒說話，冷眼望著她，似乎在判斷她這承諾的可靠性。

半晌，確認了段清燕不是做戲，確實嚇得一副要送進醫院的模樣，邱翊垂下眼皮。

「記住妳說的話。」中年男人的聲音波瀾不起，平靜卻讓人心驚，「如果我聽到了什麼不該有的風聲，那就把妳腦子裡在想的恐怖變成事實。」

在段清燕嚇得漫上眼淚而模糊了的視線裡，邱翊沒再多說一個字，轉身離去。

一直等到走廊上腳步聲消失許久。

段清燕猛地吸了一口氣，然後劇烈地咳嗽起來，嗆得眼淚流下。她一邊扶著牆弓著身拚命呼吸，一邊用力地拍著胸口替自己順氣。

在這種難受得撕心裂肺的咳嗽裡，段清燕才覺得自己活過來了。

而「復活」之後，段清燕蹦進腦袋裡的第一個想法是，那位被無數財經刊物捧得炙手可熱的控制領域新貴，竟然是來唐家找唐染的。

她是不是該趁杭老太太還沒發現自己是給偏宅那邊送餐的傭人，冒著「生命危險」把這件事告訴唐染……

第二十八章　司機

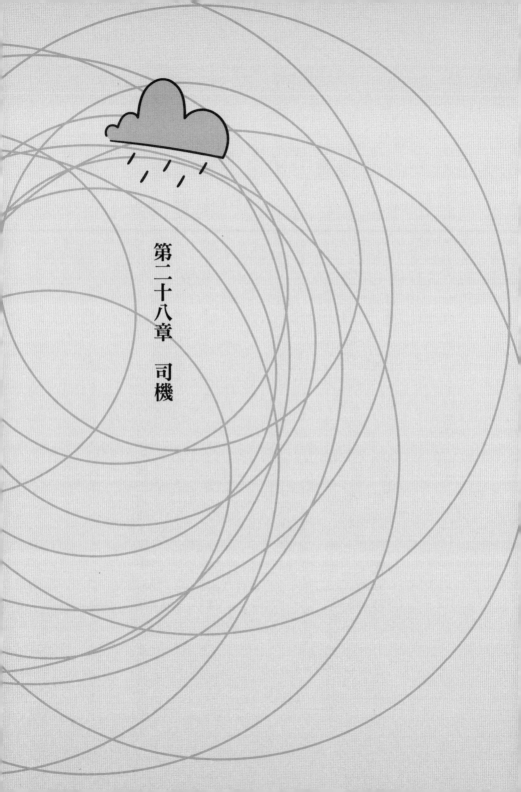

唐家主宅，三樓茶室。

在邱翊把段清燕拽走後，房間內除了杭老太太和藍景謙外再無一人，空氣凝結得彷彿固態。

杭老太太拿著茶杯的手緊繃著，青色的血管從褶皺的皮膚下突顯，像是隨時要爆發出駭人的情緒。

氣氛到某一瞬，弦繃至最緊——

杭老太太突然毫無徵兆地笑起來。她抬頭看向藍景謙，聲音沙啞，眼神沉暗：「你是從誰那裡得知的。」

藍景謙沒有回答。

看到段清燕的那個反應時，他想要的答案就已經有了，甚至更多。

他知道也是因為這一點，杭老太太才根本沒有對他的問題再做任何遮掩或者反駁。

沒等到藍景謙回答，杭老太太並不惱怒，瞇起眼，有些不甘地說：「早在你功成名就地回國時，我就猜到終究要有這麼一天了。只是沒想到這麼快。」

藍景謙對她的話充耳不聞，只在沉默許久後抬起頭，眼底不知道什麼時候漫上了淡淡的血絲。

他聲音低啞地問：「她在哪裡？」

杭老太太眼神飄了飄：「唐家的孩子，自然是在唐家。」

「妳真的把她當唐家的孩子照顧過嗎？」藍景謙聲音起了一點啞意。

杭老太太一頓：「就算我不願意，她身體裡畢竟流著一半唐家的血。」

「那為什麼從來沒人提過她？」

「提她什麼、又怎麼提她？唐家流落在外的私生女？還是世語年紀輕輕未婚先孕的汙點？」

杭老太太眼神冰冷。

「我不會允許這樣的汙點抹髒唐家。她是唐家的孩子不假，至少吃穿用度上，我從沒虧待過她。」

藍景謙慢慢攥起拳，滿腔的怒意、惱恨還有質問和發洩都被他壓下去，只剩下最迫切的一個念頭。

藍景謙啞聲問：「她現在在哪裡。我要見她。」

「見可以。」杭老太太皺起眉，「但你不能帶她走。」

藍景謙太陽穴一跳，這一刻他再也壓抑不住自己的負面情緒，眼神陰沉地望向對面：「她是我的女兒，我憑什麼不能帶她離開？」

老太太同樣沉聲：「就憑這十六年來，你沒有盡過半點撫養義務。」

「那是因為你們的隱瞞！」

「你可以去跟法官說這句話，讓他判斷，你十七年前出國了無音訊，該怪你放棄撫養權，還是怪我們隱瞞？」

藍景謙忍無可忍，驀地站起身。

那瞬間，這個男人脫去了平日裡清冷自持成熟穩重的模樣，眼睛紅得像被激怒的獅子。

恨不得把眼前的人撕得粉碎的獅子。

只是他已經不是十七年前那個初出茅廬，只會衝動和任人拿捏的毛頭小子了。

猙獰的情緒被他一點點壓回身體裡，攥緊的青筋綻起的拳頭慢慢鬆開。

藍景謙撐著茶海，滿浸著血絲的眼望著對面的杭老太太：「妳明明不接受她的存在，為什麼不肯放她離開？」

杭老太太表情微滯。

下一秒她轉開目光，冷聲說：「我有我的原因，不需要你來管。」

「我不想管。猜也猜得到，一定又是為了妳的唐家。」藍景謙聲音冰冷，「但妳可能忘了一件事——唐家還是那個難以撼動的唐家，但我已經不是當年那個碌碌無為的我了。」

老太太眼神一顫，轉回頭，臉上陰沉下來：「你想做什麼？」

藍景謙說：「我不知道妳想要什麼，但我會去找那個緣由。您猜找到以後，我會怎麼做？」

老太太臉色驟變：「你敢！」

藍景謙最後一根理智的弦繃斷。

他雙手攥拳狠狠地搥在桌上，整個人彷彿要撲上去：「我的親生女兒被妳藏在暗無天日的角落裡整整十六年！這十六年裡她是怎麼過來的我想都不敢想——我還有什麼不敢？」

杭老太太僵在原地。

死寂許久，她聲音低下來：「好、好，你可以帶走她——但不能是現在。」

藍景謙咬牙：「如果我一定要現在呢？」

「那就魚死網破。」杭老太太眼神陰狠地抬頭，「你想毀了唐家，我就能讓你一輩子都見不到你的女兒。敢賭的話，你來試試。」

藍景謙攥拳，被壓得血色全無的指節捏出輕響。

他從牙縫間擠出字聲：「多、久？」

杭老太太眼神一鬆：「一年、最多兩年。」

藍景謙眼神陰沉，杭老太太停頓兩秒，緩下聲補充：「這兩年間，只要你不帶她離開，也答應絕對不讓外人知道你們的關係——那就隨便你什麼時候來看她。」

「你肯答應的話。」見藍景謙沉默，杭老太太放出殺手鐧，「我立刻讓你見到她。」

兩個小時後，唐世新一回到家就快步上樓，直奔茶室，推開房門後，疾步繞過屏風，聲音急促：「媽，我聽下面的人說藍景謙來家裡了？」

茶海前，杭老太太眉眼陰鬱地低頭看著什麼。聽見動靜，她停了許久才僵著身慢慢抬頭，攥緊手裡的東西。

「嗯。」

「那他、他已經知道唐染就是他的女兒了？」

「嗯。」

唐世新擰起眉。

茶室裡沉寂下來。許久後，杭老太太突然沒什麼徵兆地開口：「藍景謙就是唐染生父的事情，絕對、絕對不能讓駱家知道。」

「為什——」唐世新話聲一停，想到什麼，「但藍景謙那邊會配合嗎？」

「為了他的女兒，他會的。而且他也不知道當年的事。」

「可駱家那邊萬一聽到風聲……」

「所以我說，不能讓駱家知道！」杭老太太轉過身，冷聲打斷，「只要駱敬遠不知道唐染的生父是藍景謙，我們兩家的盟約就能維持下去。」

唐世新臉色微變：「但只要藍景謙帶唐染離開，駱老爺子遲早會知道的。」

「只需要把它維持到那時候。因為在那之前……」杭老太太聲音陰沉下來，「你必須盡快讓你的女兒和駱湛訂婚！」

唐世新低下頭。

因為晚上還有一份機器人的「兼職」要做，時間衝突下，駱湛沒有辦法親自送上完課的唐染回來。

所以司機的任務，最後還是落到了林千華身上。

開著駱湛那輛敞篷超跑把唐染送回偏宅，林千華虛扶著女孩回去時，半是玩笑地說：「我看這樣下去，我畢業以後不要去做ＡＩ了，當個計程車司機挺適合我的。」

唐染跟著笑起來，又有點抱歉：「機器人的事情總是這樣麻煩你們，好像有點太辛苦了。不然……」

聽見這句「不然」，林千華嚇了一跳。

他要是來送女孩回家的，把他們湛哥的機器人「兼職」搞砸了，回去絕對死定了。

「沒事、沒事！」一想到慘烈後果，林千華腦袋直搖，「不麻煩、不麻煩。唐染妹妹妳千萬別這麼說，一點都不會麻煩，真的！」

見林千華反應激烈，唐染欲言又止。

幾秒後，她輕彎下眼角：「嗯。不麻煩你們就好。」

驚魂甫定的林千華將唐染送回偏宅，找了一個理由在第一時間溜了。

唐染獨自換完居家服出來後，正聽見方桌上的小立鐘輕敲了一下。

「半點的鐘聲啊。」自言自語地走過去，「按時間推算，應該是五點半了。」

按照以往，半個小時到一個小時後，段清燕會來送晚餐。而最近經常提前「上班」的機器人駱駱，也會在七點之前就位。

想到這裡，女孩剛因為恢復一個人而覺得有點孤單的心，再次期盼地雀躍起來。

她正摸索著客廳裡的盲文書架，想要找一本盲文書打發時間的時候，就聽見偏宅的門鈴聲響起。

手剛抬過腦袋的女孩愣了一下，朝玄關的方向轉了轉身。

五點半的時間……

既不可能是晚餐，也不可能是機器人才對。

除了那次駱老爺子登門、老太太叫她過去問好以外，唐染的偏宅還從沒來過送餐和送機器人之外的其他人。

「又要給誰問好嗎……」

女孩小聲咕噥著走過去。

經過玄關時，她猶豫了一下，還是把導盲杖拿了出來。

然後唐染上前，摸索著開門。

幾秒後，偏宅的房門打開了。

房間裡柔暖的燈光將女孩纖弱的身影投在男人的腳邊。

望著那張和記憶裡的女人七八分相似的臉，藍景謙眼底驀地泛起溼潤。

「有人，在嗎？」對著安靜的黑暗，女孩茫然地轉了轉臉。

那雙眼睛安靜闔著，沒有睜開過。

藍景謙嘴唇輕顫了一下，張口想說話，但在開口前，沒壓住的眼淚已經淌下來。

藍景謙抬手咬住拳，逼自己將哽咽嚥了下去，然後盡力無聲地調整自己的呼吸。

這樣反覆幾回，門前好像有人，但又好像只是風聲，唐染已經要以為是誰的惡作劇的時候，她聽見一個陌生的、帶點低沉沙啞的聲音響起來：「妳就是……唐染吧？」

唐染愣住，幾秒後，朝著聲音的方向轉過去，女孩輕歪了下頭。

「你是？」

藍景謙站在偏宅的石階下，久久失語。

他知道眼前的女孩是最無辜的，她對當年唐家與藍景謙的舊事一無所知。這十年來她一直當自己是唐世新流落在外的女兒，是因為那場車禍才被發現又接回唐家的——至今也是如此。

所以藍景謙不知道要怎麼跟她開口說明自己的身分，更不知道如果唐染不相信或者情緒失控，他該怎麼面對她的質問，又該對他們這從未盡過任何父母義務的十六年作何解釋。

藍景謙該做好準備再來的。但他忍不住。

只要一想到唐家的偏宅裡住著那位在他從未看到的角落裡悄無聲息長大的女兒，再堅定的理智也被失控的衝動淹沒傾覆。

這些年累積下的閱歷和穩重不復存在，在這位只有十六歲的失明的女孩面前，他不再是那個被財經雜誌捧上天的控制領域新貴，好像又回到了最生澀無措的青年時代。

連一句開場白，藍景謙都不知道要怎麼開口。

而在這沉默裡，女孩朝著黑暗裡茫然不解地轉了轉頭。

豎起耳朵聽了一陣子都不聞動靜，唐染只得轉回頭，猶豫著再次發問：「你好？請問，你還在這裡嗎？」

藍景謙驀地回了神：「在，我在。」

唐染對這個奇怪的來客更迷惑了：「請問你是誰，是從哪裡來的呢？」

藍景謙深吸了口氣：「對不起，小染，我來晚了。我剛知道妳在這裡，就立刻從唐家主宅那邊過來了，我是，是妳的……」

藍景謙頓住，還是沒能直接把那個對他來說太過陌生和突然的身分說出口。

唐染茫然地聽著，到藍景謙再次停住，她等了兩秒，把藍景謙的話琢磨一遍後，女孩突然反應過來。

「啊，你就是主宅安排給我的新司機吧？」

藍景謙頓住，抬眼。

唐染當這沉默是默認。

她眼角彎下來，像是鬆了一口氣，小聲咕噥：「我本來還在糾結要不要再打一次電話問一問的，原來已經安排好了啊……還好、還好。」

唐染又抬起頭，笑起來：「你也不用覺得抱歉，我今天下午的課已經上完了，沒有耽擱。等到下個禮拜五，你記得早點過來就好了。」

「喔，對了。你能告訴我，你的手機號碼嗎？」女孩不好意思地笑起來，頰邊的酒窩淺淺的，「我擔心下次有事要出門，想聯絡你的話，要透過主宅通知有點不太方便。」

藍景謙眼底情緒湧動，最後還是全壓下來。

他低了低頭，聲音沙啞而輕柔：「好。要我幫妳存進手機裡嗎？」

唐染猶豫了一下。

面前這位新司機畢竟是主宅過來的人，唐染還是不太放心把手機這樣的私密物品給對方。

看穿了女孩的猶豫，藍景謙眼底欣慰而柔軟：「那妳告訴我，妳的手機號碼，我等等撥給妳，妳以後隨時可以聯絡我，這樣好不好？」

「可以嗎？」唐染有點被人看穿防備的不好意思。

「嗯，沒關係。」

唐染把自己的手機號碼報給對方，然後才說：「謝謝叔叔。」

「不客氣。」

空氣陷入安靜，唐染茫然地糾結地紐了一下手指。

按照她並不多的與人來往的經驗，這個時候應該各自告別了才對。

怎麼這個叔叔……

唐染茫然地回憶一下自己上一個司機第一次去阿婆和她那裡時的流程。猶豫幾秒後，女孩問：「叔叔，我倒杯水給你吧。」

藍景謙張了張口，最後點頭：「……好。」

「叔叔稍等我一下。」

女孩轉身往屋裡走。房門開著，藍景謙望著女孩的背影。她走得並不快，但也不生澀，房間裡那些障礙物被她輕鬆繞過。

藍景謙看得欣慰又難過。

過一陣子，女孩端著盛了半杯水的玻璃杯走出來：「叔叔，給。」

「……謝謝。」藍景謙伸手接過，「妳一個人的時候，還是不要這樣開著門了，不安全。」

唐染愣了一下，彎眼笑說：「我雖然看不到，但是耳朵很靈的。叔叔走一步我也聽得到喔。從偏宅門外往直走七十二步，左轉以後再走一百三十一步就是唐家大院的後門，那邊的保全說話聲音稍微大一點點我們都能聽見。這邊的動靜也一樣。而且那邊的保全叔叔們很嚴厲，沒有唐家的事先通知或者允許，任何人都是進不來的。」

唐染一頓，低下頭小聲咕噥：「上次保全隊裡換了新人，不知道早就定好的習慣，連我的機器人都被攔在外面，好不容易才找到主宅那邊放進來的……」

藍景謙喜歡聽女孩說話，每一個表情他都深深地看在眼裡，目光難過而深刻。

在他的目光下，女孩不知道是不是察覺了什麼，仰起頭，猶豫地說：「而且叔叔你好像……有點不開心。」

「也是聽出來的？」

「嗯。」唐染點了點頭，「剛剛說話就感覺到了，叔叔你遇到什麼難過的事情了嗎？」

藍景謙眼神慢慢軟下來，聲音也放輕了：「是有一點。妳能陪我聊一聊嗎？」

女孩猶豫了一下，點頭：「好，我沒什麼事情的。不過再過半個小時，主宅那邊就會過來送晚餐了。我不能耽擱太久，不然送餐盒回去的人要挨訓的。」

「嗯。」藍景謙點頭，「妳不放心的話，我就站在外面，不進去。」

唐染眼睛彎下來，笑了笑：「沒關係的，家裡也很安全。」

「嗯？」

「因為我有一個……許願池。」不知道想到什麼，女孩本就漂亮的眉眼明媚起來，那顆小酒窩裡滿盛著發自內心的洋溢歡愉，「他幫我裝了一些自動化的小裝置，有的可以直接拉響後門保全那邊的警鈴喔。」

聽出女孩話裡若有似無的防備和提醒意思，藍景謙忍不住露出一點淡淡的笑意。

過了幾秒，他才慢慢反應過來，有點警覺地微微皺眉。

「許願池？是一個人嗎？」

「嗯！」

「這個稱呼聽起來，對妳很好。」

「對啊。因為他說過，只要我給他一枚硬幣，他就能實現我所有願望。」

藍景謙皺眉更深。

這種聽起來就像是要騙走女孩一顆真心的話……

唐染再次露出與平時不同的柔軟又明媚的笑。

「他是一個特別、特別、特別好的人，從任何方面都是。」

藍景謙強忍下追問的衝動。

他微微捏起拳，在心底慢慢記上一筆。

——回去以後，除了要調查女孩的生平履歷、身體狀況，確認唐家這些年是如何對她的以外，最好還要查一查她是不是認識過什麼朋友。

那種敢趁他女兒看不到就想說些花言巧語占便宜的小子，最好祈禱別被他抓到把柄……

不然他一定會親手捏「死」的。

心事重重的段清燕來偏宅送晚餐的時候，發現今晚的女孩有點特別。

「妳今晚好像很開心啊，小染？」

「有嗎？」洗完手的唐染回到餐桌前，眼角彎彎。

「嗯，發生什麼讓妳高興的事情了？」

「今天主宅那邊安排了一個新司機給我。」唐染說：「他一定是一位很有故事而且很溫柔的人，我覺得以後我們相處會很愉快的。」

「這樣啊。」段清燕心不在焉地點頭。

唐染原本已經準備用餐了，聽見段清燕的尾聲，她猶豫了一下，回頭：「但是妳聽起來好像不太高興。」

段清燕嘆氣：「有一件事，我正在糾結要不要跟妳說。」

唐染愣了一下：「是很重要的事情嗎？」

段清燕搖頭：「我也不知道。」

「那，等妳想說的時候再告訴我就好了。」唐染輕笑。

對著女孩漂亮的笑容沉默幾秒，段清燕主動坐到唐染側旁，壓低聲音：「小染妳要答應我，今天跟妳說的事情不能跟任何人說——不然我覺得我死定了！」

唐染一愣：「這麼嚴重嗎？」

「特別嚴重！」段清燕深吸了口氣，再也憋不住，「妳認識藍景謙嗎？」

唐染意外地說：「我聽說過他，他和駱湛是朋友。」

剛想說話的段清燕一愣：「啊？他和駱湛是朋友？他們看起來差十幾歲吧？」

唐染笑著回答：「我也是聽ｉｎｔ實驗室裡的人說的。駱湛和他在一場ＡＩ的國際交流會上一見如故，然後成了忘年交，私交很好的。」

「啊，難道是因為這個，他才打聽妳的……」段清燕陷入迷茫。

唐染回神，沒聽清地問：「因為什麼？」

段清燕回過神，咬了咬牙，說：「今天下午那個叫藍景謙的人突然來唐家主宅了，和老太太在茶室裡說了話。妳沒看見那個場面，他們聊起天來跟坐雲霄飛車似的，火藥味可重了！」

唐染聽完，茫然抬眼：「所以？」

「然後藍景謙突然問起妳來了！」

「問我？」唐染愣住，「為什麼要問我？」

「不知道啊，我沒來得及往下聽。」段清燕臉通紅，「我我我本來就被老太太嚇得不輕，沒防備地聽見妳的名字，驚得我手一抖，然後就被趕出來了。」

唐染哭笑不得。

段清燕沮喪著嘆氣：「可能是因為駱湛的關係他才打聽妳的？但又好像哪裡說不太通……」

唐染陪著段清燕思考了一下，放棄：「線索太少，我也想不通。」

段清燕回答：「我這段時間在主宅會好好豎著耳朵，想辦法搞清楚到底是什麼原因的！」

唐染輕笑：「好。」

「不過小染，妳自己知道就好了，千萬別說出去。」段清燕苦著臉說：「邱管家可恐怖了，他警告過我不准提起這件事。他要是知道我說出來了，一定會弄死我的——家裡老人都說他以前是亡命的混混呢！」

唐染笑彎了眼：「現在可是法治社會，不會有那樣的事情了。」

「他看人的眼神真的很恐怖……」

唐染說：「嗯，那我答應妳，一定什麼人都不說。」

段清燕點著頭站起身，剛放下心，又想起什麼，警覺地回頭：「不是人也不行。」

「啊？」唐染茫然仰臉。

「就，妳那個機器人……」段清燕心虛地飄了飄眼神，「也別跟他說。萬一、萬一被他記錄下來了，那我更加死定了。」

唐染說：「駱駱是個很聽話的機器人，不會做那種事的。」

段清燕心情複雜：「他……」

「好啦，我答應妳就是了，一定連駱駱也不說！」

「嗯嗯。」

當晚，例行的「機器人」時間。

駱湛從機械箱裡出來，進到為他留好門的偏宅內時，客廳裡不見人影。只有一點隱約的說話聲從臥室裡傳出來。

駱湛露出意外的表情——

這還是他第一次遇見唐染沒有坐在客廳裡等她的「駱駱」出現、而在跟別人講電話的情況。

駱湛心底泛起點難言的不安。

他微皺起眉，朝臥室的方向走了過去。

剛到門外，恰巧房門從裡面打開，笑容燦爛的女孩從門內走出來。

然後她敏銳地察覺到什麼，身影一停。

女孩的鼻尖往前湊了湊，鼻翼翕動著輕嗅了一下：「是……駱駱來了嗎？」

穿著白襯衫的「機器人」少年在兩秒前僵住身。

他垂下眼，看著剛好拉開門往外走、此時停在他胸膛前不遠處的女孩。

她小巧的鼻尖只差一兩公分就要貼到他襯衫的釦子上。溫熱微灼的呼吸隔著薄薄的襯衫，直撲在他胸膛前。

駱湛艱難地抬起視線，喉結輕滾了一下。

「……晚安，主人。」

機械聲音竭力保持住平穩。

「啊，差點撞上了。」

女孩退開半步，笑著仰起臉來。

駱湛被女孩明媚的笑晃了晃眼。

他情不自禁地跟著翹起唇角：「熱感應偵測裡房間內只有一個人，所以主人剛剛是在跟人通電話嗎？」

「嗯。」不等「機器人」順接語言模式裡的對話，看起來很開心的女孩主動說：「駱駱你知道嗎？我今天有新司機了，他特別厲害！」

白天裡，駱湛剛滿足了女孩的願望做了一次她的司機，此時聽見這句話，自然以為唐染是在說自己。

少年那張懶洋洋的清雋臉龐上，笑意明顯了些。

「有多厲害？」

唐染興高采烈地舉起手裡的手機。

「他今天晚上說，明天週末要帶我去郊外放風，我以為主宅那邊不會答應的——結果他竟然做到了！你說他是不是很厲害？」

第二十九章　CH3COOH

望著眼前女孩那張開心到洋溢著明媚的笑臉，駱湛突然意識到——

不同於以往，唐染每一次情緒上或小或大的變化都是為他而生；這還是第一次，他的女孩因為另一個完全和他無關的人而笑得這樣燦爛。

而他甚至不知道那個人是誰，長什麼模樣。

前所未有的危機感從駱湛的心頭升起來，然後像一片沒有邊際的烏雲一樣嚴嚴實實地籠罩上他的頭頂。

烏雲裡還隱隱透著點綠光。

深思以後，駱湛發現自己多慮了——

就目前情況來看，無論是作為女孩的「機器人」，還是作為那個十天半個月都沒辦法在女孩面前出現一次的駱家小少爺，他連被綠的資格也沒有。

唐染畢竟只是個十六七歲的孩子，這個年紀的女孩心思不穩是常事。她們之中不少人，昨天還在這個男生的牆頭上蹲著，明天可能就為另一個男生尖叫吶喊了。

這樣的相比之下，難保唐染一定是例外——而且那天「告白」以後，女孩好像沒提過這件事，已經忘了似的。

這麼一想，駱湛頓時覺得自己那天「當機」實在是「死」得有點早了。

唐染沉浸在明天能夠到郊外去散心放風的快樂裡。

直到耳邊安靜半晌，她才後知後覺地發現，由自己分享了快樂的「機器人」好像並沒有做出回應。

自從「機器人」駱駱上次「高溫當機」以後，唐染一直對這件事很有心理陰影，生怕哪天「機器人」駱駱再次當機，就再也沒辦法醒過來了。

「駱駱？」唐染不安地輕聲問。

駱小少爺還被籠罩在「根本沒有被綠資格」「女孩可能只是一時興起表了個白第二天就忘了」的現實打擊下，沒回過神。

唐染這下慌了。她抬起手摸索向前方，恰巧錯過了駱湛手臂，撲去空處。

「駱駱你沒事吧？」

手臂落空讓唐染產生了「身前沒人」的錯誤判斷，她慌忙往前邁了一步：「駱——嗚……」

女孩結結實實撞到某人硬挺挺的胸膛上。隔著白襯衫的胸肌撞得毫無防備的女孩鼻尖一酸。

只來得及嗚噎一聲，女孩捣住鼻尖退開半步，生理性地紅了眼眶。

駱湛被撞進懷裡的女孩的聲音叫回了神。低頭看到唐染泛紅的眼角，駱湛下意識地伸手出去。

只是在碰到唐染以前，駱湛的手被理智制止在半空。

他的指節慢慢攥緊，手臂壓回身側。

「主人，妳沒事嗎？」

「我、我沒事……」

女孩忍著痛，這次撞痛也長了記性，她先抬起手朝自己撞過的地方摸過去。

「駱駱你呢，你沒事吧？」

駱湛剛要開口，就親眼看著那隻不大的細白的手摸到自己胸膛前。

一句話噎在喉嚨裡，直接堵住。

唐染毫無所察，順著觸感極佳的白襯衫摸下去，找到「機器人」的手腕，摸上那裸露在外的皮膚確定了溫度，然後唐染才長鬆一口氣。

「還好，溫度沒有失控。」

駱湛強迫自己，咬牙退開一步，避過女孩的手。

「抱歉，主人，清理暫存發生指令回應延誤。」

突然空落的掌心讓唐染愣了一下。

一點莫名的失落還有別的情緒劃過她的心頭。但唐染很快調整過來，她點點頭：「嗯，沒關係，只要駱駱沒出問題就好。」

駱湛低頭，那雙黑漆漆的眸子裡掙扎著一點熠熠的情緒，在為什麼決定糾結不已。

空氣隨之安靜。

唐染朝旁邊走：「那我們——」

「主人，戀愛教學模式已修復完畢，是否啟用？」

愣在原地的女孩愣了五秒。被提醒起那點被她刻意暫時忽略的小心思，唐染白皙的臉皮一點點透出豔麗的粉。

「戀、戀愛教學模式能用了嗎？」

「是。」

駱小少爺的眼角垂下來，眼神表情一點點散漫下去。

他輕鬆心算了一遍上週六晚上告白到此刻的時間差，房間裡的機器人聲音響起來。

「總耗時八千七百二十四分三十六秒完成全模式的修復校驗，是否啟用？」

唐染踟躕好幾秒，還是上了勾，紅著臉小聲問：「啟用會不會再當機啊？」

駱湛輕狹起眼，望著紅到耳尖的女孩，露出一點倦懶又不正經的笑：「系統故障已清除，主人請放心使用。」

「那，」唐染很誠實地遵循了內心，「啟用吧。」

駱湛低眼，無聲輕哂。

機器人的聲音微微啞下來，摻上一絲極淡的笑。

「戀愛教學模式第一階段，請主人語音填寫測試問卷。」

女孩茫然地抬起頭：「測試，問卷？」

「是，主人。」

「那是什麼東西？」

「一份簡單的問題合集。系統進行甄選判斷後，會針對測試結果進行後續最優方案。」

「喔……」唐染聽得似懂非懂，但安靜又乖巧地點頭，「那你問吧。」

駱湛聽見這句話，相當於聽見一句「那你別做人了」。

被今晚的危機感刺激到而暴露出來的危險開關，被他慢慢按下去——

「第一個問題，主人是否是第一次對某位異性產生喜歡？」

唐染猶豫兩秒，小聲：「不是。」

駱湛輕瞇起眼，目光危險：「問題一轉入模式B，請主人詳述其他喜歡對象作為教學方案的參考案例。」

唐染想了想，輕聲開口。

「我以前在育幼院的時候喜歡過一個住在禁閉室裡的被綁架的小男孩。他很好看，也很冷淡，不喜歡說話，身上總是有傷……」

駱湛意外，愣住。

他當然聽得出唐染說的是小時候的自己，那些已經被模糊和侵蝕的記憶對他來說遙遠而陌生，再聽唐染提起，像是聽另一個人的故事。

儘管那裡面的小男孩就是他，但已經忘了的駱湛還是有點嫉妒那個什麼都記得的自己。

等唐染回憶完，表情有點小小的低落。

駱湛自覺理虧，跳題：「第二個問題，請主人對現任喜歡對象的喜歡程度做出認定。」
唐染呆了兩秒：「喜歡程度？」
「是。」駱湛垂下眼，無聲地一勾嘴角，「按程度分為四級。內容依據主人對喜歡對象的欲望等級劃分。」
唐染逐漸感覺問題進入一個讓她陌生的世界裡。
沉默很久，女孩坦誠得像是一隻主動把白嫩的頸子湊到垂涎的大野狼嘴巴前的軟兔子。
「什麼是欲望等級？」
駱小少爺放鬆身體，側倚到牆上。
望著完全茫然的女孩，他低下眼去，舌尖輕掃過上顎。
「從低到高，依次排序為，牽手、擁抱、接吻。」
駱湛說完第三個，眼前女孩的臉再次紅起來了。
看著女孩透紅的臉蛋，駱湛在這一晚對自己有多不是人的問題產生了更為深刻的認識。
「我、我也不知道……」唐染臉紅了好一陣子才慢慢降溫，「好像是、是擁抱？」
駱湛遺憾極了。
唐染又想起什麼，抬起頭誠實發問：「但是不是有四級程度嗎？為什麼只有三個欲望等級？」
駱湛一頓，輕瞇起眼。

幾秒後，他垂眸輕哂，笑得很不當人：「主人想知道第四個嗎？」
唐染猶豫了兩三秒，誠實點頭：「想。」
「第四個欲望等級是……」
機器人的聲音像是沒電了似的低下去，好奇的女孩本能地往前湊了湊。
然後聽見那個聲音在耳邊響起，帶一點錯覺似的戲謔笑意：「未成年人，不予開放。」
聽完答案，唐染茫然地停了一下後，仰起臉：「一定要等到成年才能開放嗎？」
「嗯。」
「為什麼？」
「因為……」駱湛無聲失笑，「少兒不宜。」
女孩抿了抿嘴，忍住不滿，低下頭小聲咕噥：「我還有兩年就成年了，才不是少兒。」
駱湛垂眸，壓住眼底笑意：「那也要等兩年後，主人。」
唐染糾結了一下，最後沒什麼辦法，只得點點頭：「好吧。等到那時候，駱駱要記得告訴我。」
大概是良心發現，唐染這話說得駱湛難得心虛，他的目光落到旁處，悶了兩秒才應聲：「……好。」
女孩的心思轉得快，很快就從不被解惑的糾結上轉移了。她仰臉朝著機器人：「駱駱，測試裡還有後面的問題嗎？」

「嗯。」

「那你繼續問吧。」

望著眼前的女孩，駱湛眼神緩和下來：「第三個問題是，妳最想和妳喜歡的人去什麼地方？」

「想去的地方……」唐染輕聲重複，「可是對我來說，去哪裡好像都一樣。」

駱湛皺起眉。

唐染沒有一直沉浸在低落裡，她很快重新揚起語調，眼角輕彎下來：「但如果以後眼睛能夠治好，那我想去挪威看極光。」

「挪威？」

「嗯！」

女孩忽視了機器人反常的重複，她沉浸在自己的嚮往裡，嘴角不自覺地翹起來。

「挪威的諾爾蘭郡裡有一個叫哈瑪諾的小村莊，以前我在育幼院的時候看過那裡的照片。他們的房子建在湖海邊的礁石上，用高高的支架撐起來，對面有嶙峋連綿的山。到了晚上，極光會把天空鋪滿，那些山的影子藏在夜空裡，就好像西方童話裡的巨龍和公主的故鄉……」

唐染說完，慢慢回過神，彎下眼角笑起來：「所以如果有機會，以後我想去那裡看極光，一定很美。」

沉默裡，駱湛情不自禁地抬起手。

他很想把女孩抱進懷裡，哪怕只是揉一揉她的頭頂，告訴她「用不了多久妳會看到」。

但作為「機器人」的時候，這些他都做不到。所以駱湛已經快要摸到女孩頭頂的手只能停下來，修長的指節克制地慢慢握緊，收了回來。

空氣裡，那個磁性的機械質地的聲音輕應一聲：「主人的所有願望，都會實現。」

唐染笑著說：「謝謝駱駱的祝福。」

駱湛沉默。

不是祝福，是她所有的願望，他會親手為她實現。

晚上十點，譚雲昶來唐家偏宅接「機器人」，進門後卻發現，往常這個時間應該已經回房間休息的女孩此時卻趴在客廳的方桌上，好像正在煩惱什麼。

譚雲昶好奇地敲了敲留空的門：「唐妹妹？」

方桌後的女孩後知後覺地回過神，坐直身：「是店長來了嗎？」

「對，我剛到。」譚雲昶一邊說著一邊走進來，「已經十點了，妳怎麼還沒回房間休息呢？」

「啊，十點了嗎？」

譚雲昶說：「妳想什麼事情這麼入迷，連時間都忘了？」

唐染不好意思地低了低聲音：「駱駱說他的戀愛教學模式已經修復了，我今晚聽他上課，剛剛才結束。」

譚雲昶震住，幾秒後才艱難找回聲音：「他，說自己修復完了？」

「嗯。」

「然後他就……真的教妳怎麼追駱湛了？」

女孩的臉微微紅，但還是坦誠地點了點頭。

譚雲昶的沉默讓唐染有點不安，她輕聲問：「店長，怎麼了嗎？」

「沒、沒怎麼。」譚雲昶從不遠處的機械箱上緩緩收回目光，「只是從今天起，我對某人的下限之低又有了新的認識。」

唐染沒聽清譚雲昶的嘀咕，茫然地想要追問，卻被譚雲昶先截住話頭。

「既然你們上了一晚的課，那他……機器人都教妳什麼了？」

唐染想了想，說：「沒有一晚都上課，剛開始駱駱讓我做一份語音測試問卷。」

女孩頓了一下，輕皺一下臉，小聲咕噥：「那個問卷特別長，問題很多。」

譚雲昶說：「嘖嘖，真騷。」

「……啊？」唐染茫然抬頭。

譚雲昶立刻改口：「咳，沒事，我說真、真好，果然是個認真負責的好居家機器人。」

唐染慢慢點頭：「喔。」

「除了問卷呢？」譚雲昶沒有忍住自己的好奇心，又壓低聲音問，「他教妳怎麼追……駱湛了嗎？」

提起這個，女孩的鼻尖皺起來：「機器人駱駱說，感情升溫是需要約會的。所以我如果想要追駱湛，就要創造和他待在一起的機會。」

譚雲昶嘴角抽了抽：「怎麼創造？」

唐染非常贊同且嚴肅地繃著小臉轉過來：「我也是這麼問的。」

「那他怎麼說？」

唐染苦惱地皺了一下眉：「駱駱說，我應該主動邀請對方出來。而且最好選在雙方都有時間的時候，比如週末。」

譚雲昶懂了，決定幫他們祖宗明示一下：「明天好像就是週六？」

女孩的突然沉默，讓譚雲昶覺得事情並不簡單：「唐妹妹妳明天，有別的事情？」

「嗯。」唐染點頭，「明天我和家裡新來的司機叔叔說好了，要一起去郊外的。」

譚雲昶終於知道，戀愛教學模式為何突然修復、某人下限為何突然直降的未解之謎，現在終於破案了。

「而且……」

譚雲昶正「心痛」地望向不遠處的機械箱，聽見女孩的聲音再次響起。

他轉回頭：「嗯？而且什麼啊，唐妹妹？」

唐染猶豫著說：「駱湛應該很忙的吧？」

譚雲昶回答：「最近還好，沒有什麼課題或者論文的最後期限催著，實驗室裡也算輕鬆啊。」

唐染說：「可是他今天下午來接我去上課，快到晚上的時候實驗室裡有急事，就先離開了。」

譚雲昶心情複雜地抹了抹臉。

是有急事，趕著來做「機器人」的兼職，能不急嗎？

考慮幾秒，譚雲昶還是決定替他們祖宗爭取一下：「唐妹妹，我熟悉駱湛的行程。他明天沒什麼事情，要不然妳去郊外時，乾脆叫他一起過去？」

唐染下意識想點頭，只是思考以後又停住。

站在原地想了幾秒，女孩搖了搖頭，認真地說：「那樣不好。」

「啊？為什麼不好？」

「因為三個人一起出去的話，一定有一個人會覺得很孤單的。」

譚雲昶一愣。

唐染輕聲道：「比起和其他人在一起卻被孤立，一個人待著要更好點的。我知道那種感覺一點都不好，所以不希望司機叔叔或者駱湛裡有一個人感覺到。」

譚雲昶又愣了一下才回過神，有點被觸動。

他伸出手，想給這個受過很多惡意和傷害卻依然能保持共情和善良的女孩摸摸頭。但考慮到身後不遠處已經自動裝箱的那個醋王，譚雲昶還是作罷。

「妳說得對。」他贊同地說：「那我幫妳在週日約駱湛吧。」

唐染的表情亮起來，想點頭答應，但又猶豫住：「駱湛週日會有時間嗎？」

「會的。」譚雲昶開著玩笑說：「只要妳約他，就算是猴年馬月，他也都能抽出時間平山填海地來找妳。」

女孩臉紅了紅，用力點頭：「謝謝店長。」

「謝我做什麼……」

譚雲昶回頭，望著機械箱，他促狹地提高音量。

「要謝就謝妳那個認真負責、親自做戀愛教學的機器人好了。」

週六清晨早上，K大，int實驗室。

門一推開，實驗室裡幾個剛吃完早餐的男生不知道在什麼問題上聊得火熱，吆五喝六地走進來。

只是剛進實驗室幾步，他們的聲音不自覺地小了下去。

三四秒後，幾人不約而同地面面相覷，把聲音壓到最低：「什麼情況，實驗室裡這麼安靜？」

「不知道啊……」

「剛剛在外面聽見裡面這麼安靜，我還以為沒人在，結果不是大家都在呢？」

「就是，欸——高學長。」走在最前的一把勾住旁邊格子位上埋頭在電腦桌前跑演算法的男生，嬉笑著壓下去問，「今天是什麼情況啊？怎麼實驗室裡這麼安靜？」

被勾了一下的那個男生回過頭，無奈地說：「你們幾個今天安分點吧。」

「怎麼了？」

「今天早上，我們實驗室的劉學長四點多來的，發現湛哥在這裡。」

「啊？湛哥今天來那麼早啊？」

「不是來得早。」被勾著肩的男生壓低聲音，「昨晚回來以後根本沒走，在實驗室裡熬夜一整個晚上沒睡——今天早上快六點才去裡屋沙發上躺下。」

「哇。」這人驚訝地直起身，聲音壓到最低，「這是誰惹到他了？我記得湛哥只有情緒不好的時候才會這麼折騰……而且印象裡他再不爽，也沒熬過夜啊。」

「所以啊。」電腦桌前這個男生起身，轉過來做手勢，「今天湛哥氣壓低得恐怖，大概又是他家老爺子鬧出來的？反正你們今天小心一些，別再招惹到他了。」

「明白明白。」

大半上午，實驗室裡安靜無聲。

int的群組裡倒是訊息不停，大家紛紛在猜，到底是哪路神仙敢這麼狠地得罪駱湛，也不知道罪魁禍首是否還健在。

直到起晚了的譚雲昶在群組裡冒頭：『嘿嘿，你們就別猜了——沒什麼罪魁禍首。就算有，你們湛哥也捨不得把人家怎麼的。』

一看明顯是知道內情的，名為『int團隊技術交流群』的討論組裡立刻氣氛火熱起來。

譚雲昶裝模作樣地端起架子：『這個討論群組不是int團隊的鼻祖成員建的嗎？駱湛至少得是管理員吧，讓他聽見踢我出去怎麼辦？』

有人立刻回：『湛哥是群主，不過沒事，他從來懶得用這種社交軟體的，肯定看不到。』

譚雲昶說：『真的？』

『是啊，譚學長，你就別賣關子了，趕緊說說吧——湛哥今天這到底是因為什麼啊？』

『還能是因為什麼。』譚雲昶倚在椅子裡，舒舒服服又得意地往螢幕上敲字，『你們湛哥的小女孩今天跟別人跑了，他這是吃醋呢。』

譚雲昶這段話一傳上去，群組裡頓時死寂。

幾秒後才陸續有人回覆。

『說今早太陽是打西邊起來的我都能去看兩眼，但湛哥吃醋？這種事怎麼可能發生。』

『湛哥什麼時候有女朋友了？不可能不可能，我們見都沒見過。』

『湛哥要是哪天真的有女朋友了，女朋友還能捨得跟別人跑？譚學長你這個謊話編的也太沒邏輯了。』

譚雲昶敲鍵盤：『喂，你們這些人，是你們要我說的，我說了你們又不信？不信你們自己去問駱湛。昨天他是不是明示暗示跟女生約會不成，慘遭拋棄，你們問他有沒有這麼一回事！』

譚雲昶這邊剛傳完，實驗室裡間的門鎖「喀噠」一聲。

門開了，沒睡醒的年輕人揉著僵硬的後頸，垂著眼走出來，一張清雋俊美的禍害臉倦懶散漫，冷淡得不見情緒。

他走到自己的電腦桌前，拉開轉椅坐進去，仰進座裡。

實驗室死寂幾秒。

眾人正交換眼神的時候，突然聽見大家手機不約而同地「叮咚」一聲。

——顯然是群組訊息。

實驗室裡，眾人紛紛疑惑地交流目光——不知道是哪個團隊成員這麼「悍不畏死」，駱湛已經從裡間出來了，竟然還敢在群裡八卦他的事情。但疑惑歸疑惑，他們還是好奇地點了進去。

然後就見一個非常陌生的、好像沒出現過的黑色頭像，在群裡譚雲昶的那句「你們問他有沒有這麼一回事」後，傳了一個字：『有。』

那個十分陌生的黑色頭像旁邊，正蓋著一個「群主」字樣的印記。

譚雲昶是實驗室成員裡最早反應過來的，看見駱湛的回覆後他樂了，不怕死地在群組裡快速打字。

『喲，祖宗這麼早就醒了？太酸了睡不著是吧？你瞧瞧我們群組裡這些沒暗戀過女生的——他們都不知道你現在有多麼醋，你也幫他們上上課？』

黑色頭像：『嗯。』

不等群裡的人反應，群裡亮起兩則新的管理訊息。

『成員「譚雲昶」被群主禁言兩天』。

『「.int團隊技術交流群」已被群主更名為「CH3COOH」』。

下一秒，死寂的實驗室裡，駱湛把手機扔回桌上，懶洋洋冷冰冰地薄笑了一聲。

『就這麼醋。』

第三十章　老父親的警鈴

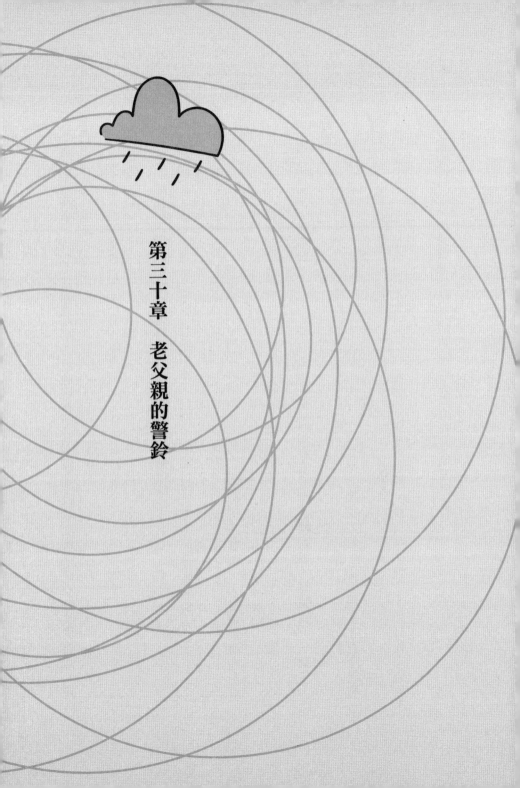

M市市郊有一片私人休閒莊園，占地廣袤，園內規劃設計出風格百變的風景園區，景色宜人。

莊園內實施的是會員準入制，年費不菲，且對會員身分要求的門檻極高。這使得莊園內很少見得到客人，隱私性很強。

藍景謙在週六帶唐染出來放風，實際的目的地就是這裡。

唐染目不能視，進園前又一直是搭車，自然不知道自己來了什麼模樣的地方。她只知道車停以後，四周十分安靜。

藍景謙揮退了要上前幫他泊車的莊園內服務人員，示意對方噤聲後，才從駕駛座裡下來。走到這輛黑色半敞篷轎車的副駕駛座，藍景謙拉開車門，幫車內的女孩解開安全帶。

「小染，我們到了。妳可以下車了。」

唐染坐在車內猶豫了一下，沒有急著動，而是不安地轉了轉腦袋，輕聲問：「叔叔，這裡是什麼地方？」

藍景謙看出女孩的防備，無奈地笑起來：「我如果真要拐走妳，那妳現在才有所警覺，是不是有點晚了？」

唐染憋了憋，低著腦袋悶聲說：「我很想出來，不想一直待在家裡……而且我知道你不是壞人。」

說著話，女孩握著導盲杖，從副駕駛座裡慢吞吞地挪出來。

藍景謙虛扶著女孩，護著她走在大理石板鋪出來的路上。

臨近晌午的陽光從小路旁樹木的葉子間灑下來。陰翳，碎光，全都湖水一樣，隨著涼秋的風在石板路上粼粼地蕩著。

藍景謙溫聲地陪女孩聊：「妳怎麼知道我不是壞人，壞人可不會告訴妳他是。」

唐染握著導盲杖，走得小心，聞言抽出一點心思，歪著頭想了想：「坐在一起說話，時間久了，聽聲音總能夠聽出來的。」

「人是會說謊的，聲音也會騙人，那要怎麼辨？」藍景謙含笑，垂眼問。

唐染苦惱地皺起眉。

藍景謙望著比自己矮了很多的女孩，眼底情緒更柔和下去。

他抬起手，輕輕地摸了摸女孩的頭頂：「不為難妳了。」

唐染被摸得腳步一停。

藍景謙跟著慢下來：「怎麼了？」

唐染回神，不好意思地摸了摸自己的瀏海：「叔叔好像也很喜歡摸頭。」

藍景謙停在原地，過了兩三秒慢慢瞇了一下眼：「也？」

唐染沒察覺這個字裡隱含的微妙的情緒變化，因為想到某個人而微紅起臉來：「我認識一個人，他把我當成小孩，也很喜歡這樣摸我的頭。」

藍景謙忍下心頭強烈的情緒，盡量讓聲音聽起來緩和、自然、隨意：「妳說的那個人，是妳昨天提過的那個……許願池嗎？」

唐染一愣，過了兩秒才仰了仰頭：「啊，我昨天跟你提過喔。」

女孩的臉紅通通的，笑起一個淺淺的小酒窩：「我都忘了。」

很好。已經到了無意識都會提起的程度了。

藍景謙眼裡颳起涼颼颼的小風暴。

「那小染的那個朋友叫什麼名字，他經常去唐家找妳玩嗎？」

「不常，他很忙的。」女孩認真地說：「但是他對我很好，除了在偏宅裡幫我裝了很多裝置外，還定位。他說我每次出門前可以把定位打開，這樣他就能知道我在什麼地方了。」

藍景謙一頓：「除了定位，是不是還有能向他求救的功能？」

唐染意外：「叔叔怎麼知道？」

藍景謙沒說話——

他現在真是越來越好奇，這到底是控制領域的哪位高材生，把學校科系裡學到的知識技能全用在對一個女孩動著的歪心思上了。

藍景謙越想眼神越危險，最後好不容易才壓下去。

他低頭看向唐染，順著女孩的話說：「那聽起來，他確實是一位很厲害的人。」

「對吧？」女孩高興得眼睛都彎下來，像自己被誇了似的，驕傲地仰了仰臉。

藍景謙輕瞇起眼，聲音仍是溫和的：「小染好像很喜歡他？」

唐染愣住，過了兩秒，她轉回去，聲音低下來：「那麼明顯嗎？」

藍景謙好氣又無奈：「妳提起他的時候，總是笑得像要開花了一樣。」

女孩仍舊沉默，讓藍景謙心底浮起點不好的感覺，他皺了皺眉：「難道，他不喜歡妳話到尾音，已經隱隱能聽出點怒意來——藍景謙怎麼看他家女孩都是可愛乖巧又聽話懂事，笑起來那麼漂亮，難過起來又那麼招人疼……這個世界上怎麼會有混小子敢不喜歡他家女孩？

唐染沉默了一陣子後，才有點沮喪地輕聲開口：「他好像是把我當成女兒。」

藍景謙愣住了。

唐染沒察覺藍景謙的震驚情緒，仍低著頭說：「可能因為我年紀小，個子也很矮。」提起這個，女孩臉苦得都快皺到一起去了：「他一定有一百八十多公分高，我才只有一百五十九公分而已。站在他旁邊，看起來一定像個小孩子。」

藍景謙不忍心看女孩委屈的模樣，出聲安慰：「沒關係，我們小染才十六七歲，以後還會長的。」

唐染輕輕地嘆一聲氣，表情嚴肅而沉重：「而且喜歡他的人特別特別特別多。」

藍景謙差點被女孩逗笑了，問：「妳怎麼知道？」

「他的朋友告訴我的。」唐染說：「他長得很好看，又特別優秀特別聰明，他們學校有很多女生喜歡他，更別說外面了……」

「那他有女朋友了嗎？」

「好像，沒有。」

「真像妳說的那樣優秀，又沒有女朋友……」

藍景謙說著，腦海裡不禁浮現一個少年懶洋洋插著褲子口袋、似笑非笑地站著的身影。

藍景謙愣了一下，隨即搖頭失笑：「挺稀奇的物種啊。」

唐染再次陷入沉默。

藍景謙等了一下，低頭看女孩：「怎麼又不說話了？」

糾結好久的女孩仰起頭，表情嚴肅又認真：「叔叔，我告訴你一個祕密，然後問你幾個問題，好嗎？」

「祕密？」

「嗯，你要答應我，不能告訴別人的。」

「……好。」藍景謙蹲下身來，「我一定不告訴任何人。」

唐染鬆了一口氣，但小臉仍繃著：「那個祕密是，雖然很難實現，但我想要追他。」

藍景謙表情微滯。

過了幾秒，心底警鈴狂響的老父親，才從那種複雜而危險的情緒邊緣脫離出來，忍著聲音問：「那，問題是什麼？」

唐染表情糾結：「我不知道該怎麼做。我認識的男生只有他和他的朋友們，所以沒辦法問他的朋友，昨天雖然有上一節戀愛教學課，但還是不太懂，約會應該選擇什麼樣的地方……」

「等一下。」藍景謙在腦海裡回溯一遍女孩的話聲，然後才確定下來自己聽的某個詞不是錯覺，「什麼戀愛教學課？誰幫妳上的？」

唐染誠實地回答了：「我的機器人。」

「機器……人？」

「嗯，一款居家服務型的智能人形仿生機器人。」提起機器人，女孩同樣露出笑容，「是我今年生日的時候收到的禮物。」

「能進行智能的對話交流？」

唐染點頭：「聽說它有十幾萬則語言模式，還有人造皮膚和像人一樣的心跳、體溫，非常厲害的。」

藍景謙微皺起眉。

雖說這些分類功能確實是目前技術水準已經能夠實現的功能，但是將這些功能匯聚一體，並且完全投入商業出售和居家使用環節，理論上還是會存在很多問題的。

這點懷疑被藍景謙暫時按下未表，他看向唐染：「那麼，那個機器人是怎麼教妳的？」

唐染苦惱地說：「它說，培養感情很重要的一步是約會。叔叔，你說它說得對嗎？」

生平只正經談過一次戀愛、多年來在感情方面無欲無求的藍景謙聞言，陷入沉默。

沉默幾秒，藍景謙不確定地說：「應該，對吧。」

唐染聽出話裡的遲疑，猶豫地問：「叔叔你追過女孩嗎？」

藍景謙不知道該怎麼回答。

他沒有，他只被那個應該讓眼前的女孩喊媽媽的女人非常強勢地追求過。

唐染等過沉默，又問：「那叔叔你談過幾次戀愛呢？」

藍景謙回答：「一次。」

唐染訝異了：「啊。」

那個表情不知道是感慨還是意外還是同情。

唐染這次盡可能斟酌好了才問：「那叔叔，你應該有去過學校或者工作以外的其他地方，約會的經歷吧？」

藍景謙又沉默了。

他在這方面天生沒什麼浪漫細胞可言，在學校裡也是一副一心只讀聖賢書的清冷作風。戀愛期間，除了圖書館、自習室、學校的操場和學生餐廳以外，好像只剩下……旅館了。

空氣沉默得令人尷尬。

在業界以從容冷靜、應變如神聞名的AUTO科技創始人，此刻僵在十一月底的秋風裡，望著對面好奇等著的女孩，卻一個字都說不出口。

這安靜維持數十秒，唐染慢慢懂了什麼。

她猶豫了一下，輕聲安慰：「沒關係的，叔叔，等我有約會經驗了，我教你。」

「哈哈哈錢少，你是昨晚那二兩馬尿還沒醒吧？駱家小少爺什麼人啊，你連他的瞎話都敢這麼編排啊？」

「你才馬尿上頭！我說的都是實話，誰騙你誰是孫子！」

錢申豪揉著太陽穴，勾著身旁狐朋狗友的肩膀，從這片私人休閒莊園的包廂區走出來。

他旁邊那人直樂：「錢少，別怪兄弟不給你面子，你但凡別編得這麼離譜，兄弟都假裝信了，可你聽聽你說的——駱小少爺跟你說一個不知道打哪來的女孩是他主人，這什麼跟什麼啊？」

「他親口說的，就在我面前！」

「哈哈哈得了吧，在這片地界上隨手拎出一個人來，有哪個不知道那位小少爺多難伺候的？別說他跟誰曖昧了，那麼多漂亮女人趕著想往他身上撲，那位小少爺正眼看過哪一個啊？難不成去你那裡一次，就讓他遇見天仙了？」

「……不信拉倒！」

錢申豪宿醉還昏沉，氣呼呼地把人推開，擰著氣往前走。

「欸，別生氣啊，錢少。」那人笑著走上去，把錢申豪扶住了，「那你說說，那小天仙長什麼樣，能把駱家小少爺都迷得神魂顛倒了？」

錢申豪咂咂嘴：「模樣，我還真的沒看見。不過吧……」

「不過什麼？」

「她的聲音我聽見了，那小動靜小氣音，真是怪好聽的。可惜只說了兩個字，就被駱湛藏寶貝似的揣起來藏進屋裡去了。」

「喔？哪兩個字？」

「唉，可別提了，那兩個字真是喊得我差點做噩夢，到現在不知道是不是自己聽錯──」

「駱駱！」

隔著一層灌木花叢和矮樹林，隔壁的石板路上突然傳來女孩帶笑的聲音，似乎在回答什麼人的問題。

「它叫駱駱，是我見過的最聰明的ＡＩ機器人了。」

灌木花叢的這一側，錢申豪突然哆嗦了一下，猛地轉過頭：「我靠說什麼來什麼，這是見鬼了嗎？」

旁邊的人茫然：「錢少，怎麼了？」

「噓，你先別說話。」

「喔。」

這人只能閉上嘴，然後他就見錢中豪躡手躡腳地走到草地上，扒著那灌木花叢的縫隙，朝另一側的石板路張望。

「落落？」藍景謙聽得微愣，只覺得這個名字發音莫名的耳熟。

「嗯，是我取的名字。」他面前的女孩笑得盎然，「好聽嗎？」

望著女孩漂亮的笑臉，藍景謙懶得分神去想那些感覺，他垂眼，溫柔地笑：「嗯，好聽。」

他虛扶著女孩，沿著石板路慢慢往前走：「妳可以再跟我說一些，妳和妳那個機器人的故事。或者，妳喜歡的那個男孩子也行。」

「好啊……」

等聲音遠去，錢中豪一副懷疑人生的表情慢慢直起身。

他看向不知道何時湊到自己旁邊的朋友：「你看著剛剛那個男人，是不是長得有點眼熟？」

朋友從震驚的表情裡脫離：「確實眼熟——最近財經版面天天見，能不熟嗎？」

錢中豪說：「所以他真的是藍景謙，我沒看錯吧？」

「應該沒有吧？隔著這個灌木叢，我也不好說啊。不過要是真的是他，那我們可撞到一件大新聞啊。這裡多少狗仔追著扒，都只扒得出這位剛回國的藍總潔身自好得像一個和尚，聽說在國外時候也是清心寡欲不沾女色的，結果竟然和這麼年輕的女孩出來玩……喂喂，錢少你幹什麼啊？」

「不行，我得先去打個電話。」

「啊？打電話？打給誰？」

「駱家那位小少爺。」

「你打電話給他幹什麼？」

「我問問，他是不是被人綠了……」

駱湛一上午都泡在實驗室裡做一個演算法最佳化問題，手機調了靜音扔在角落裡。

等臨近中午，他才看到錢申豪的好幾則未接來電。

駱湛睏得厲害，仰躺進沙發裡，撥了回去。

對面很快接起：『駱少？』

「你上午找我了？」駱湛聲音倦懶，闔著眼問。

錢申豪說：『啊，是。昨天喝了一點酒，今早腦子不大清醒，可能產生幻覺了……現在沒事了，應該、應該沒事了。』

駱湛眼皮動了動，語氣冷淡：「你是找我賣關子？」

『不，我哪敢啊，我是真覺得自己早上腦子不清醒，肯定是聽錯了，看錯了。』

「錯什麼了？」

『就是……』錢申豪咬咬牙，『上次你不是帶了一位小小姐去我那裡了嗎？我今天早上聽見一個女孩的聲音，跟您那位真的有點像。』

安靜一下，駱湛輕嗤：「就一個聲音像的，沒了？」

錢申豪猶豫幾秒：『還有一點。』

駱湛氣笑了：「說啊。」

錢申豪支支吾吾地開口：『關鍵是那女孩旁邊站著個男人，長得特別像……像……』

「像什麼？」

『像藍景謙，AUTO科技的創始人，前不久剛回國的那個。』

沙發上，無精打采地闔著眼倚在沙發裡的人慢慢睜開眼。

駱湛微皺起眉：「你確定？」

錢申豪心虛地接話：『不確定，只是側臉像他。』

駱湛氣得笑罵：「滾吧。這種沒頭沒尾的電話再有下次，我就把你封鎖了。」

『是是是，我下次一定不敢了。』

掛斷電話後，駱湛重新仰回沙發裡。

幾十秒後，他驀地睜開眼。拿過被自己扔到一旁的手機，駱湛撥出藍景謙的電話去。

等待聲音響了二三十秒，對面才接起來，聽起來情緒不錯：『正中午呢，小少爺怎麼想起打電話給我了？』

駱湛沉默兩秒，神色懶散下去：「只是突然想起來了，你之前走那麼急，事情處理完了？」

『……算是吧。』

藍景謙回眸，看了坐在遠處露天餐桌後的女孩一眼。

他的眼神柔和下來。

「看來，沒什麼需要我幫忙的了？」駱湛問。

藍景謙剛要點頭，又想到什麼了，輕瞇起眼：『也未必。過幾天可能有個渾小子要收拾，說不定要你幫忙一下呢。』

駱湛懶洋洋地笑起來：「都能把你這樣脾氣的人得罪了，看來這個人確實渾得厲害。」

兩人又聊了幾句。掛電話前，駱湛似是無意問：「你最近沒遇見什麼曖昧對象嗎？」

藍景謙有些自嘲地笑起來：『要做爸爸的人了，還曖昧什麼。』

『下禮拜吧。』藍景謙往回走，『下週找個時間，跟你仔細說說。』

駱湛收回意外情緒，點頭：「好。」

『那就下週見。』

「嗯。」

藍景謙這邊走回到餐桌旁，在女孩對面坐下。

他笑著問：「好吃嗎？」

開胃菜吃得嘴角蹭了點橙紅色蝦汁的女孩點頭，眼角彎著：「叔叔是去接電話了嗎？」

「嗯。」藍景謙隨口說：「是叔叔的一位朋友，很優秀的人。以後有機會，叔叔介紹給妳認識。」

唐染說：「好。」

藍景謙笑問：「這麼果斷，不怕是壞人啊？」

女孩眼角彎彎地笑：「既然是叔叔的朋友，一定也是個很溫柔的叔叔。」

藍景謙想了想，失笑說道：「他跟溫柔兩個字天生不掛鉤——至少我沒辦法想像。」

唐染愣了一下，猶豫地放低聲音：「那個叔叔很凶嗎？」

藍景謙故意逗女孩：「後悔答應要認識了？」

「沒……」

藍景謙安撫：「放心吧，有叔叔在。等以後見面，我讓他對妳說話不那麼凶。」

女孩的眼角重新彎下來：「好。」

臨近傍晚，藍景謙才把唐染送回偏宅。

女孩看起來意猶未盡。不過還是第一時間很有禮貌地朝藍景謙表達了自己的開心和感謝。

藍景謙心情複雜，但再多情緒當著女孩的面也要壓下去，他只能溫聲地笑：「今天很高興的話，以後叔叔經常帶妳出去，好不好？」

唐染想都沒想就要答應，只是點頭前又停住了。

停了幾秒，女孩遲疑又認真地開口：「主宅那邊會不高興的，這樣對叔叔不好。」

「不會。」藍景謙忍了忍，還是忍不住抬手輕輕撫摸女孩的頭頂，他的聲音放到最輕，眼眶微微泛起溼潤，「以後都不會了。」

「啊？」女孩茫然抬頭，「叔叔你最後一句說什麼，我沒聽清楚。」

「……沒什麼。」

藍景謙克制地收回手，站直身：「明天我們小染有什麼安排嗎？」

提起這個，女孩臉一熱。

憋了幾秒，她紅著臉小聲說：「叔叔，明天我就要約那個男孩出來約會啦。」

藍景謙一頓，笑容僵在男人的臉上。

玄關安靜十幾秒，藍景謙才找回自己的聲音：「明天，就——？」

「是他的朋友說他在週末會比較空閒些。」女孩臉蛋紅通通的，語氣卻認真的像在做什麼學術報告，「今天跟叔叔出去的時候，我有努力適應在陌生環境裡讓自己不那麼害怕——明天出去的表現，一定會比以前好的。」

被女孩當做了實驗品，還是實驗怎麼和一個很可能對女孩心懷不軌的渾小子更好地相處……

老父親的心都要碎了。

唐染毫無所察，她等了一下，沒聽見「司機叔叔」的回答，她主動開口：「叔叔，我去把大衣外套放回房間，你先坐吧。」

「好。」藍景謙強定心神，「需要幫忙嗎？」

「不用的，謝謝叔叔。」

唐染說完，轉身朝臥室的方向走去。

回房間後，她剛換好居家服，放在大衣外套的手機就響起來。

『喂，來電話了。』藏在大衣櫃裡的ＡＩ助手聲音懶散又冷淡。

想起聲音的主人，唐染呆了兩秒，忍不住翹起嘴角：「駱駱，是誰的電話？」

『來自通訊錄，備註「店長」。』

「嗯，接通。」

唐染把手機從大衣口袋裡摸索著拿出來，放到耳邊。

對面響起譚雲昶壓得低低的聲音：『對不起啊，小染，今晚我們可能沒辦法送機器人過去了。』

「啊。」唐染愣了兩秒，有點擔心地問，「是駱駱出什麼事情了嗎？」

譚雲昶一時沒反應過來這個「駱駱」是哪個「駱駱」。

他扒著實驗室裡間的門縫看了兩秒，確定沙發上躺著的那一團陰影沒什麼動靜後，譚雲昶才落回腳：「那什麼，他身體不太舒服。」

唐染茫然：「駱駱……身體不舒服？是又出問題了嗎？」

譚雲昶反應過來：『咳，不是，不是機器人，是——喔，是林千華。我們實驗室只有他有貨車駕駛執照，其他人沒辦法開車，所以今晚就沒辦法送機器人過去了。』

唐染恍然：「這樣啊。那他還好嗎？」

「沒死。」

譚雲昶嫌棄地哼了一聲，從裡間門口走出來，一邊走一邊搖頭嘟囔。

『真當自己是什麼金剛不壞呢。昨晚通宵一夜沒睡，今早瞇了不到兩個小時又起來了，還折騰了一天的演算法最佳化。我看他現在不算睡覺，得算是昏迷。』

唐染聽得呆了好幾秒：「林千華……」

說到一半覺得不禮貌，她連忙補上：「林千華哥哥他，這麼用功嗎？」

譚雲昶心虛地看了自己剛路過的電腦桌一眼——坐在後面的林千華隱約聽見自己的名字，正茫然地抬頭看他。

『咳，還行吧，他也不是每天都這麼拚命。』譚雲昶腳下一轉，『他只是最近感情上比較坎坷，一邊哄女孩開心一邊忙實驗室，分身乏術；再加上這兩天剛好因為那女孩又猛喝了一缸醋……』

唐染聽得心生同情：「那還是讓他好好休息吧。這兩天不送駱駱過來也沒關係的。」

譚雲昶說：『嗯，我會轉達的。唐染妹妹妳也早點休息吧，明早駱湛會去接妳的。』

「好，店長再見。」

唐染掛斷電話，走出房間。

進客廳裡時，她聽見自己的新司機疑惑地問：「小染，妳房間裡有其他人嗎？」

「嗯？沒有啊。」

「我剛剛好像聽見了另一個聲音？」

唐染想了兩秒：「啊，應該是我的智能語音助手。」

藍景謙一頓，點頭：「這樣嗎？」

那會覺得那個隱約的聲音有點熟悉……應該只是他的錯覺吧。

「對了，叔叔。」唐染遺憾地說：「今天沒辦法跟你介紹我的機器人了——送它來的人今晚有事，不能過來了。」

藍景謙目光微動。

須臾後，他垂眸，溫和地笑：「沒關係，那就改天。像妳說的那樣智能化程度的機器人我還是第一次聽說，一定，不會錯過的。」

唐染茫然地朝黑暗裡仰了仰臉。

一直溫溫和和的司機叔叔在說剛剛這句話的時候，好像突然變得有點凌厲起來了。

藍景謙很快藏住眼底微冷的鋒芒，轉而笑著彎腰，摸了摸女孩的頭頂。

「那妳休息吧，小染。叔叔不打擾妳了。」

「叔叔再見。」

「嗯，再見。」

藍景謙戀戀不捨地垂下手，轉身離開了偏宅。

駱湛這一覺睡得確實更像昏迷。

醒來的時候只看得見整個房間混混沌沌的，不見光線。他揉了揉發疲的肩頸，慢慢起身，筆直褲線裹著的長腿踩到地面。

彎著腰揉了太陽穴兩秒，黑暗裡青年的眼皮突然跳了一下。

他的手腕落到眼前，手錶自動感應，在黑暗裡亮起來。錶盤上的時間顯示是晚上八點四十二分。

「……嘖。」一聲煩躁微惱的低聲後，沙發上的青年驀地起身，他隨手拎起沙發靠背上搭著的大衣外套，邁著長腿大步往外走。

裡間到外間的房門被猛地拉開。

還在外面的幾個人嚇了一跳，紛紛停下手裡的事情抬頭看過來。

「……湛哥？」

駱湛皺著眉，眼底壓抑著陰沉的煩躁：「林千華和譚雲昶呢？」

「他們剛剛出去——」

「欸，祖宗，你醒了啊？」實驗室的外門恰巧在此刻打開，林千華和譚雲昶拎著兩包東西走進來。

駱湛皺眉走過去：「下樓再說。」

「欸欸欸，下什麼樓啊！」譚雲昶連忙一把把從自己身旁就要過去的駱湛攔住，「我跟唐妹妹那邊說了，今晚千華身體不舒服，我們不過去了。」

駱湛身影一止，幾秒後回過眸，擰眉。

不等他開口，譚雲昶攔人的手抬起來，拍了拍駱湛的肩。嘆了口氣：「祖宗，我就是還要命的債，也沒有你這個不要命的還法的啊。」

駱湛說：「我怎麼了。」

「您自己瞧瞧，眼瞼下那片淡青色，還問我怎麼呢？」譚雲昶無奈，「雖然說長得帥，黑眼圈也跟化了妝似的頹廢美。但命總歸還是要惜的吧？」

林千華在一旁拚命點頭。

駱湛插著褲子口袋站了兩秒，無奈地掀了掀眼皮：「已經跟她說不去了？」

「說了。電話都打完幾個小時了，木已成舟。」譚雲昶一攤手。

駱湛低下頭，不爽地輕嘖一聲。他轉身走到外間的沙發旁，把自己扔了進去，闔上眼。

譚雲昶和林千華無奈地對視了一眼。

譚雲昶主動走過去，拉過一張椅子。橫跨上去，他墊著椅背勸：「祖宗，你覺不覺得，自己最近這段時間有點……太拚命了？」

沙發上的青年懶闔著眼，一言不發。

譚雲昶也不介意，繼續說：「以前偶爾忙起哪個課題，確實見過你全力以赴。但也沒哪一次像你最近這樣，快到廢寢忘食，命都不要的地步了。」

駱湛仍不說話。

譚雲昶無奈地拍了拍椅背，嘆氣：「人家唐染妹妹挺好的一個女孩，怎麼到你這裡，跟對你下了蠱似的？」

「……滾蛋。」

駱湛終於有了反應。

他掀開眼皮，情緒帶著明顯睡眠不足的困倦煩躁：「我自己選的，和她有什麼關係。」

譚雲昶好氣又好笑：「玩笑都不讓我開一句了，還跟她沒關係呢？」

駱湛抬手，接過林千華遞來的飲料。喝了兩口，他垂著眼，往後靠到沙發上。

單手提著瓶子，晃了幾秒，駱湛聲音低淡地開口：「你之前有一句話說對了。」

駱湛抬了眼，眸子黑漆如墨，嘴角不知道什麼時候懶倦地勾起來，似笑非笑：「我還的本來就是要命的債。」

譚雲昶一僵。

等回過神，譚雲昶低頭嘆氣：「祖宗，你的罪惡感是不是太重了點？」

「重？」駱湛靠在沙發上，聞言輕嗤著低了眼，「你不是當事人，你不懂。在她的眼睛治好以前，我永遠是罪人。」

譚雲昶無奈：「那等她好了，你就刑滿釋放了？」

「……不。」

駱湛仰進沙發裡，望著灼目的白熾燈，少年不退不避，反而直視著那刺眼的光，情緒複雜深沉地笑起來。

「等到那天，就是我的審判日。」

譚雲昶語塞半晌。

幾秒後，他搖頭嘟囔著「沒救了」，起身走開。

週日，清晨。養精蓄銳了一整晚後，駱小少爺總算滿血復活，開著那輛墨藍色超跑，在譚雲昶和林千華的ｉｎｔ實驗室貨車的掩護下，到了唐家偏宅附近。

接近唐家大院的後門，超跑被駱湛撂在路旁，交給譚雲昶看管。駱湛則坐上林千華的裝載車，戴著棒球帽低調進到偏宅旁的後門內。

保全隊對int實驗室這輛車早就習慣，沒看就放進去了。

車到空地前停下來。

駱湛下車：「你在車裡等吧，我接她出來。」

「好。」林千華應聲。

車外，駱湛望著旁邊那輛陌生的黑色半敞篷轎車，緩下步伐。頓足幾秒，他沒再停留，插著褲子口袋走向不遠處的偏宅。

到了門前，駱湛剛要抬手按下門鈴，突然聽見門內傳出女孩歡笑的聲音。

駱湛驀地一頓。

幾秒後，他輕瞇起眼，緩緩按下門鈴。

門內笑聲停住，又過片刻，房門在駱湛面前打開。

女孩期待的臉露出來：「……駱駱？」

「嗯。」看見探出頭的女孩，駱湛情不自禁地笑起來，「早上好，染染。」

「早上好。」唐染臉紅起來，無措地站了兩秒，想到什麼，「駱駱，偏宅新來的司機叔叔今早來陪我吃早餐，你要和他打招呼嗎？」

「新來的，司機？」駱湛臉上笑容不變，眼神卻危險下去，「當然。我很期待。」

唐染鬆了一口氣，她拉開房門，同時轉身朝向身後的玄關：「叔叔，我的朋友來了。」

門扉緩緩敞開，一門內外，兩個表情危險的男人各自抬眼，看向對面那個逐漸露出身影的「敵人」。

直至四目相對──

空氣一默。

藍景謙和駱湛同時困惑地看著對方。

──《別哭》未完待續──

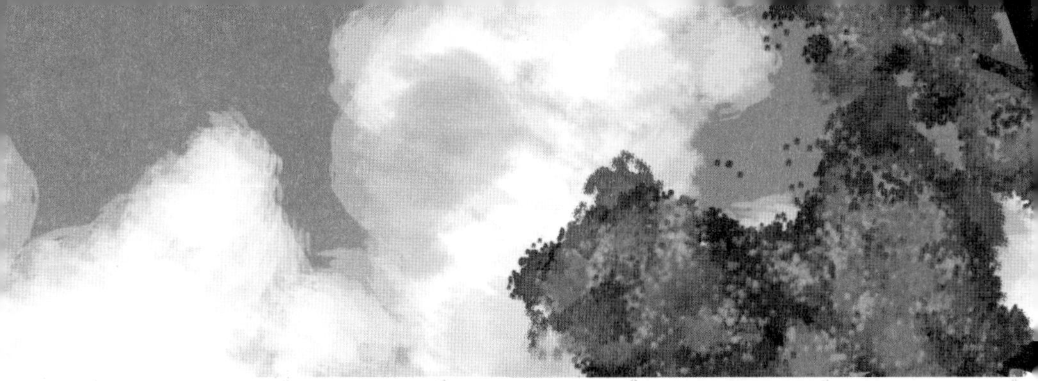

高寶書版集團
gobooks.com.tw

YH 135
別哭（中）

作　　者　曲小蛐
特約編輯　小玖
責任編輯　吳培禎
封面設計　陳采瑩
內頁排版　賴姵均、彭立瑋
企　　劃　何嘉雯

發 行 人　朱凱蕾
出　　版　英屬維京群島商高寶國際有限公司台灣分公司
　　　　　Global Group Holdings, Ltd.
地　　址　台北市內湖區洲子街88號3樓
網　　址　gobooks.com.tw
電　　話　(02) 27992788
電　　郵　readers@gobooks.com.tw（讀者服務部）
傳　　真　出版部(02) 27990909　行銷部 (02) 27993088
郵政劃撥　19394552
戶　　名　英屬維京群島商高寶國際有限公司台灣分公司
發　　行　英屬維京群島商高寶國際有限公司台灣分公司
初　　版　2023年5月

本著作物《別哭》，作者：曲小蛐，由北京晉江原創網絡科技有限公司授權出版。

國家圖書館出版品預行編目(CIP)資料

別哭/曲小蛐著. -- 初版. -- 臺北市：英屬維京群島商高寶國際有限公司臺灣分公司, 2023.05
冊；　公分. --

ISBN 978-986-506-742-7(上冊：平裝). --
ISBN 978-986-506-743-4(中冊：平裝). --
ISBN 978-986-506-744-1(下冊：平裝). --
ISBN 978-986-506-745-8(全套：平裝)

857.7　　112007907